REBELLION DER KINDER

THRILLER

VON

AKIF TURAN

© 2020
Herstellung und Verlag: BoD – Books on Demand, Norderstedt
ISBN: 978-3-7519-8326-6

VORWORT

In diesem Buch möchte ich das Verhältnis zwischen Erwachsenen und Kindern aufgreifen. Jedoch auf meine Art und Weise. Wenn Sie bereits meine Bücher und Geschichten kennen, wissen Sie was ich damit meine. Und wenn nicht, werden Sie es spätestens in diesem Buch herausfinden.
Uns allen ist ja bekannt, dass viele Eltern, aber auch sonstige Erwachsene sich mit der Erziehung von Kindern ein wenig schwer tun als so manch andere. Nicht alle von ihnen haben einen guten Draht zu Kindern oder genügend Erfahrung um Kinder großzuziehen. Andere wiederum sind sehr gut darin und schaffen es sehr wohl sofort oder nach kurzer Zeit eine gute und vertrauenswürdige Beziehung zu ihnen aufzubauen. Sie werden zu Vorbildern, zu Vorzeigeeltern, zu Freunden auf denen sich die Kinder stets verlassen können.
Nun, in unserer Geschichte hier trifft das Letztere wohl eher nicht zu. Bevor wir damit auch beginnen, möchte ich noch einiges zu der Beziehung zwischen Erwachsenen und Kindern erwähnen.
Ob Sie nun Kinder haben oder nicht, Sie sollten sich im Gegenwart von Kindern immer bemühen ein gutes Vorbild zu sein. Denn die Kinder sehen zu Ihnen auf. Sie nehmen sich die Erwachsenen als Vorbilder und kopieren sie gerne. Sie ahmen uns nach. Wenn Sie also zum Beispiel an der Ampel am Fußgängerübergang warten und ein Kind direkt neben Ihnen oder auf der gegenüberliegenden Straßenseite ebenfalls bei Rot wartet, dann seien Sie bitte so freundlich und warten Sie bis der Ampel auf Grün umschaltet bevor Sie die Straße überqueren. Denn wenn Sie als Erwachsener gegen die Regeln verstoßen, verwirren Sie das Kind dadurch und es denkt sich, wieso Sie wohl nicht darauf gewartet haben, bis der Ampel von Rot auf

Grün umgeschaltet hat. Und irgendwann oder vielleicht sogar im selben Moment macht dieses Kind Ihnen das nach und überquert ebenfalls bei Rot die Straße. Und beim nächsten Mal wartet es auch nicht bis es Grün wird und geht einfach so bei Rot über die Straße. Wenn es Glück hat, kommt es unversehrt auf der anderen Straßenseite an. Wenn nicht, tja, dieses Szenario können Sie sich ja wohl selbst vorstellen.

Genauso ist es auch wichtig darauf zu achten, wie Sie im Gegenwart eines Kindes mit anderen sprechen und was für eine Art von Konversation Sie führen. Achten Sie bitte darauf, dass Sie dabei nicht fluchen oder sonstige herablassende Wörter beziehungsweise Sätze verwenden. Achten Sie stets darauf, dass Sie ein höfliches, ruhiges und freundliches Gespräch führen. Wenn Sie unbedingt Wut ablassen müssen, dann achten Sie bitte darauf, dass Sie sich in einem separaten Raum befinden und, dass das Kind möglichst nichts davon mitbekommt. Denn ehe Sie sich versehen, werden Sie Zeuge davon, wie ihr oder generell ein Kind, dass Ihnen dabei gelauscht hat, wie Sie herum fluchten, kurz darauf ebenfalls diese schmutzigen Wörter und Sätze in sein Mund nehmen wird. Achten Sie also bitte darauf, dass Sie den Wortschatz der Kinder nicht mit schlimmen Vokabeln verschmutzen.

Das Gleiche gilt auch für alles andere was Sie so in Ihrem Alltag bewusst oder unbewusst machen. Die Art wie Sie gehen und stehen, Ihre gesamte Körpersprache sollte im Gegenwart eines Kindes so ausgerichtet sein, dass es Sie dadurch respektiert und genau diese gute Haltung sich zu eigen macht. Achten Sie darauf, dass Sie nicht in Ihrer Nase herum bohren, darauf, dass Sie nicht den Mittelfinger ausstrecken, dass Sie, falls Sie ein Haustier besitzen sollten, es freundlich behandeln. Achten Sie bitte darauf, dass Sie sich im Gegenwart eines Kindes nichts streiten oder gar prügeln. Und auch sonstiges an Gewalt nicht anwenden. Rauchen Sie nicht vor den Kindern. Erstens Sie vergiften sie dadurch nicht und zweitens wird das Kind es Ihnen nicht nachmachen indem es ebenso zu rauchen beginnt. Verleiten Sie die Kinder nicht zu Tabak und Alkohol. Und schon gar nicht zu schlimmeren Suchtmitteln. Reden Sie bitte nicht im Gegenwart von Kindern herablassend über andere Personen. Denn das Kind wird diese Person ebenso herablassend ansprechen und sie nicht respektieren. Lügen Sie die Kinder auch nicht an. So verlieren sie erstens das Vertrauen zu Ihnen und lernen auch gleichzeitig das Lügen. Und wenn diese Kinder eines Tages Sie ebenso anlügen, dürfen Sie nicht böse auf diese Kinder sein, Sie sollten böse auf sich sein. Denn Sie haben dem Kind gezeigt, dass es in Ordnung ist, wenn man lügt.

Wenn Sie viel zu sehr an ihren smarten Geräten hängen und das Kind vernachlässigen, wird es sich selbst erziehen und das kann auf jeden Fall nicht gut enden. Abgesehen davon verleiten Sie somit das Kind ebenso zu diversen smarten Geräten, sodass es süchtig nach diesen Geräten wird. Nehmen Sie stattdessen ein Buch in ihre Hände und fangen Sie zu Lesen an. Sie werden sehen, dass Ihre Kinder es Ihnen gleich tun werden. Eignen Sie sich gute und gesunde Hobbys an und seien Sie den Kindern ein gutes Vorbild damit. Unternehmen Sie mit den Kindern diverse Lehrreiche Wanderungen beziehungsweise Reisen. Zeigen Sie Ihnen die Welt, die Natur, zeigen Sie Ihnen das Leben. Achten Sie auch darauf, welche Nahrungsmittel Sie den Kindern zumuten. Das Essen und Trinken, eine anständige Ernährung ist besonders für Kinder sehr wichtig.

Es ist auch genau so wichtig, dass Sie die Kinder fördern und unterstützen. Wenn das Kind ein bestimmtes Talent aufweist, dann bestärken Sie es dabei und verhelfen diesem Kind dazu sein Talent zu perfektionieren. Vernachlässigen Sie es auf keinen Fall und nehmen Sie es ernst. Denn ansonsten könnten Sie, nein das Kind, einen sehr wertvollen Schatz und vielleicht sogar seine Zukunft dadurch verlieren. Versuchen Sie auf keinen Fall das Kind zu irgendetwas, ganz egal was es ist, ob nun Lebensmittel, Kleidung, diverse sportliche oder sonstige Aktivitäten, zu zwingen. Das Kind muss stets Spaß dabei haben, in dem was es macht. Nur dann kann es auch erfolgreich darin werden. Wenn das Kind das essen darf, was es möchte, dann wird es auch komplett aufessen. Wenn es das anziehen möchte, was ihm gefällt, dann wird es selbstbewusster und strahlt die ganze Zeit über. Achten Sie also bitte auf all diese Punkte.

Ich erwähnte ja bereits, dass Sie niemanden vor einem Kind bloß stellen sollen. Das Gleiche gilt ebenso für ihre eigenen Kinder. Stellen Sie sie nie vor anderen bloß. Schimpfen Sie nicht mit ihnen und schlagen Sie sie auch nicht vor anderen. Schimpfen könnte man zwar noch in einem gemäßigtem Ton, jedoch das Schlagen sollte absolut nicht notwenig sein, wenn man es geschafft hat, dass Kind beziehungsweise die Kinder gesund erzogen zu haben.

Und auf keinen Fall zu Unrecht anschreien. Kinder sind sehr sensible Geschöpfe.

Vergessen Sie auch nicht, dass Kinder formbar sind. Wenn Sie es schaffen, sie bis zu einem bestimmten Lebensalter gut zu erziehen und in Form zu bringen, dann klopfen Sie sich auf die Schulter. Denn wenn es bereits zu spät ist und Sie versuchen das Kind zu formen beziehungsweise zu ändern, wird Ihnen das nicht oder kaum gelingen. Und dann können Sie sich selbst auf den Kopf klopfen.

Versuchen Sie stets den Kinder zuzuhören. Sobald das Kind Ihnen etwas erzählen möchte, dann lassen Sie alles liegen und stehen und widmen Sie Ihre gesamte Konzentration dem Kind zu. Hören Sie es an. Hören Sie zu, was es ihnen zu sagen hat.

Seien Sie ein guter Zuhörer. Und verspotten Sie es auf keinen Fall. Machen Sie sich darüber nicht lustig. Nehmen Sie es ernst oder tun zumindest so, damit es auch das Gefühl der Sicherheit bekommt. Grenzen Sie es nicht aus. Denn andernfalls wird es Ihnen nie wieder etwas erzählen. Es wird Ihnen stets etwas verschweigen und vielleicht sogar mit anderen darüber reden anstatt mit Ihnen. Das Kind kann aber auch all seine Geheimnisse in sich verstauen und bevorzugt es lieber mit niemandem darüber zu reden, weil es ängstlich und scheu geworden ist und nicht möchte, dass man sich über ihn lustig macht beziehungsweise es für verrückt hält. Seien Sie die Person, zu dem es jederzeit aufsehen kann.

Wieder zurück zu den smarten Geräten wie zum Beispiel ein Smartphone oder Tablet. Wenn Sie Ihrem Kind schon erlauben sollten mit diesen smarten Geräten herumzuspielen, dann achten Sie zumindest darauf, dass es sich im Internet nicht selbst bloß stellt indem es über sich selbst oder über die gesamte Familie peinliche Videos, Fotos oder Sprüche verbreitet und veröffentlicht. Achten Sie darauf, dass es sich nicht vom Freundeskreis beeinflussen und sich zu diesen schlimmen Taten überreden lässt. Das gilt auch für diverse andere Aktivitäten, die diese Kinder draußen unternehmen ohne, dass die Eltern beziehungsweise die Erziehungsberechtigten davon etwas oder zu spät mitbekommen. Doch das Internet ist weitaus schlimmer, da man mit der gesamten Welt verbunden ist somit in sekundenschnelle jeden erreichen, aber auch von jedem erreicht werden kann. Hier ist eigentlich höchste Vorsicht geboten, jedoch nehmen das nicht alle Elternteile ernst und vernachlässigen Ihren Job hierbei als Eltern. All die diversen Videoplattformen und die Social Media Konten, wirken sich sehr verführerisch, aber auch unschuldig auf Kinder aus, sodass sie den Drang dazu bekommen, ebenfalls etwas von sich zu teilen, dass sie zuvor bei einem anderen User gesehen haben. Wie zum Beispiel all die sinnlosen, gefährlichen und zum Teil auch abscheulichen Tätigkeiten, die als „Challanges", zu Deutsch Herausforderungen, genannt werden. Hierbei wird etwas vollkommen absurdes zum Hit und sofort macht es jeder jedem nach. Für sehr viele enden diese „Challenges" im Chaos oder sogar mit dem Tod. Auch viele abscheuliche und nicht Jugendfreie Videos und Bilder sind mittlerweile öffentlich zugänglich geworden, sodass auch Kinder diese schrecklichen und perversen Inhalte sehen können. Schon allein in den Sozialen Medien verbreiten sich jeden Tag hunderte Videos und Bilder dieser Art. Genau so auch die Chats, beziehungsweise die Unterhaltungen mit fremden Personen sind gang und gäbe. Oftmals gibt das Gegenüber seine wahre Identität nicht bekannt oder es gibt vor jemand anderes zu sein. Viele Betrüger aber auch Pädophile sind im Internet unterwegs und verbreiten überall Unheil und Abscheulichkeit. Leider erkennen das die Kinder nicht immer oft und fallen diesen Kreaturen zu Opfern. Sie geben ihnen ihre Telefonnummern, ihre Wohnadresse und sogar sämtliche Informationen zu ihrer Wohnung beziehungsweise zu ihrem Haus und auch Informationen ihre Familie betreffend.

Manche wollen ihnen etwas verkaufen oder tun nur so, sodass die Kinder diesen Betrügern ihre Kontodaten bekannt geben oder ihre Eltern dazu bringen, Geld zu überweisen.

Vor einigen Jahren gab es das sogenannte Internetspiel namens „Blue Whale". Hier wurden Kinder aufgefordert diverse Aufgaben zu meistern, die von Aufgabe zu Aufgabe immer schlimmer wurde bis sie am Ende eine Person und auch sich selbst umbringen mussten.

Kinder lassen sich sehr schnell manipulieren und glauben das was man ihnen erzählt. Daher ist es umso wichtiger, dass Sie

sie umso mehr beschützen und über all das aufklären.
Achten Sie genau so darauf, welche Sendungen und Filme sie im Fernsehen und/oder im Internet ansehen. Achten Sie darauf welche Musik sie hören. Achten Sie auf ihren Freundeskreis. Achten Sie auf ihre Hobbys und Freizeitbeschäftigungen. Das alles hat einen großen Einfluss auf ihre Kinder.
Fordern Sie die Kinder nicht einfach auf irgendwelche Dinge zu machen. Erklären Sie ihnen lieber wieso sie es so machen sollten.
Machen Sie den Kindern auch nicht ständig Angst in dem Sie ihnen mit der Polizei drohen, wenn sie mal nicht auf Sie hören sollten. Sie erzeugen sonst dabei, dass die Kinder die Polizei mit Negativem verbinden beziehungsweise assoziieren, sodass sie Angst haben Hilfe bei der Polizei aufzusuchen, wenn mal ein Ernstfall eintreten sollte.
Anstatt, dass sich Eltern darauf konzentrieren, ein schönes zu Hause oder ein schönes Auto zu haben, sollten sie sich lieber darauf konzentrieren ein wohl erzogenes Kind zu haben.
Achten Sie bitte auf all diese Punkte und seien Sie ihren Kindern gute Eltern beziehungsweise gute Vorbilder, aber viel wichtiger, seien Sie ihnen gute Freunde.

„Wenn Menschen in ihrer Kindheit keine Wertschätzung von ihren Eltern bekommen, dann suchen sie diese Wertschätzung ihr ganzes Leben lang in den Augen und in den Worten von allen anderen. Bitte sehen zu, dass Sie nicht zu diesen Eltern werden!"
                    -Doğan Cüceloğlu, Psychologe-

In diesem Sinne wünsche ich Ihnen viel Freude beim Lesen!

Solange es unglückliche Kinder auf der Welt gibt, die nicht lachen, spielen und ihnen die Kindheit geraubt wird, bedeutet das, dass die Menschheit versagt hat.

Akif Turan

KAPITEL 1

FAST SCHON ERWACHSEN

Sein ganzes Leben lang schon wurde Maximilian befohlen, was er tun und wie er sich stets verhalten soll. Es war ja auch kein Wunder. Denn Maximilian war erst dreizehn Jahre alt. So war das nun mal, wenn man noch ein Kind war. Er war zwar kein Kleinkind mehr, aber dennoch war er ein Kind. Und so wie alle anderen Kinder, musste auch Maximilian das tun, was seine Eltern und Lehrer von ihm verlangten. Je älter er wurde umso weniger gefiel es ihm ständig herum kommandiert zu werden. Er hatte es eben nicht gern, ständig gesagt zu bekommen, wann er was wie tun soll. Schon gar nicht wollte er nicht, dass seine Eltern ihn vor seinen Freunden und Schulkameraden bloß stellen. Das war ihm mittlerweile schon sehr peinlich. Es lag nicht nur daran, dass er in einem schwierigen Alter war, es gefiel ihm einfach von Natur aus nicht. Doch die Tatsache, dass er sich in der Pubertät befand, spielte bestimmt eine wesentliche Rolle dabei. Maximilian war schon fast ein Jugendlicher, aber dennoch wollte er wie ein Erwachsener behandelt werden. Er selbst sah sich bereits als ein Erwachsener und benahm sich, sowohl in der Schule als auch zu Hause wie ein Erwachsener. Das einzige Problem dabei war, dass ihn niemand ernst nahm. Einige verspotteten ihn sogar, doch Maximilian wusste sich immer zu wehren. Ganz egal wie alt und wie groß die anderen Kinder waren, er legte sich mit ihnen allen an. Er sah sogar in sich die Rolle des Beschützers, wodurch er sich, wie ein richtiger Erwachsener, verpflichtet fühlte anderen Kindern zu helfen, wenn sie mal in Schwierigkeiten waren. Er wurde deswegen schon oft zur Direktorin der Schule verwiesen und auch seinen Eltern wurden die ständigen Vor-

11

ladungen so langsam peinlich. Doch ganz egal, wie oft sie ihn ermahnten und ihn mit Hausarrest bestraften, es half nichts. Maximilian fühlte sich missverstanden und hatte stets eine Antwort parat. Doch sein widersprechen gegenüber seinen Eltern brachten ihm nur noch mehr Hausarrest ein. In der Schule war er daher als ein richtiges Problemkind bekannt. Seine Lehrerinnen und Lehrer hatten es nicht immer leicht mit ihm. Er widersprach immer und immer mehr und verhielt sich immer respektloser. Er hatte sich eben zu einem Kind entwickelt, das sich nicht gerne etwas sagen lässt und das keine Regeln befolgen möchte, die ihm nicht gefallen, aber aufgezwungen werden. Alles was er wollte, waren die selben Rechte wie die Erwachsenen zu besitzen und sich auch so verhalten zu dürfen. Er wollte selbst darüber bestimmen dürfen, was er möchte und was nicht. Er war der Meinung, dass Kinder mehr Rechte und Freiheiten bekommen sollten.

Die Schule war der Meinung, dass es daran liegen würde, weil er ein Einzelkind war und er dadurch sehr verwöhnt gewesen ist. Seine Eltern waren anderer Meinung und Maximilian wiederum war ganz anderer Meinung. Jedes Mal als er so etwas zu Hören bekam, dachte er sich, dass es die Erwachsenen natürlich wieder besser wissen müssen. Das machte ich auch wütend. Dass Erwachsene immer glauben zu wissen, was in den Köpfen der Kinder vorgeht. Dass sie die Kinder immer verstehen und auch wissen würden, was das Beste für sie ist. Doch Maximilian's Meinung nach, wussten sie absolut nichts. Die Erwachsenen hatten für ihn einfach keine Ahnung darüber, was in den Köpfen der Kinder so alles vorgehen würde. Er hatte es ziemlich satt.

Einige seiner Klassenkameraden waren auf seiner Seite und gaben ihm Recht. Andere wiederum waren der Meinung, dass sein Verhalten vollkommen nicht angebracht sei und er ein schlimmer Finger war. Er hatte also sowohl Freunde, die zu ihm hielten, als auch welche, die nicht für ihn gewesen waren. Doch auf die konnte Maximilian gerne verzichten. Aber auf seine Unterstützer konnte er auch nicht zählen, da sie viel zu ängstlich waren um sich genau so rebellisch zu verhalten wie er. Maximilian hatte zwar Verständnis dafür, dass sie nicht so mutig waren wie er, doch er wusste, dass er ihnen schon bald ein gutes Vorbild sein würde. Sie brauchten einfach etwas mehr Zeit um ihn vollkommen verstehen zu können bevor sie so handeln wie er.

Auch seine Freundin, Sandra, unterstütze ihn zwar, aber auch sie hielt sich von seiner Ideologie eher distanziert. Schon allein deswegen, weil sie zu den Musterschülerinnen gehörte und eine 1A Schülerin war. Sandra war ein braves und kluges Mädchen. Also genau das Gegenteil von Maximilian. Sie mochte seine rebellische Haltung und die Art und Weise, wie er sich verhielt, aber andererseits fand sie es auch gefährlich und übertrieben. Es war sehr paradox für sie. Doch es war etwas anziehendes an ihm, weswegen sie mit ihm zusammen war. Sie war sich noch nicht sicher, was es war, aber sie wusste, da war etwas. Vielleicht gefiel es ihr, dass er sich für sein Alter reif verhielt und dadurch für sie wie ein richtiger Mann erschien. Vielleicht würde sie es mit der Zeit noch herausfinden. Sie dachte nicht so oft daran und bevorzugte es viel lieber die Beziehung mit ihm zu genießen. Ihre einzige Sorge lag nur darin, dass er ein richtiger Rebell war und sie von Zeit zu Zeit Angst um ihn hatte. Sie wollte nicht, dass er sich deswegen in schwierige und gefährliche Situationen bringt. Doch Maximilian lud die Probleme nur so ein. Er meinte es wirklich ernst und wie ernst er es tatsächlich meinte, sollte schon bald jeder herausfinden.

Maximilian war gerade von der Schule nach Hause gekommen. Er lebte gemeinsam mit seinen Eltern und seinem jüngeren Bruder Raphael in einer Gemeindewohnung im zwanzigsten Wiener Gemeindebezirk. Sein Bruder war fünf Jahre alt und Maximilian war ein Held für ihn. Er nahm sich seinen älteren Bruder immer als Vorbild und versuchte ihn oft nachzuahmen. Wenn Maximilian vor dem Fernseher saß und Knabberzeug aß, dann setzte sich Raphael zu ihm und leistete ihm dabei Gesellschaft. Wenn Maximilian mit anderen Kindern im Park einen Streit hatte, dann mischte Raphael sich ein und schlug mit seinen kleinen Händen, die er zu Fäusten ballte ebenso zu. Selbstverständlich konnte er damit nichts bewirken, da seine Schläge sehr sanft und langsam waren, aber er zeigte zumindest den selben Mut wie sein älterer Bruder. Einmal hatte eines der Kinder, bei einem weiteren Streit, Raphael zu Boden gestoßen, woraufhin er sofort zu weinen anfing. Das erzeugte in Maximilian eine Wut, die ihn außer Kontrolle gerieten ließ. Er stürzte sich sofort auf den jungen zu, der sogar ein Jahr älter als er selbst war und schlug ihn mit mehreren Faustschlägen zu Boden und dann immer weiter bis der Junge schließlich blutete und weinend davon lief. Das war eine deutliche Botschaft dafür, dass sich niemand mit seinem jüngeren Bruder anlegen sollte. Er würde ihn mit allem was er hatte beschützen und ihn niemals im Stich lassen.

Als Maximilian nach Hause kam, wollte Raphael sofort wissen, wieviele er heute niedergeschlagen hatte. Maximilian sah ihn an und antwortete ihm lachend:

>>*Niemanden Kumpel. Heute waren sie alle brav.*<<

Raphael war leicht enttäuscht darüber, dass sich sein älterer Bruder nicht geprügelt hatte. Er verschwand ja gar nicht, dass das eigentlich gut war, aber er war's eben nicht anders gewohnt. Raphael dachte, dass sich das schon immer so gehörte

und, dass es nicht anders sein kann. Lächelnd sagte er zu seinem älteren Bruder:
>>*Dafür schlägst du beim nächsten Mal ein paar mehr*<<
und hob dabei seine geballte Faust ganz stolz in die Luft.
>>*Mal sehen*<<
gab ihm Maximilian als Antwort zurück und machte sich auf den Weg zur Küche. Denn Maximilian war hungrig. Seine Mutter, Theresa, war gerade in der Küche und bereitete noch das Essen vor. Sie arbeitete als Zahnarztassistentin und hatte, da es ein Freitag war, früher Dienstschluss. Sowie sie zu Hause angekommen war, machte sie sich sofort an die Arbeit das Essen für ihre Familie zu kochen bevor sie sich endlich unter die Dusche stellen konnte.
Maximilian knurrte bereits der Magen und ohne seine Mutter zu begrüßen holte er sich einen kleinen Snack vom Kühlschrank. Theresa begrüßte ihn sehr wohl und gab ihm ein weiteres Mal zu verstehen, dass er vor dem Essen nichts naschen soll:
>>*Max, wie oft hatte ich dir schon gesagt, dass du nichts vor dem Essen naschen sollst? Leg das bitte wieder zurück in den Kühlschrank und warte auf das Essen. Ist ja auch schon so gut wie fertig.*<<
So wie immer auch, ignorierte Maximilian die Aufforderung seiner Mutter und sagte nur:
>>*Und wie oft hatte ich dir gesagt, dass ich das Essen bereit stehen haben möchte, sobald ich von der Schule nach Hause komme?*<<
Theresa ließ für einen Moment vom Kochen ab und richtete sich mit strengen Blicken ihrem älteren Sohn zu:
>>*Wie war das? Wie redest du mit mir?*<<
Maximilian rollte mit seinen Augen während er in die Milchschnitte hinein biss, die er sich vom Kühlschrank geholt hatte

und mampfte ganz frech darauf herum. Daraufhin wurde seine Mutter nur noch wütender:

>>*Also gut junger Mann, in letzter Zeit bist du sehr frech geworden. Ich weiß, dass liegt an der Pubertät, aber dennoch kann ich so ein Benehmen nicht verzeihen.*<<

Maximilian schluckte die Milchschnitte würgend hinunter und sagte mit einem etwas gebieterischem Ton:

>>*Von dir lasse ich mir nichts mehr sagen. Von niemandem. Ich tue was ich will, wann ich will, wo ich will und wie ich es will. Ich bestimme selbst über mich, denn ich bin kein Kind mehr.*<<

Theresa konnte nicht glauben was sie da eben gehört hatte und wurde sehr sauer:

>>*Also gut! Das ist kein erwachsenes Benehmen, das ist ein freches und respektloses Verhalten. Erwachsene verhalten sich nicht so und schon gar nicht gegenüber ihren eigenen Eltern. Du bist noch minderjährig und du tust gefälligst das was ich und dein Vater dir sagen. Hast du mich verstanden?*<<

Sie klang dabei sehr wütend und wurde leicht rot im Gesicht. Maximilian wurde ebenso wütend und scheute sich nicht davor seine Wut zu zeigen:

>>*Scheiß auf euch Eltern! Ihr könnt mich alle mal! Von euch lasse ich mir nichts mehr sagen. Lasst mich einfach in Ruhe!*<<

Sein Geschrei hallte in der Küche, woraufhin sein Vater Werner dazu kam um zu sehen, wieso da so laut gestritten wurde:

>>*Was ist denn hier los?*<<

wollte er wissen. Maximilian warf seine halbe Milchschnitte auf den Küchenboden und sagte zu ihm:

>>*Geh mir aus dem Weg du verdammter Versager!*<<

Er drängte sich durch sein Vater durch und ging mit trampelnden Schritten in sein Zimmer. Sein Vater wurde

wütend und rief ihm hinterher:
>>*Was sind das denn für Töne Maximilian?*<<
Ohne sich umzudrehen zeigte Maximilian seinem Vater den
Mittelfinger und knallte die Tür seines Zimmers hinter sich zu.
Werner überkam ein großer Wutanfall, woraufhin er sich in
Maximilian's Zimmer stürzen wollte. Doch seine Ehefrau
Theresa hielt ihn davon ab:
>>*Nein Werner, lass es! Der Junge braucht ein wenig Zeit für
sich.*<<
>>*Es wird immer schlimmer mit diesem Jungen. Was ist denn
bloß los mit ihm?*<<
sagte er mit strenger Stimme. Noch bevor Theresa antworten
konnte, kam ihr Raphael zuvor, der meinte:
>>*Er hat heute niemanden verprügelt hat er gesagt. Deswegen
lässt er seine Wut an euch aus.*<<
Für einen Fünfjährigen bekam er sehr viel mit. Theresa wandte
sich ihm zu und sagte:
>>*Na los Schätzchen, geh spielen bis das Essen fertig ist!*<<
Raphael zuckte mit seinen Schultern und tat wozu seine Mutter
ihn aufgefordert hatte. Kaum hatte er die Küche verlassen,
ergriff Werner wieder das Wort:
>>*Das ist das Nächste. Nicht nur, dass er ungehorsam und
frech geworden ist, er hat sich zudem auch noch in einen
Schlägertypen verwandelt. So langsam dreht dieser Junge
wirklich durch sage ich dir Theresa.*<<
Theresa konnte sehen, wie ihr Ehemann vor Wut kochte und
seine Hände zitterten. Sie versuchte ihn zu beruhigen und bat
ihn sich hinzusetzen. Werner bevorzugte es lieber zu stehen:
>>*Er befindet sich in einem schwierigen Alter. Alle Kinder in
seinem Alter sind nun mal so. Das ist die Pubertät. Hinzu
kommt noch der Schulstress und das ist alles zu viel für ihn.
Geben wir ihm etwas Zeit. Er wird sich schon wieder zu be-*

nehmen wissen.<<

>>Das hoffe ich für ihn, da ansonsten ich ihm beibringen werde, wie er sich zu benehmen hat. So ein Rotzbub.<<

Danach legte er seine Hand auf Theresa's Schulter und fragte mit besorgter Stimme:

>>Ist bei dir alles ok?<<

Theresa setzte ein leichtes Lächeln auf und sagte:

>>Alles bestens! Jetzt werde ich mich wieder dem Kochen widmen bevor ich das Essen verbrenne.<<

Werner nickte leicht mit seinem Kopf und ging aus der Küche hinaus. Er versuchte es sich auf dem Sofa im Wohnzimmer gemütlich zu machen und nicht mehr an den Vorfall mit Maximilian zu denken. Werner war Tischler vom Beruf und war selbstständig. Er führte eine kleine Tischlerei, die die Familie gut über das Wasser hielt. Doch den richtigen Durchbruch erhoffte er sich mit seiner neuesten Erfindung zu erzielen. Werner arbeitete nämlich seit einiger Zeit, neben der Betreuung seiner Kunden, an der Idee, die er vor einiger Zeit hatte. Es handelte sich dabei um das „Wonder Bed". Den Namen hatte sich Werner selber überlegt und fand, dass er sehr treffend war. Es war seine erste Erfindung und Werner konnte es kaum erwarten damit an die Öffentlichkeit zu gehen und sein „Wonder Bed" auf den Markt zu bringen. Er sah großes Potenzial an seiner Idee und war der festen Überzeugung, dass er mit ihr sehr viel Erfolg haben würde. Werner's Erfindung sollte nämlich folgendes können. Ein Bett für bis zu zwei Personen, ausgestattet mit einer orthopädischen Matratze und folgenden technischen Besonderheiten. Das „Wonder Bed" soll mit einem eingebautem Stecker funktionieren, in dem man das Bett ganz einfach in die Steckdose hineinsteckt. Nur so würde es überhaupt Sinn machen das „Wonder Bed" zu verwenden, da es ansonsten ein gewöhnliches Bett wie alle anderen wäre.

Denn der Stecker ist deswegen so wichtig, weil es mit einer speziell dafür entwickelten App funktioniert, den man sich ganz einfach auf sein Smartphone oder Tablet kostenlos herunterlädt. Die App würde mit allen Betriebssystemen funktionieren. So würde sich das Bett, je nach Wunsch, steuern lassen. Das „Wonder Bed" ließe sich nämlich dadurch in Bewegung setzen. Und zwar mit leichten Schaukelbewegungen, die vor und zurück wippen. Ähnlich wie bei einem Babybett. Nur, dass man Werner's „Wonder Bed" eben mit der dazugehörigen App von seinem Smartphone oder Tablet aus steuern kann. Da die Geschwindigkeit der wippenden Bewegung eine Standardeinstellung haben soll, kann man sie nicht über die App regulieren, aber dafür die Soundeffekte. Das „Wonder Bed" soll nämlich jeweils auf beiden Seiten, links und rechts, einen kleinen Lautsprecher eingebaut bekommen aus dem Geräusche wie eine Zugfahrt, Regen, leichter Wind, Vogelzwitschern, Wasserfall und sonstige beruhigende Geräusche herausströmen, die den Personen, vor allem denen mit Schlafstörung, dabei helfen, besser einzuschlafen. Werner dachte sich nämlich, dass so ziemlich jeder Mensch bei diversen Fahrten, sei es eine Auto- oder eine Bahnfahrt, aber auch bei beruhigenden Geräuschen wie das Rauschen eines Wassers beziehungsweise bei Regen und bei leichtem Wind, viel besser und schneller einschlafen. Und in Kombination mit der wippenden Bewegung sollte das noch besser funktionieren, da die Bewegung eine Zugfahrt simulieren würde. Wenn man dann die Augen zuschließt, würde man sich durch die richtigen Soundeffekte und das Wippen denken, dass man gerade im Zug fährt. Und genau dieses Gefühl würde die Menschen sofort, wie bei einer richtigen Fahrt, zum Schlafen bringen. Genau diese Soundeffekte und deren Lautstärke könnte man über die dafür vorgesehene Applikation steuern und regeln. Lediglich das Wippen soll man ein- und ausschalten können. Das heißt, auch ohne das vor und zurück Wippen könnte man die Soundeffekte abspielen lassen. Und deswegen, weil seine Idee noch kein anderer vor ihm gehabt und so ein Produkt auf den Markt gebracht hatte und, weil zu seinen Kunden großteils Menschen gehören würden, die Schlafprobleme haben, ist Werner davon überzeugt, dass seine Erfindung sehr gut aufgenommen werden würde. Mit diesem Eifer und dieser Motivation arbeitet er bereits seit Wochen an seinem Produkt und kann es kaum erwarten das Prototyp vorstellen zu können. Da Werner jedoch in letzter Zeit mit den Problemen seines älteren Sohnes Maximilian beschäftigt ist, wird sich seine Arbeit etwas mehr als gedacht verzögern.

So griff sich Werner also auf den Kopf und dachte sich, wie es wohl mit Maximilian weitergehen und wie lange sein unerträglicher Zustand noch andauern würde.

Maximilian lag weiterhin wutüberströmt in seinem Bett und starrte an die Decke seines Zimmers. Sein Zimmer war stets unordentlich. Alles lag wild herum. Nichts war geordnet. Seine Mutter räumte zwar ihm immer hinterher, doch kurze Zeit später verwüstete er alles erneut. Theresa schimpfte daher oft mit ihm, doch alles was sie sagte, ging bei Maximilian in eines seiner Ohren um beim nächsten wieder herauszukommen. Er war der Meinung, dass es sein Zimmer ist und er allein zu bestimmen hat, wie es darin aussieht. Doch so wie jetzt hatte es noch nie ausgesehen. Selbst Geschirrteile mit vertrockneten und verklebten Essensresten lagen überall im Zimmer verteilt herum. Sie lagen bestimmt schon fast eine Woche dort. So lag also Maximilian in seinem chaotischen und verwüsteten Zimmer und dachte nach. So langsam hatte er tatsächlich die

Nase voll davon, ständig wie ein Kind behandelt zu werden. Er überlegte sich nun sehr intensiv, was er dagegen tun könnte. Was müsste er tun, um sich nichts mehr von seinen Eltern, aber auch von anderen Erwachsenen, sagen zu lassen? Und nach knappen fünfzehn Minuten schien er auch schon eine Idee zu haben. Entschlossen und mit einem teuflischen Lächeln, richtete er sich auf seinem Bett auf und nickte, voller Zuversicht, mit seinem Kopf.

Maximilian war in diesem Moment etwas eingefallen, das mit Sicherheit in die Geschichte eingehen würde.

Doch das sollte nicht unbedingt etwas Gutes heißen.

KAPITEL 2

KEINE KINDER MEHR

So wie jedes Wochenende wollte sich Maximilian mit seiner Freundin Sandra auf ein Milchshake am Schwedenplatz treffen. Er war bereits fertig angezogen und hatte eine Schüssel Corn Flakes und ein Stück butterverschmiertes Semmel zum Frühstück. Maximilian aß nicht viel zum Frühstück. Er kam ganz gut mit geringen Portionen über den Tag. Lediglich am Nachmittag aß er dafür umso mehr und mochte es am Abend eher an diversen Snacks und sonstigen Knabbereien zu naschen. Obwohl seine Eltern, seine Mutter vor allem, stets den Kontakt zu ihm suchten und versuchten mit ihm zu kommunizieren und ein anständiges Gespräch zu führen, verließ er sofort den Raum oder ignorierte sie beinhart. Wenn er sich zu sehr provoziert fühlte, wurde er aggressiv und fing wieder zu Schreien an. Er wollte einfach nicht ständig mit seinen Eltern reden müssen. Er war der Meinung, dass es sie überhaupt nichts angehen würde, wie sein Tag so gewesen war oder was für Pläne er hatte. Diese Fragen und überhaupt Gespräche dieser Art gingen ihm ziemlich auf die Nerven.

Auch diesen Vormittag bemühte sich seine Mutter ein friedliches Gespräch mit ihm zu führen ohne, dass es erneut eskaliert wie am Tag zuvor. Doch geschickt schaffte es Maximilian auch dieses Mal einer weiteren Konversationen mit ihr zu entkommen. So wie er mit dem Frühstück fertig gewesen war, so verließ er sofort die Wohnung und sagte seinen Eltern gar nicht, wohin er jedes Mal ging und mit wem er sich traf. Sie machten sich sehr viele Sorgen um ihn, wollten aber gleichzeitig ihn nicht zu sehr überstürzen, damit er ja nicht außer Kontrolle gerät. Sie befanden sich in einer sehr schwierigen Lage. Waren sie böse auf ihn und wollten ihn damit konfrontieren, brach sofort ein heftiger Streit aus. Waren sie eher gelassen und ließen seine Taten auf sich beruhen, machten sie sich Sorgen darüber, dass er in den falschen Weg geraten und sich selbst schaden könnte. Egal wie sie versuchten voranzugehen und ein Teil von seinem Leben zu sein, distanzierten sie sich nur umso mehr. Theresa wusste einfach nicht mehr weiter. Werner hatte schon des Öfteren vorgeschlagen ihn zu einem Psychiater zu schicken, aber Theresa war dagegen, da sie der festen Überzeugung gewesen war, dass es nur an seinem schwierigen Alter liegen und er sich wieder von alleine bessern würde. Daher bat sie ihren Ehemann etwas geduldiger und verständnisvoller zu sein. Werner hatte zwar nie so viel Geduld wie seine Ehefrau, aber er tat es ihr zuliebe.

Maximilian befand sich in der U-Bahn und er wollte einfach nur von zu Hause, von seinen Eltern weg. Er blieb nicht so gerne mit ihnen zu Hause, da sie ihn ständig mit irgendetwas nervten. Daher bevorzugte es Maximilian so lange wie möglich von zu Hause wegzubleiben. Er war ein dreizehnjähriger Junge, der sich am Wochenende einfach überall aufhalten und den ganzen Tag draußen verbringen konnte. Da es für Sandra noch recht früh war, wollte sie sich erst später mit ihm treffen. Bis dahin musste Maximilian einfach nur die Zeit tot schlagen. Lange sollte es auch nicht dauern, denn bis zu Treffen mit ihr hatte er noch exakt zwei Stunden Zeit. Dann sollte es Mittag und endlich Zeit für ein Milchshake mit seiner lieben Freundin Sandra werden. Er konnte es kaum erwarten ihr von seinem Vorhaben, von seinem Plan, den er ihm am Vortag eingefallen war, zu berichten. Er war der Meinung, dass sie ihn verstehen und unterstützen würde. Wer denn sonst, wenn nicht sie? Sie müsste ihm einfach beistehen und zu ihm halten. Doch das würde er schon noch früh genug herausfinden. Jetzt musste er sich einmal überlegen, wo er seine zwei Stunden verbringen könnte.

Da sie ja ohnehin bereits vor hatten, sich am Schwedenplatz zu treffen, dachte er sich, dass er gleich dort etwas Zeit verbringen sollte. Somit besuchte er den Comicbuch Laden, der sich in der Nähe befand und sah sich einige Comicbücher und auch ein paar Spielzeuge und sonstige Merchandise Produkte an. Sie hatten jede Menge cooles Zeug dachte er sich, aber die Preise waren einfach viel zu enorm. Er sah sich noch eine Weile darin um und blieb schließlich an dem Regal mit diversen Comicbüchern stehen. Viele bunte Heftchen und Bücher deren Titelseiten entweder sehr actiongeladen oder sehr düster waren fand er vor sich eingereiht. Er griff nach einem der Comicbücher und sah es sich genauer an. Er laß den Klappentext dazu und blätterte ein wenig in den Seiten herum. Es schien ihm zu gefallen, woraufhin er einen Blick auf den Preis warf. Ganze zwölf Euro kostete das gar nicht mal so dicke Comicbuch, dessen Seiten mehr Bilder als Texte beinhalteten. Doch Maximilian überlegte dennoch nicht lange und dachte sich, dass er noch genug Taschengeld für die gesamte Woche hätte und entschied sich das Comicbuch zu kaufen. Er war zwar kein so großer und begeisterter Leser, aber dieses Comicbuch schien ihn zu interessieren und er würde es auf jeden Fall durchlesen. Viel zu Lesen gab es darin ohnehin nicht. Und wenn er schon dabei war, nahm er sich gleich ein weiteres dazu. Es war ein sehr dünnes Comicheft, der nur knappe fünf Euro kostete und definitiv mehr Text enthielt als das teure. Die junge Verkäuferin an der Kassa machte einen sehr netten und freundlichen Eindruck und sagte zu Maximilian während sie den Barcode des dünnen Comicheftes einscannte:

>>Eine sehr gute Wahl! Ich lese diese Geschichten auch sehr

gern. Abgesehen davon erfüllt es mich mit Stolz zu wissen, dass wir unsere eigenen Superhelden haben.<<
>>Ich bin kein so großer Leser, aber ich finde sie interessant und dachte mir, ich gebe ihnen mal eine Chance. Finde den Namen auch sehr cool, „ASH-Austrian Super Heroes "<<
antwortete Maximilian der jungen Verkäuferin.
>>Dann hoffe ich mal, dass du bald mehr davon ließt<<
sagte sie lächelnd, kassierte das Geld für die beiden Comic-bücher ein und verabschiedete sich. Maximilian verabschiedete sich ebenfalls lächelnd und verließ den Laden.

Er hatte gerade mal eine halbe Stunde im Comicbuchladen verbracht und dachte sich, dass er noch genug Zeit hätte um die beiden Bücher irgendwo in aller Ruhe zu lesen. Zu seinem Glück musste er auch nicht lange suchen und setzte sich gleich auf eines der Bänke, die sich direkt vor dem Comicbuchladen befanden hin und fing an das Comicheft über die öster-reichischen Superhelden zu lesen.

Nach nur knappen zehn Minuten hatte er es auch schon durch und er fand es recht interessant. Für einen Moment dachte er sich, dass es schon sehr cool wäre, wenn diese Superhelden tatsächlich existieren würden.

Er steckte das Comicheft wieder zurück in die Tragetasche und nahm jetzt das dicke Comicbuch zur Hand und fing darin zu Lesen an. Es war ein Comicbuch vom DC Verlag und es handelte von einem, im Gegensatz zu dem vorherigen Comic-heft nicht um einen Superhelden, sondern um einen Super-schurken namens „Black Adam". Als Maximilian im Comic-buchladen den Klappentext dazu gelesen und ein wenig darin herumgeblättert hatte, konnte er sich irgendwie mit dieser Figur genannt „Black Adam" identifizieren. Er war ein eigen-ständiger Mann mit übermenschlichen Kräften, der sich von nichts und niemandem etwas gefallen ließ. Er hatte einen eigenen Willen und war unabhängig von anderen gewesen. Genau so wollte Maximilian auch werden. Er wollte ein eigenständiger Erwachsener werden, der sich von nichts und niemandem etwas vorschreiben lässt und stets seinen eigenen Willen durchsetzt.

Das Comicbuch gefiel ihm sehr gut. Es gefiel ihm mehr als das über die österreichischen Superhelden. Die waren nämlich eher brav. Black Adam hingegen war ein richtiger Bad Boy. Er war der harte und muskelbepackte Kerl. Er erinnerte ihn an Superman, nur, dass Black Adam zu den Bösen gehörte.

Er blätterte mehrmals im Comicbuch herum und sah sich immer wieder die Bilder genauer an. Maximilian war richtig begeistert davon gewesen und er würde sich bestimmt noch weitere Comicbücher von diesem Charakter besorgen.

Er steckte auch dieses Comicbuch zurück in die Tragetasche, nahm sein Handy aus der Hosentasche heraus und sah auf die Uhrzeit. Er hatte eine ganze Stunde bereits geschafft und es fehlten aber immer noch eine weitere Stunde bis zu seinem Treffen mit Sandra. Also stand er auf und beschloss ein wenig spazieren zu gehen. Weiter oben befand sich ein Supermarkt und er dachte, dass er auch dort etwas Zeit tot schlagen könnte. Abgesehen davon war er auch bereits durstig und somit war das eine sehr gute Gelegenheit um sich mit einem kühlen Getränk zu erfrischen.

Im Supermarkt angekommen ging er direkt zu den Kühlregalen mit den verschiedensten Getränken darin. Er sah sich die Getränke genauer an, da er nicht wusste, was er lieber trinken würde. Cola und Eistee wollte er nicht, da er sie fast täglich trank. Er würde am Liebsten etwas Neues ausprobieren.

Als er seine Augen von Getränk zu Getränk bewegte, fiel ihm eines auf, das ihn besonders angesprochen hatte. Er nahm sich die kühle Flasche in die Hand und sah sich das Getränk genauer an. Es hatte eine trübe, weißliche Farbe und ein blaues Etikett mit einem nach oben schauenden Wolfskopf, der anscheinend heulte, umrundete den Flaschenkörper.

Direkt unter dem Wolfskopf stand der Name des Getränkes, „ERISTOFF ICE". Ein verlockendes Getränk mit etwas Alkohol darin. Und genau das war das Verlockende daran. Maximilian hatte noch nie zuvor Alkohol getrunken und nun dachte er, dass es an der Zeit wäre, dies zu ändern. Abgesehen davon handelte es sich nicht um ein pures alkoholisches Getränk, sondern um eine Limonade mit etwas Schuss an Alkohol. So schlimm konnte das gar nicht sein. Wenn er als erwachsener durchgehen wollte, dann musste er ja schließlich irgendwann damit anfangen. Und diese Gelegenheit jetzt eignete sich gut dafür.

Maximilian hatte sich also dazu entschlossen dieses Getränk zu kosten. Kaum hatte er sich ein paar Schritte vom Kühlregal entfernt, sprach ihn ein Mann mittleren Alters von hinten an:
>>*Bist du dir sicher, dass du genau dieses Getränk trinken möchtest?*<<

Maximilian blieb stehen und drehte sich zu der Stimme hinter ihm um. Er sah ihn mit halbgekniffenen Augen und antwortete mit ruhiger Stimme:
>> *Ja, das habe ich. Haben Sie etwas dagegen?*<<

Der Mann kratzte sich an der Nase und sagte mit einem leichten Lächeln:
>>*Naja, das ist ein alkoholisches Getränk und du bist bestimmt noch nicht volljährig. Zumindest siehst du noch wie ein Kind aus. Und dieses Getränk ist nichts für Kinder. Und sie würden es dir so oder so an der Kassa abnehmen.*<<

Diese Aussage von dem fremden Mann entfachte eine große Wut in Maximilian, sodass er anfing langsam rot anzulaufen und sich nicht mehr beherrschen konnte:

>>Was sagst du da zu mir du Wappler? Ich soll aussehen wie ein Kind? Ich sehe nicht aus wie ein Kind. Ich bin wahrscheinlich sogar erwachsener als du. Zumindest er-wachsen genug um zu wissen, dass ich meine verfluchte Nase nicht in die Angelegenheiten anderer hinein-stecke.<<

Der fremde Mann konnte seinen Ohren nicht glauben als er den jungen vor sich so sprechen hörte. Er war fassungslos und wurde daraufhin leicht böse:

>>Du solltest lieber aufpassen, wie du mit einem Erwachsenen sprichst Kleiner! Das ist unhöflich und gehört sich nicht. Ich habe dich lediglich darauf aufmerksam gemacht, dass Alkohol nicht für Kinder geeignet ist und du die Flasche wieder zurück legen solltest.<<

In Maximilian kochte das Blut vor Wut. Er begann am ganzen Körper zu zittern an und explodierte schließlich:

>>Du solltest lieber aufpassen, wie du mit mir sprichst! Habe ich dich darum gebeten auf mich aufzupassen du Versager? Du möchtest also, dass ich die Flasche zurück stelle, ja? Gut, da hast du's!<<

Maximilian schleuderte mit all seiner Kraft die Flasche direkt auf den Kopf des fremden Mannes, sodass er mit einer blutigen Stirn und einem Schrei voller Schmerzen auf den Boden fiel. Maximilian rannte sofort aus dem Supermarkt heraus und entfernte sich so schnell er konnte davon. Als das Personal mitbekam was geschehen war, war es bereits zu spät und Maximilian längst über alle Berge.

Er blieb keuchend und schnaufend stehen und war vollkommen außer Atem. So hass- und wuterfüllt war er bisher noch gar nicht. Das war die Höhe für ihn. Wie konnte es sich ein vollkommen fremder Mann nur erlauben, sich in seine Angelegenheiten einzumischen? Das ging schon viel zu weit. Wie kommt er nur dazu, das einfach so hinzunehmen?

Diese verfluchten Erwachsenen, dachte er sich, während er wartete bis sein Puls wieder die normale Geschwindigkeit erreichte. Diese Erwachsenen bilden sich einfach viel zu viel ein. Es wird immer unerträglicher mit ihnen. Wir sind doch nicht deren Sklaven, die nach ihrer Pfeife tanzen müssen. Viele Gedanken schossen ihm durch den Kopf und sein Herz raste immer noch. Diesmal war er fest davon entschlossen seinen Plan durchzuziehen. Irgendjemand musste einfach etwas dagegen unternehmen. Irgendjemand musste sich diesen Besserwissern entgegen stellen und sie eines besseren lehren. So konnte das einfach nicht weitergehen. So durfte es nicht mehr weitergehen.

Maximilian hatte sich gerade mal ein wenig beruhigt als sein Handy läutete. Er sah auf das Display und sah, dass Sandra ihn anrief. Er ging ran und sie meldete ihm, dass sie in etwa zehn Minuten bei ihm sein würde. Er schlug ihr vor, aufgrund des kürzlichen Vorfalles im Supermarkt, den er ihr gegenüber nicht erwähnte, dass sie sich an einem anderen Ort treffen, als üblich. Sandra willigte ein und machte sich auf dem direktem Wege zu dem neuen Treffpunkt. Maximilian stieg in die U-Bahn ein und fuhr ein paar Stationen weiter. Er kam zuerst an und wartete ein paar Minuten auf Sandra.

Schließlich traf auch sie ein und bemerkte zunächst nichts auffälliges an ihm. Er hatte sich mittlerweile wieder erholt und beruhigt. Sie umarmten und küssten sich, bevor sie anschließend Hand in Hand die Mariahilfer Straße entlang spazierten bis sie an einem Kaffeehaus stehen blieben und es sich dort gemütlich machten. Sie bestellten sich ihre Milchshakes und unterhielten sich. Maximilian trank immer ein Vanilleshake während Sandra Haselnuss bevorzugte.

Sandra fiel die bunte Tragetasche auf, die Maximilian bei sich hatte und fragte neugierig:

>>*Was ist das?*<<
Maximilian warf einen Blick drauf und sagte:
>>*Ach das, gar nichts. Habe mir nur ein paar Comicbücher
für zu Hause besorgt.*<<
Sandra nickte verständnisvoll mit dem Kopf und sagte:
>>*Hätte nicht, dass du mal anfangen würdest irgendetwas zu
Lesen.*<<
Sie lächelte freundlich dabei.
>>*Ja, keine Ahnung. Ich mochte die Titelseiten von ihnen und
irgendwie musste ich die Zeit totschlagen, während ich auf
dich wartete*<<
sagte er.
Sandra lächelte weiter und sagte:
>>*Finde ich gut.*<<
Maximilian nickte leicht mit dem Kopf und wechselte das
Thema:
>>*Wie ist dein Milchshake? Ist es besser als der vom
Schwedenplatz?*<<
Um ihm ein genaueres Urteil darüber abgeben zu können,
schlürfte Sandra von ihrem Haselnussshake und leckte sich mit
ihrer Zunge die Lippen ab während sie mit zusammen-
gekniffenen Augen nachdenklich nach oben starrte:
>>*Hmmhh! Schmekt sehr gut. Ist fast so ähnlich. Irgendwie
konnte man bei dem anderen mehr Haselnuss heraus
schmecken, aber die ist auch ziemlich gut.*<<
Sie lächelte und fragte ihn, wie sein Vanilleshake ihm
schmeckte:
>>*Und? Wie ist dein Shake?*<<
Auch er machte einen Schluck davon um ihre Frage besser
beantworten zu können:
>>*Ja, ist gut. Schmeckt wie Vanille eben schmecken soll.*<<
Sandra lachte und sagte:

>>*Sehr gut. Dann genieße es!*<<
>>*Du auch!*<<
sagte er zu ihr lächelnd.
>>*Wieso hast du dich eigentlich so kurzfristig umentschieden, sag mal?*<<
wollte sie von ihm noch wissen.
>>*Na ja, ich dachte, wir probieren mal etwas anderes aus. Immer dasselbe wird ja auch sonst irgendwann langweilig*<<
log er ihr vor.
>>*Verstehe...*<<
sagte sie und sprach weiter:
>>*Und? Was hast du heute noch so vor? Hast du bestimmte Pläne?*<<
>>*Ja, so spät wie nur möglich nach Hause zu gehen*<<
sagte er.
>>*Machen deine Eltern immer noch Druck?*<<
wollte Sandra wissen.
>>*So viel Druck, dass ich jedes Mal explodieren muss*<<
antwortete Maximilian.
>>*Na ja, das sind ja auch schließlich deine Eltern. Sie sorgen sich nunmal um dich. Meine Eltern sind da auch nicht anders. Sie tun nur ihre Pflichten als Eltern und möchten nicht, dass uns etwas Schlechtes geschieht*<<
versuchte sie ihm klar zu machen.
>>*So ist es nicht...*<<
sagte er und fügte hinzu:
>>*...sie übertreiben es manchmal sehr. Sie sind richtige Kontrollfreaks. Und das geht mir völlig auf den Zeiger*<<
gab er ihr zu verstehen.
>>*Leider haben wir keine andere Wahl als da hindurch zu müssen. Versuche einfach das alles nicht allzu ernst zu nehmen und ehe du dich versiehst, hast du ein Alter erreicht, wo du*

dich nicht mehr herum kommandieren lassen musst>>
versuchte sie ihn zu beruhigen.

>>Ich habe bereits ein Alter erreicht, in der ich mich nicht herum kommandieren lassen brauche...<<
antwortete er ihr leicht aufgebracht und sagte weiter:

>>...Und nein, wir haben eine Wahl. Wir müssen uns das nicht einfach so gefallen lassen<<
versuchte er ihr klar zu machen. Sandra war etwas verwirrt und sie wollte es genauer wissen:

>>Was willst du damit sagen?<<

>>Ich hatte gestern einen Einfall...<<
sagte er. Sandra hörte ihm aufmerksam zu.

>>Ich kam auf die Idee, alle Kinder um mich herum zu sammeln, die auch von ihren Eltern kontrolliert werden, es aber genug haben und dagegen etwas tun möchten.<<

>>Was denn? Willst du ein Verein oder so etwas in der Art gründen?<<
wollte sie wissen.

>>Nein, kein Verein. Einfach eine Gruppe, ob klein oder groß, wird sich noch an der Anzahl, wieviele mitmachen möchten, zeigen<<
antwortete er.

Sandra verwirrt und stellte eine weitere Frage:

>>Und was wollt ihr genau tun? Was hast du dir überlegt?<<
Maximilian setzte ein Grinsen auf, das Sandra noch nie zuvor bei ihm gesehen hatte. Es war ein teuflisches Grinsen. Es machte ihr Angst.

>>Ich werde eine Rebellion gegen die Erwachsenen starten und ihnen zeigen, dass sie uns nicht mehr so kontrollieren können, wie es ihnen gefällt. Ich werde ihnen zeigen, dass wir genug davon haben und unsere eigenen Rechte wollen. Dafür werde ich kämpfen.<<

Sandra machte ganz große Augen und konnte nicht glauben, was Maximilian, ein Dreizehnjähriger von sich gab. Meinte er das tatsächlich ernst? Wie will er das denn bloß anstellen? Hat er jetzt vollkommen den Verstand verloren? Viele Fragen und auch Angst durchliefen ihre Gedanken und ihren Körper. Schließlich konnte sie sich nicht zurückhalten und musste ihm folgende Frage stellen:

>>*Bist du jetzt vollkommen verrückt geworden? Weißt du überhaupt was du da redest?*<<

Sie klang dabei sowohl sehr besorgt als auch sehr streng. Sandra war noch nicht fertig:

>>*Was ist nur in letzter Zeit los mit dir? Du verhältst dich gegenüber allen verärgert und wirst immer rebellischer. Reiß dich bitte zusammen Maximilian! Ich möchte nicht, dass dir etwas geschieht. Ich mag dich einfach viel zu sehr.*<<

Nachdem er ihr in aller Ruhe zugehört und über das nachgedacht hatte, was sie zu ihm sagte, brach Maximilian das Schweigen und äußerte ihr gegenüber seine Meinung, die ihr jedoch ganz und gar nicht gefallen sollte:

>>*Heißt das etwa, dass du mich dabei nicht unterstützen würdest? Willst du mir damit sagen, dass ich nicht dazu fähig wäre, dass ich dazu nicht in der Lage wäre?*<<

Er wurde dabei immer lauter, sodass es Sandra allmählich peinlich wurde und sie mitbekam, wie die anderen Gäste die beiden beobachteten. Das war ihr sehr unangenehm. Maximilian beugte sich etwas mehr nach vorne, sodass sich nur wenige Zentimeter Luft zwischen ihren Gesichtern befand:

>>*Was ist denn los mit euch? Wie lange wollt ihr euch das alles noch gefallen lassen? In welchen Jahrhundert leben wir denn? Wie lange soll das noch so weitergehen? Wollt ihr ewig deren Marionetten sein? Gefällt euch das so gut, dass andere über eure Leben bestimmen dürfen? Seid ihr so unfähig, dass*

ihr euer Leben nicht selbst kontrollieren und eure Ent-
scheidungen selbst treffen könnt? Willst du mir das damit
sagen? Ich dachte, du wärst bei dieser Sache an meiner Seite.
Du hast mich enttäuscht.<<

Sandra war den ganzen Vortrag über vor lauter Scham rot angelaufen, sodass ihr sogar die Tränen hochkamen. Ihre Lippen
bebten, weil Maximilian sie in eine sehr unangenehme und
peinliche Situation mitten unter all den fremden Menschen
gebracht hatte. Sie alle starrten die beiden Dreizehnjährigen
immer noch an, sodass sich Maximilian anschließend zu ihnen
wandte und los brüllte:

>>Was ist? Habt ihr noch nie gesehen, wie sich zwei Er-
wachsene Menschen streiten? Seid ihr so zurückgeblieben?
Kümmert euch um euren eigenen Scheiß!<<

Danach wandte er sich erneut Sandra zu und wollte ihr einige
weitere Sätze zum Abschluss sagen, doch sie stand auf, brach
in Tränen aus und verließ das Kaffeehaus so schnell sie konnte,
ohne ein weiteres Wort zu Maximilian zu sagen. Maximilian
blieb nichts anderes übrig als ihr mit wütenden Blicken hinterher zu sehen. In diesem Augenblick kam auch schon die
Kellnerin um ihn darauf aufmerksam zu machen, dass er sich
nicht so verhalten darf und, dass er sich auf der Stelle beruhigen soll. Das brachte bei ihm das Fass zum überlaufen und
so ließ er seine ganze Wut an der Kellnerin aus, sodass er sie
anbrüllte und beschimpfte, bis er von zwei ihren Kollegen hinaus geworfen und Ladenverbot bekommen hatte. Als sie ihn
dazu aufforderten seine Rechnung zu begleichen, schmiss er
ihnen das Geld zu ihren Füßen und spuckte anschließend darauf und sagte:

>>Hier habt ihr euer dreckiges Geld ihr verdammten Wappler!
Es wird euch noch alles Leid tun. Ich werde es euch allen
zeigen. Ihr werdet euch nie wieder uns gegenüber so verhalten

können. Und euer Milchshake war zum Kotzen.<<
Nachdem er endlich fertig war, ging er weg und zeigte noch
den Mittelfinger zum Abschied.

Nach der Eskalation im Kaffeehaus und dem Streit mit Sandra,
blieb Maximilian nichts anderes übrig als früher als geplant
nach Hause zurückzukehren. Seine Eltern und sein Bruder
waren nach wie vor zu Hause. Raphael schlief während seine
Eltern im Wohnzimmer vor dem Fernsehgerät saßen. Er betrat
die Wohnung wutüberströmt und ging mit erneuten
trampelnden Schritten in sein Zimmer, ohne seine Eltern zu
begrüßen. Er knallte die Tür seines Zimmers hinter sich zu,
sodass dieses Mal fast der Bilderrahmen, der direkt neben
seiner Zimmertür an der Wand hing, hinunter gefallen war.
Kaum hatte er sich auf sein Bett hingesetzt, klopfte es auch
schon an seiner Tür. Zuerst ignorierte er die Person hinter der
Tür, doch als ein weiteres Mal geklopft wurde, wurde er richtig
wütend und ließ die Person davon Kenntnis nehmen:
>>Verpisst euch! Lasst mich einfach in Ruhe!<<
Er schrie dabei so laut, sodass er seine Spucke im gesamten
Zimmer verteilte. Seine Mutter konnte nur mit ihrem Kopf
schütteln und sich gekränkt entfernen. Als sein Vater, Werner,
die Situation mitbekam, verlor er jegliche Kontrolle über sich
und hatte kein Verständnis mehr für das Benehmen seines
Sohnes.
Ohne zu Klopfen riss er die Tür auf und ging mit schnellen
Schritten direkt auf Maximilian zu. Maximilian wollte in
diesem Moment aufstehen, doch sein Vater kam ihm entgegen
und stieß ihn mit einem Schubser zurück auf das Bett, sodass er
leicht nach hinten gefallen war. So musste er sich nun die Wut
seines Vater über sich ergehen lassen:
>>So, jetzt reicht es mir mit dir du unverschämter Bengel! So

*redest du nicht mehr mit uns, hast du mich verstanden? Du
kleiner Rotzlöffel du. Was denkst du denn eigentlich wer du
bist? Wir haben uns deine Unverschämtheiten bereits lange
genug angetan. Jetzt ist auch mal wieder Schluss damit. Du
wirst dich ab sofort zusammenreißen und dich benehmen, hast
du mich verstanden?*<<
Mit wütenden Blicken starrte Maximilian auf den Zeigefinger,
seines Vaters, der zu ihm zeigte und durch seine Körperspannung auf und ab zitterte.
>>*Ich fragte, ob du mich verstanden hast?*<<
wiederholte sich sein Vater. Maximilian hatte sich zwar zu
einem Rebellen entwickelt, aber in diesem Moment erkannte
er, dass er noch lange nicht so ein Rebell gewesen war, wie er
zu Anfang dachte. Er gab es sich zwar selbst ungern zu, aber er
hatte richtige Angst vor seinem Vater bekommen. Und als ein
richtiger Rebell durfte er gar keine Angst haben. Vor nichts
und niemandem. Ihm wurde klar, dass wenn er seinen Plan
durchziehen möchte, er keinesfalls ängstlich dabei sein darf.
Die Angst würde ihn nur in das Elend stürzen und dafür
sorgen, dass er versagt. Ihm wurde klar, dass er unbedingt
furchtlos sein musste. Denn nur so würde er andere Kinder
dazu animieren können, ihm zu folgen und zu respektieren.
Doch im Moment merkte er, dass er weit davon entfernt gewesen war. Ihm wurde klar, dass er sehr schnell etwas daran
ändern müsste. Und das Ganze so schnell wie möglich.
So blieb ihm im Moment nichts anderes übrig als sich bei
seinem Vater zu entschuldigen und sich geschlagen zu geben:
>>*Ja, ich habe verstanden und entschuldige mich dafür!*<<
sagte er mit leiser Stimme, sodass man dennoch die Niederlage
darin deutlich hören konnte.
>>*Nicht ich bin es, bei dem du dich entschuldigen solltest.
Steh' auf und entschuldige dich bei deiner Mutter!*<<

Maximilian sah ihn immer noch wütend an, blieb jedoch noch sitzen. Mit wütender Stimme musste sich sein Vater wiederholen:

>>*Jetzt sofort! Aber dalli!*<<

Sofort stand er voller Wut auf, ging zu seiner Mutter, die mit gesenktem Kopf auf dem Sofa im Wohnzimmer saß und setzte sich neben sie hin. Theresa sah weiterhin auf den Boden, während Maximilian mit ruhiger Stimme sich entschuldigte:

>>*Es tut mir Leid Mutter! Das war nicht so gemeint. Bitte entschuldige mein Verhalten. Ich versuche mich in Zukunft besser zu verhalten.*<<

Langsam hob sie ihren Kopf an und sah mit einem kleinen Lächeln ihn an um gleich darauf zu sagen:

>>*Versprichst du mir das?*<<

Maximilian rollte mit seinen Augen und atmete einmal tief ein und aus. Er machte eine etwas längere Pause und sagte schließlich:

>>*Ich kann es zwar nicht versprechen, aber ich werde mich auf jeden Fall bemühen.*<<

>>*Das reicht mir vollkommen*<<

sagte Theresa zu ihm und umarmte ihn hinterher. Er erwiderte ihre Umarmung nicht, klopfte stattdessen mit seiner rechten Hand leicht auf ihre linke Schulter. Dadurch ging es ihr zwar nicht besser, aber das war mehr als sie erwartet hatte. Sobald sie von ihm losließ, stand er auf und ging wieder zurück in sein Zimmer. Kurz bevor er darin verschwand, rief seine Mutter hinterher:

>>*Hast du kein Hunger Max? Ich habe dein Lieblingsessen gekocht. Es gibt Lasagne mit extra viel Käse, sowie du es gern hast.*<<

Maximilian würdigte ihr keine Antwort und es schien ihm egal zu sein, dass sie sein Leibgericht zubereitet hatte. Sie schmoll leicht mit dem Mund und war über den Zustand ihres Sohnes mehr als nur traurig. Werner setzte sich zu ihr und versuchte sie zu trösten:

>>*Das wird schon wieder Schatz! Geben wir ihm etwas mehr Zeit. Das sagst du doch sonst immer. Das gerade eben, war ein Fortschritt. Du wirst schon sehen, bald ist er wieder ganz der alte liebe Kerl von früher.*<<

Er lächelte sie dabei an, sodass er ihr Herz damit aufwärmte. Sie umarmten sich und er drückte ihr einen Kuss an die Schläfe.

>>*Ich hoffe es so sehr*<<

sagte sie und kuschelte sich enger an ihren Ehemann heran.

Maximilian war außer sich. Ihm gefiel es ganz und gar nicht so behandelt werden zu müssen. Er wünschte sich, dass er ausziehen und alleine leben könnte. Er war fest davon entschlossen etwas zu unternehmen, wodurch er sich von den Fäden seiner Eltern und somit auch von allen anderen Erwachsenen dringend lösen musste.

Und er musste sofort damit anfangen.

Als er sich einen besseren Plan überlegte, bekam er von Sandra eine Nachricht auf sein Handy gesendet. Er öffnete die Nachricht und begann zu lesen.

Sandra schrieb,

„Hallo Max!

Es tut mir Leid, dass ich mich einfach so davon geschlichen und dich alleine gelassen habe. Doch du musst verstehen können, wie ich mich in diesem Moment gefühlt habe. So eine Reaktion von dir hätte ich nicht erwartet. Zumindest nicht mir gegenüber. Das hat mich schwer verletzt. Du bist mir immer noch sehr wichtig und ich habe dich immer noch gern. Daher möchte ich nicht, dass wir, wegen heute, keine Freunde mehr sind. Ich denke, wir benötigen etwas Zeit und diese Zeit haben wir nun über das Wochenende. Ich hoffe, dass wir am Montag alles vergessen haben und wieder zusammen sein können. Bitte stell bis dahin kein Blödsinn an! ☺

Deine Sandra!"

Maximilian war über die Nachricht von Sandra weder erfreut noch verärgert gewesen. Er beschloss ihr eine kurze Antwort zu schreiben, damit sie sich keine Sorgen machen sollte.

„Hallo Sandra!

Alles bestens! Ist ok. Wir sehen uns am Montag in der Schule!

Dein Max!"

Im Gegensatz zu Sandra verzichtete er auf ein Smiley und versendete die Nachricht.
Gleich danach legte er sein Handy weg, setzte sich auf sein Bett und grübelte weiter nach. Nicht etwa über die Beziehung zwischen ihm und Sandra, sondern über seinen Plan, den Erwachsenen die Stirn zu bieten. Es musste etwas sein, wodurch er auf jeden Fall Erfolg haben musste. Er durfte nicht daran scheitern. Er musste es schaffen, sein Standpunkt klar und deutlich zu machen. Sie mussten es einfach akzeptieren. Wenn ihm das tatsächlich gelingen sollte, dann würde er etwas erreichen, das sonst niemand auf der Welt vor ihm geschafft hat. Er wäre der Erste und würde somit in die Geschichte ein-

gehen. Daher durfte sein Plan keine Schwächen vorweisen. Man sollte ihn am Ende ernst nehmen und respektieren und nicht etwa auslachen und verspotten. Er musste es schaffen, dass sowohl er als auch alle anderen nicht mehr als Kinder bezeichnet werden durften.

Daher wollte er noch ein wenig an seinem Plan feilen, bevor er damit los starten konnte.

KAPITEL 3

DER ERSTE SCHRITT

Das Wochenende hatte Maximilian irgendwie überstanden. Er befand sich die meiste Zeit über in seinem Zimmer und bevorzugte es weiterhin den Kontakt zu seinen Eltern so gering wie möglich zu halten. Sandra war glücklich darüber, dass zwischen ihr und Maximilian wieder alles wie gewohnt war. Der Streit am Samstag war bereits in Vergessenheit geraten und Sandra versuchte die verlorene Zeit nachzuholen und wich Maximilian kaum von der Seite. Während der Klassenvorstand unterrichtete, konnte Sandra beobachten, dass Maximilian in tiefe Gedanken versunken war. Er war zwar körperlich im Klassenzimmer, aber geistig befand er sich auf jeden Fall weit entfernt. Seine Abwesenheit schien keinem anderem, nicht einmal dem Lehrer, der voller Konzentration einen Vortrag über die Photosynthese hielt, aufgefallen zu sein. Sandra jedoch bekam seinen Zustand sehr wohl mit und sie machte sich Gedanken darüber, ob er vielleicht immer noch böse wegen dem vergangenen Wochenende gewesen war. Er hatte ihr zwar versichert, dass er es längst wieder vergessen hatte, aber Maximilian war unberechenbar und nie konnte man sich bei ihm in irgendeiner Sache sicher sein. So tat sich Sandra selbst schwer dem Unterricht zu folgen und dem Lehrer zuzuhören. Was ging wohl in seinem Kopf im Moment vor sich? Woran dachte er nur so intensiv und geistesabwesend? War er vielleicht wieder dabei etwas schlimmes anzustellen? Oder hatte er bereits etwas schlimmes angestellt und ihr nichts davon erzählt? Viele Fragen beschäftigten sie im Moment. Fragen auf die sie hoffentlich bald Antworten bekommen konnte. Sandra war so sehr damit beschäftigt, Maximilian's

Gedanken zu lesen, sodass sie es nicht mitbekam, dass der Lehrer ihr eine Frage gestellt hatte. Sie konnte ihre Blicke und auch ihre Gedanken kaum von Maximilian, der eine Reihe rechts vorne neben ihr saß, abwenden. So abgelenkt war sie bisher noch nie gewesen. Erst als der Lehrer etwas näher zu ihr heran kam und seine Frage ein weiteres Mal und auch etwas lauter stellte, konnte sie von ihren Gedanken losgerissen werden. Als der Lehrer schlussendlich ihre Abwesenheit erkannte, sagte er:

>>*Es tut mir Leid, dich wieder in unsere Mitte geholt zu haben liebe Sandra, aber wir haben jetzt Unterricht und da solltest du lieber ganz gut aufpassen. Denn wie ich bereits am Anfang der Unterrichtsstunde erwähnt hatte, schreibt ihr kommende Woche einen Test darüber.*<<

Sandra war peinlich berührt und richtete sich auf ihrem Stuhl auf um eine angemessene Sitzposition einnehmen zu können. Da ihr das noch nie zuvor passiert und sie eigentlich eine Musterschülerin war, lächelte sie ihren Lehrer beschämt und mit einem roten Gesicht an und versuchte sich zugleich zu entschuldigen:

>>*Entschuldigung Herr Korn! Kommt nicht wieder vor, versprochen!*<<

Der Lehrer lächelte sie leicht an und nahm das eher locker hin, da er wusste, wie fleißig und klug Sandra eigentlich war. Er ging nicht mehr länger drauf ein und stellte ihr seine Frage erneut:

>>*Also liebe Sandra, ich hatte dich soeben gefragt, ob du der Klasse etwas über Photosynthese erzählen kannst? Bei der Photosynthese produzieren Pflanzen aus Wasser, Kohlenstoffdioxid und Lichtenergie den Zucker Glucose und Sauerstoff, haben wir soeben erfahren. Doch was sollte man noch alles darüber wissen?*<<

Sandra richtete sich erneut auf, blickte einmal quer über die gesamte Klasse, sah lächelnd ihren Lehrer an, der genau vor ihr stand und erwartungsvoll auf sie hinabschaute und fing an zu antworten:

>>*Nun ja, was ich noch weiß ist, die Photosynthese läuft in den Choloroplasten der Blätter ab. Sauerstoff ist im Rahmen der Photosynthese ein Abfallprodukt.*<<

>>*Ausgezeichnet liebe Sandra!*<<

teilte ihr der Lehrer seine Begeisterung mit und ging wieder mit langsamen Schritten und weiter unterrichtend nach vorne zu der Tafel. Sandra atmete erleichtert aus und kratzte sich mit ihrer Hand an ihrer Stirn. Sofort danach wendete sie ihre Blicke erneut Maximilian zu, der immer noch vollkommen abwesend vor sich hin träumte. Es schien fast so, als würde der Lehrer, Herr Korn, ganz genau mitbekommen, wer aufpasste und wer schlief, sodass er nach Sandra diesmal Maximilian eine Frage stellte:

>>*Lieber Max! Könntest du bitte, das was ich gerade eben gesagt habe, wiederholen!*<<

Maximilian reagierte nicht und schenkte seinem Lehrer keine Beachtung. Herr Korn wusste bereits, dass Maximilian in letzter Zeit zu einem Lausbub geworden war und war es daher gewohnt gewesen, aber dennoch blieb er hartnäckig und forderte Maximilian erneut auf, seine Worte zu wiederholen. Doch auch diesmal schien es Maximilian egal gewesen zu sein. Herr Korn wurde schon langsam wütend und Sandra sah ganz gespannt und ein wenig ängstlich abwechselnd ihren Lehrer und Maximilian an und hoffte, nein sie betete förmlich, dass Maximilian sich ja angemessen verhalten und nichts dummes anstellen sollte. Sie biss sich dabei so sehr in ihre untere Lippe, sodass sie leicht zu bluten begann. Herr Korn näherte sich mit langsamen Schritten näher an den Tisch von Maximilian, sah

ihn etwas streng an und sagte mit ernstem Tonfall:
>>*Max, ich werde dich nicht nochmal dazu auffordern.
Entweder du wiederholst jetzt was ich gesagt hatte oder dein
ungeniertes Verhalten wird Konsequenzen nach sich ziehen
müssen.*<<
Er legte eine kleine Pause ein und sprach in dem selben Ton
weiter:
>>*Also, würdest du jetzt dir selbst einen Gefallen tun und bitte
wiederholen, was ich gesagt hatte!*<<
Es vergingen einige schweigsame Sekunden, die für Sandra
wie eine Ewigkeit vorkamen, bevor Maximilian seine Blicke
seinem Lehrer wandte und endlich zu sprechen begann. Er
klang dabei ganz ruhig, aber dafür sehr finster:
>>*Verpiss dich von mir du Popcorn!*<<
Herr Korn lief vor Wut rot an, während Sandra ganz große
Augen machte und mit beiden Händen ihren Mund zudrückte.
Vom Rest der Klasse waren verschiedene Reaktionen zu hören
und zu sehen. Einige kicherten, während andere ein Klang von
sich absonderten, der sich wie ein Geheule anhörte:
>>*So mein Lieber! Du hast es nicht anders gewollt. Mit deiner
frechen und respektlosen Art und Weise hast du es nun vollkommen übertrieben. Ich werde deine Eltern benachrichtigen
und sie zu der Direktorin vorladen. So eine Frechheit, lasse ich
mir nicht bieten.*<<
Herr Korn klang die ganze Zeit dabei sehr wütend und er
zitterte vor Wut am ganzen Körper. Er holte ein Taschentuch
aus seiner Umhängetasche heraus und wischte sich damit zuerst den Schweiß von seiner hohen Stirn ab und danach seine
Brille. Sandra war die ganze Zeit über in ihrem Schockzustand
verharrt gewesen und war unfähig sich auch nur das kleinste
Bisschen zu bewegen. Maximilian saß immer noch auf seinem
Platz und konnte es einfach nicht lassen Herrn Korn weiterhin

zu provozieren:

>>Hör doch auf zu heulen Corny! Wieso eine Vorladung?
Wollt ihr alle zusammen herum machen?<<
Er grinste dabei sehr frech. Als Sandra Maximilian so reden
hörte, blieb ihr fast das Herz stehen. Sie konnte ihren Ohren
nicht glauben und auch nicht daran, was sich gerade im
Klassenzimmer abspielte. Das konnte nur ein Albtraum sein,
aber das war es nicht. Es war die pure Realität und sie wusste
das. Herr Korn verlor nun vollkommen die Kontrolle über sich
und schrie Maximilian, vor der gesamten Klasse, lauthals an.
Daraufhin wurde Maximilian sehr wütend. Er stand auf, warf
einen sehr finsteren und bösen Blick auf seinen Lehrer, trat
sein Stuhl auf den Boden und verließ mit schnellen Schritten
das Klassenzimmer. Sein Lehrer forderte ihn zwar mehrmals
auf, dass er sich gefälligst wieder beruhigen und zurück auf
sein Platz kommen soll, aber Maximilian hörte nicht auf ihn
und entfernte sich immer mehr von der Klasse. Sandra lief ihm
sofort hinterher und sagte zu ihrem Lehrer, während sie aus
dem Klassenzimmer heraus lief, dass sie Maximilian wieder
beruhigen und zurückholen würde.
Sie konnte ihn noch gerade rechtzeitig im Schulgebäude erwischen. Er war bereits fast schon am Schultor angekommen
und hatte vor die Schule zu verlassen und einfach so ab-
zuhauen. Er blieb stehen, als sie ihm hinterher rief. Sie blieb
vor ihm stehen und versuchte hastig nach Luft zu schnappen.
Sie konnte sich nicht daran erinnern, jemals so schnell gerannt
zu sein. Nicht einmal beim jährlichen Schullaufwettbewerb war
sie jemals so schnell gelaufen wie jetzt in diesem Moment. So
langsam konnte sie wieder halbwegs normal atmen und versuchte die richtigen Worte zu finden um Maximilian davon
abzuhalten, die Schule zu verlassen und wieder zur Klasse
zurückzukehren:

>>Ich, ich, bitte dich...Max! Geh wieder zurück in die...in die Klasse und entschuldige dich beim Herrn Korn. Du wirst sehen...es wird dann alles halb so schlimm werden.<< Sie atmete einmal kräftig aus und ihr Herz klopfte wieder in seiner gewohnten Geschwindigkeit weiter. Maximilian starrte sie für einen Moment enttäuscht an bevor er sagte: *>>Ich entschuldige mich bei niemandem. Ich weiß ganz genau was ich tue. Du willst vielleicht deren Handpuppe sein, aber ich werde das bestimmt nicht.<<* Sie sah ihn sowohl mit traurigen als auch mit beleidigten Blicken an, während er noch weiter sprach: *>>Ich werde mich von niemandem mehr kontrollieren lassen. Ich werde nie wieder zulassen, dass mir jemand sagt, was ich zu tun habe und was nicht. Damit wird schon bald Schluss sein. Du wirst sehen. Und dann wirst du mir recht geben.<<* Er legte seine beiden Hände auf ihre Schultern und redete, in einem etwas ruhigerem Ton, weiter während er ihr dabei tief in die Augen blickte: *>>Sandra, ich tue das doch nur für uns. Ich werde für uns, für die, die sie als Kinder bezeichnen, kämpfen. Ich werde dafür sorgen, dass wir die selben Rechte haben, wie sie selbst. Du wirst schon sehen, es wird alles gut werden. Vertrau mir doch einfach!<<* Sandra war verwirrt und wusste nicht was sie darauf antworten sollte. Sie war traurig über die momentane Situation gewesen, aber noch trauriger war sie darüber, dass Maximilian nicht klar gewesen war, dass er sich im Unrecht befand und, dass er sich, wenn er so weiter machen würde, sehr viel Ärger, ernsthaften Ärger einholen würde. Doch sie wusste einfach nicht, wie sie es ihm erklären sollte. Sie wusste nicht, was sie noch alles sagen und tun sollte, damit er es endlich versteht. Sie kämpfte mit sich selbst und konnte nur hoffen, dass er schon sehr bald

zur Besinnung kommen würde. Am Besten noch bevor ihm
etwas schlimmes dadurch geschieht. Und im Moment blieb ihr
keine andere Wahl mehr ihn einfach gehen zu lassen. Er wollte
nicht auf sie hören. Er wollte nicht zurück in die Klasse und
sich bei seinem Klassenvorstand entschuldigen. Er wollte
lieber abhauen und einfach das tun was er glaubte tun zu
müssen.
>>*Hey, Sandra! Es wird schon alles gut werden*<<
sagte er zu ihr mit einer beruhigende Stimme, umarmte sie
ganz fest und drückte ihr zum Abschied ein Kuss auf ihre
Lippen. Dann ging er durch das Schultor hinaus auf die Straße
und verschwand unter all den fremden Menschen. So wie das
Schultor wieder langsam in das Schloss hinein fiel und Sandra
hinter sich stehen ließ, rollte ihr eine Träne über ihr halbes
Gesicht hinunter, während sie gleichzeitig erhoffte, dass
Maximilian wieder zurück kommen würde, doch ihr war klar,
dass das nicht der Fall sein würde.
Die Pausenglocke läutete und es dauerte nur einen kurzen
Moment bis all die anderen Schülerinnen und Schüler aus ihren
Klassenzimmern hinausstürmten und sie, unbeabsichtigt, aus
ihren Gedanken zurück holten.

Maximilian machte sich, vollkommen aufgebracht, auf
direktem Weg nach Hause. Sobald er einen Fuß in die
Wohnung setzte, wurde er auch schon von seinem Vater,
keineswegs freundlich, empfangen. Denn sein Klassenvorstand, Herr Korn, hatte bereits seinen Vater, der sich zu
dem Zeitpunkt in seiner Tischlerei befand, angerufen und ihm
gemeldet, dass Maximilian dieses Mal viel zu weit gegangen
und frecher als sonst gewesen ist. Und natürlich auch, dass er
sich einfach so von der Schule entfernt hat. Werner gefiel es
ganz und gar nicht, was er da zu Hören bekommen hatte.

Gleich danach hatte er sich auf den Weg nach Hause gemacht, weil er bereits damit rechnete, dass Maximilian es bevorzugen würde, nach Hause zu gehen anstatt sich irgendwo aufzuhalten. Werner war nämlich klar, dass Maximilian in letzter Zeit zwar auf einen harten Kerl machte, er jedoch keines dieser Kinder war, die ständig irgendwo auf der Straße herumlungerten. Maximilian war sich dafür viel zu Schade und er bevorzugte stets die Gemütlichkeit. Abgesehen davon hatte er nie genug Taschengeld einstecken um es unnötig ausgeben zu können. Als Maximilian seinen Vater vor sich stehen sah und ihn mit bösen Blicken anstarrte, musste er, für einen kurzen Augenblick, reflexartig stehen bleiben. Ohne etwas zu sagen, versuchte er an seinem Vater vorbei zu gehen um sich in seinem Zimmer aufzuhalten. Doch Werner hielt ihn an seinem linken Oberarm fest und stieß ihn wieder nach hinten zurück. Das gefiel Maximilian ganz und gar nicht, woraufhin er anfing seinen Vater anzuschreien:

>>*Lass mich vorbei! Ich möchte in mein Zimmer gehen. Geh mir aus dem Weg!*<<

Daraufhin wurde Werner erst richtig wütend und explodierte schließlich:

>>*Was denkst du dir denn eigentlich? Was soll der ganze Blödsinn? Dein Lehrer hat mich vorhin angerufen und mir alles erzählt was du so alles in der Schule aufgeführt hast. Drehst du jetzt vollkommen durch? Du musst dich endlich wieder mal zusammenreißen! So kannst du doch nicht weitermachen? Was ist los mit dir?*<<

Werner wurde bei dem Geschimpfe zuerst rot, dann blau, dann nahm sein Gesicht eine Farbmischung aus Blau und Violett an um anschließend wieder in Rot zu verweilen. Sämtliche Adern auf seiner Stirn und im Halsbereich waren deutlich zu erkennen. Sie schwollen dabei so sehr an, sodass sie fast wie

Blindschleichen aussahen. Sie wurden recht groß und dick und sahen so aus als würden sie jeden Moment explodieren. Er ballte dabei die Hände so fest zu Fäusten zusammen, sodass sie vollkommen weiß wurden. Seine Augen drohten aus ihren Höhlen herauszuspringen. So verärgert und aggressiv hatte Maximilian seinen Vater noch nie zuvor erlebt. Werner schrie so laut, dass mittlerweile auch schon Raphael aus seinem Bett herausgekrochen war und sich direkt hinter ihm befand. Er sah mit seinem halben Körper hinter einer Wand versteckt zu und begriff nicht wieso sein Vater auf seinen älteren Bruder so böse war. Maximilian schwieg die ganze Zeit über und traute sich nicht, so wie er es sonst machte, seinem Vater frech zu widersprechen. Stattdessen biss er sich in seine Lippen und starrte, demütigt, auf den Fußboden. Er fühlte deswegen Demut, weil er es einfach nicht verkraften konnte, dass sein Vater so mit ihm schimpfte. Er ärgerte sich darüber, dass er noch gar nicht soweit war, sich seinem Vater tatsächlich gegenüberzustellen und ihm die Stirn zu bieten. Zu seinem Bedauern musste er feststellen, dass er sich wie ein Feigling zurückziehen musste. Das konnte er gar nicht verkraften. Innerlich kämpfte er mit sich selbst. Er kämpfte mit seinen Gefühlen. Doch ihm war klar geworden, dass er sich, zumindest für jetzt, geschlagen geben muss. Andererseits nahm er das als Anreiz dafür, noch härter mit seinem Plan voranzugehen. Das motivierte ihn nur noch mehr dazu, noch kaltblütiger zu werden. Er konnte spüren, welch großen Hass er gegenüber Erwachsenen entwickelte und tröstete sich mit den Gedanken, dass sie sich schon sehr bald nicht mehr so verhalten werden können. Denn er war sich absolut sicher, dass er mit seinem Kampf Erfolg haben würde. Mit dem Kampf für die Rechte der Kinder. Für den Kampf der Gleichberechtigung. Für den Kampf der selben Rechte wie sie die Erwachsenen bereits hätten. Seine Zeit würde auch schon kommen. Und sie würde sogar schon sehr bald kommen.

Werner war mit seinen Nerven so sehr am Ende, dass er darauf verzichtete Maximilian wieder zurück in die Schule zu fahren. Stattdessen hatte er seine Frau angerufen und ihr erzählt was vorgefallen war und sich wieder zurück zur Arbeit gemacht. Er hatte eine Ablenkung nötig. Er musste sich unbedingt wieder beruhigen und das funktionierte am Besten, wenn er sich seinem geliebten Beruf widmete.

Bevor er die Wohnung verließ, ermahnte er Maximilian, dass er ja kein Blödsinn anstellen und warten soll bis seine Mutter wieder nach Hause kommt. Bis dahin solle er sich mit Raphael oder sonst irgendwie beschäftigen. Das tat Maximilian auch. Er beschäftigte sich, während Raphael ihm Gesellschaft leistete und im Zimmer seines Bruder mit seinen Actionfiguren spielte, mit seinem Plan. Er hatte das Bedürfnis bekommen, sich damit zu beeilen und das alles nicht noch länger über sich ergehen zu lassen. Weil sein Lehrer ihn bei seinem Vater verpetzt hatte, wurde er umso wütender auf ihn. Zu diesem Wut kam nach kurzer Zeit auch Hass dazu. Eine Kombination von Gefühlen, die Maximilian, ohne, dass er es mitbekam, durchdrehen ließen. Sie verwandelten ihn langsam aber sicher in eine völlig andere Person. Da ihm klar war, dass er sein Plan nicht alleine durchziehen hätte können und es sowieso besser wäre, wenn mehrere dabei mitmachen würde, beschloss er einige seiner Freunde aus der Schule zu kontaktieren um gemeinsam mit ihm sein Plan verwirklichen können. Er war der festen Über-zeugung, dass man sie dadurch noch ernster nehmen würde als wie wenn nur eine Person sich dagegen stellen würde. Eine einzige Person würde zu einer Lachnummer werden. Doch eine ganze Gruppe würde man ernst nehmen und sogar respektieren.

Also griff er nach seinem Handy und fing an darauf herum-
zutippen. Er versendete manchen Nachrichten und andere
wiederum rief er an. Er war ein beliebter Junge gewesen, weswegen er auch viele zu seinen Freunden zählen konnte. Doch
wieviele von ihnen würden tatsächlich auch bei ihm mitmachen? Würde überhaupt jemand mitmachen wollen? Diese
Gedanken beschäftigten ihn auch, aber er wusste, dass er es
ohnehin herausfinden würde, wer tatsächlich mitmacht und wer
nicht. Mit dieser Aktion würde er schon in Kürze herausfinden,
wer auch wirklich sein Freund ist und wer nicht. So begann er
also, nachdem er bereits einige Stunden völlig in Gedanken
versunken und abgeschieden von der Welt um ihn herum,
endlich mit dem ersten Schritt seines Plans. Er war so sehr mit
seinen Gedanken beschäftigt gewesen, dass er nicht einmal
mitbekam, dass sein jüngerer Bruder Raphael inzwischen von
den Actionfiguren abgelassen und stattdessen mit Farbstiften
die Zimmerwand bunt durcheinander voll gekritzelt hatte. Als
Maximilian ihn dabei so sah, bekam er zuerst etwas Panik und
wollte ihn davon abhalten, doch dann im nächsten Moment,
dachte er sich, dass es ihm im Grunde völlig egal gewesen war
und Raphael einfach ließ sein Kunstwerk zu beenden. Denn im
Moment hatte er ganz andere Sorgen und musste sich um
seinen Plan kümmern. So konzentrierte er sich wieder darauf,
nahm sein Handy heraus uns begann nach der Nummer der
ersten Person zu suchen, die ihm eigefallen war. Diese Person
gehörte zu einem seiner engsten Freunde und Maximilian
hoffte, dass er von nun an zu seinem Mitstreiter werden würde.
Da er wusste, dass die Schule bereits seit einer halben Stunde
zu Ende war, wusste er auch, dass sein Klassenkamerad, der
auf den Namen Simon hörte, in aller Ruhe telefonieren konnte.
Es sei denn, Simon war anderweitig beschäftigt, weil ihn seine
Eltern zu was auch immer aufgefordert hatten, das er machen

musste. Die Wandbemalung von Raphael sah ja wirklich fast wie ein Kunstwerk aus, dachte sich Maximilian und drückte währenddessen mit einem Lächeln auf die Telefonnummer, die ihn mit Simon verbinden sollte.

Es läutete ganze vier Mal bis Simon endlich den Anruf von Maximilian entgegen nahm und sich mit:

>>*Hey Max! Was gibt's?*<<

meldete.

Maximilian klang ganz cool und gelassen als er ihm folgende Frage stellt:

>>*Möchtest du in die Geschichte eingehen?*<<

KAPITEL 4

DAS TREFFEN

Die Frühlingssonne schien über dem kleinen Garten, der zu
dem kleinen Einfamilienhaus von Ömer's Familie gehörte. Die
warmen Sonnenstrahlen fielen direkt über die kleine Gruppe,
bestehend aus fünf zwölf- bis dreizehnjährigen jungen
Männern, die alle genüsslich je ein Glas Eistee tranken, die
Ömer's Mutter ihnen als Erfrischung zubereitet hatte. Ömer
gehörte zu den engsten Freunden von Maximilian, der zwar
nicht in die selbe Klasse mit ihm ging, aber sich dafür in der
Klasse nebenan befand. Sein Vater war der Inhaber eines
internationalen Speditionsunternehmens genannt nach ihrem
Familiennamen, CELIK CARGO, dessen Logo aus zwei
großen C's bestand, die Rücken an Rücken standen. Ömer und
seine Familie lebten draußen in Liesing und immer wenn die
Gruppe vor hatte sich irgendwo zu treffen, fiel die Entscheidung auf Ömer's Haus. Der kleine Garten eignete sich hervorragend für diverse Treffen. Manche Freunde von Ömer durften
sogar ihre Geburtstagsparty's in seinem Garten feiern, weil er
sich auch dafür sehr gut eignete. Und in diesem Moment wurde
es zu einem Treffen für Maximilian's große Mission, wie er sie
seinen Freunden gegenüber stolz und voller Optimismus ver-
kündete. Damit das Ganze auch wirklich cool klang, hatte er
ihr einen englischen Namen verpasst und nannte sie offiziell
„The League of Max" und machte ganz und gar nicht den Eindruck, dass Maximilian größenwahnsinnig war. Seine an-
wesenden Freunde nahmen das ohne jegliche Widersprüche hin
und wollten eigentlich nur wissen, was genau Maximilian nun
von ihm wollte und wieso er sie so dringend hierher bestellt
hatte. Obwohl die Mutter ohne die zwei jüngeren Schwestern

von Ömer sich im Haus befanden, bevorzugte es Maximilian dennoch so leise wie möglich zu sprechen, sodass ihm ja niemand dabei lauschen konnte, der oder die mit der Mission nichts zu tun hatte.

So fing er also an seinen vier engsten Freunden von seinem Plan zu erzählen und klärte sie alle auf. Vorher wollte er, dass sie so dicht wie möglich an ihn heran kommen sollen, damit sie ihn auch Wort für Wort verstehen können.

Nun war der Kreis enger geworden und Maximilian konnte endlich anfangen.

Er nahm ein Schluck von seinem Eistee und begann zu reden:

>>*Also gut, der Grund, wieso ich so dringend mit euch hier sprechen wollte ist folgendes. Ich weiß nicht wie sehr euch das zu schaffen macht, aber ich halte es einfach nicht mehr länger aus.*<<

Die fünf Freunde hörten ihm aufmerksam zu während er weiter redete:

>>*Ich spreche von den Erwachsenen...Von Erwachsenen, die uns ständig, bei jeder Gelegenheit, glauben sagen zu müssen, was wir tun sollen.*<<

Die vier Freunde sahen sich gegenseitig mit fragenden Blicken an. Maximilian bekam ihre Verwirrung mit und klärte sie auf:

>>*Habt ihr es auch nicht satt ständig von den Erwachsenen kontrolliert und wie kleine Kinder behandelt zu werden?...*<<

An dieser Stelle wurde er vom zwölfjährigen Lorenz, der sich zwischen Simon und Ömer befand, unterbrochen. Auch Lorenz war in der selben Klasse wie Ömer.

>>*Ähhm, naja, also wir sind doch auch Kinder. Wir müssen das tun, was die Erwachsenen von uns verlangen.*<<

Alle anderen in der Gruppe stimmten Lorenz nickend zu, während Maximilian genervt die Augen verdrehte und dabei sein Hals hinauf streckte. Er atmete einmal ruhig ein und aus

54

und sprach weiter:

>>*Nein, eben nicht. Wir sind keine Kinder mehr. Wir sind fast schon erwachsen. Wir sind alle in einem Alter, wo wir uns nicht mehr sagen lassen brauchen, was wir essen, was wir anziehen, wohin wir gehen und was wir im Fernsehen ansehen dürfen und was nicht. Wir sind alle in einem Alter, in der wir das alles selbst entscheiden dürfen. Versteht ihr?*<<

Die vier Freunde wussten nicht so recht was er damit meinte und worauf er hinaus wollte. Ihre Verwirrung war ihnen ins Gesicht geschrieben. Der einzige, der ihm halbwegs folgen konnte, war sein Freund Tibor aus Ungarn:

>>*Wie hast du dir das vorgestellt? Willst du dagegen protestieren? Willst du dich für neue Gesetze für Kinder und Jugendliche einsetzen? Was geht dir schon wieder durch deinen chaotischen Kopf?*<<

Voller Begeisterung gab ihm Maximilian eine Antwort:

>>*Ganz genau!...Ich habe vor für unsere Freiheit zu kämpfen. Kämpfen, damit wir die selben Dinge tun dürfen, die Erwachsene bereits tun. Kämpfen um keine Erlaubnisse mehr zu benötigen, sondern alles selbst in die Hand zu nehmen. Dafür möchte ich kämpfen. Dafür sollten wir alle kämpfen.*<<

Seine vier Freunde sahen sich ein weiteres Mal verwirrt und schweigend an. Einige Sekunden später brachen sie alle in lautem Gelächter aus, sodass Maximilian sich darüber wunderte und nicht verstand, was da jetzt so witzig daran war. Simon schütte dabei sogar fast die Hälfte seines Eistee Getränks aus und ein paar Tropfen spritzten auf Maximilian's Air Max. Das war nicht die Reaktion, die Maximilian erwartet hatte. Er hatte das Gefühl, dass sie ihn nicht ernst genug nahmen und sich sogar lustig darüber machten. Im Moment konnte er nichts sagen. Er stand einfach nur da und beobachtete wie sehr sich seine Freunde darüber kaputt lachten. Doch so

langsam wurde er zornig, sodass er sein Glas, das fast noch
voll mit Eistee gewesen war, mit voller Wucht auf den grasigen
Boden warf und somit dafür sorgte, dass alle seine vier
Freunde prompt das Lachen unterbrachen und ihre, noch vor
wenigen Sekunden davor, lachendes Gesicht, gegen einen
ernsten und verwirrten Gesichtsausdruck austauschten. Es
herrschte für ganze zehn Sekunden Todesstille unter den fünf
Freunden. Maximilian starrte schweigend jedoch vor Wut
schnaufend seinen vier Freunden, die ebenso schweigend vor
ihm standen, direkt in die Augen. In Maximilian's Augen loderte das Feuer eines Kriegers, der fest dazu entschlossen gewesen war in den eiskalten Krieg zu ziehen. Simon, Ömer,
Lorenz und Tibor konnten fast schwören, dass sie alle, in
diesem Moment, zur selben Zeit, dieses Feuer in seinen Augen
sehen konnten. So wie sie ihn, mit diesen finsteren und ent-
schlossenen Blicken vor sich stehen sahen, so erkannten sie auf
der Stelle, dass Maximilian alles was er sagte vollkommen
ernst meinte. Und zwar jedes einzelne Wort. Ihnen wurde in
diesem Augenblick klar, dass er ganz und gar nicht scherzte
und sich das alles, allem Anschein nach, genau überlegt hatte.
>>*Du meinst das also tatsächlich ernst?*<<
brach Tibor die Stille in dieser angereizten Situation in der sie
sich befanden.
Nahezu flüsternd und mit einer Tonlage, die den vier Freunden
regelrecht Angst einflößte, antwortete Maximilian:
>>*Todernst.*<<
Und erneut sahen sich die vier Freunde gegenseitig an. Sie
fingen nun ernsthaft darüber nachzudenken, was Maximilian
ihnen gesagt hatte.
>>*Angenommen, wir unterstützen dich dabei. Wie genau
möchtest du hierbei vorgehen? Was genau ist dein Plan?*<<
wollte Lorenz wissen. Maximilian warf ihm einen so derartig

hitzigen Blick zu, sodass er Simon damit locker hätte ver-
brennen können, wenn das, ähnlich wie bei Superman und
seinem Hitzeblick, anatomisch möglich gewesen wäre. Die
restlichen Drei warteten ebenso wie Lorenz ganz gespannt auf
seine Antwort.

>>*Wir werden es nicht ganz so machen wie in der Politik. Das
würde viel zu lange dauern bis wir unser Ziel erreichen
würden. Abgesehen davon habe ich nicht vor eine Partei zu
gründen und in die Politik einzusteigen. Das interessiert mich
nicht....Wir machen das folgendermaßen.*<<

Er klang während seines gesamten Vortrages sehr selbstbewusst und wollte, dass die Gruppe enger zueinander kommt,
sodass er wieder seine Stimme ein wenig senken konnte:

>>*Ich habe zuallererst euch Vier angerufen und erzähle nur
euch davon, weil ihr meine engsten Freunde seid und ich euch
vertraue. Wir hatten gemeinsam schon viel Blödsinn angestellt
und da und dort kleine Abenteuer erlebt. Daher dachte ich,
dass ihr zu meiner Kerngruppe gehören solltet, sodass wir
auch bei dieser Sache gemeinsam ein Abenteuer erleben
können. Nur, dass dieses Abenteuer sich gewaltig von den
vergangenen unterscheiden wird...Und zwar wird das so ab-
laufen, dass jeder von uns so viele Kinder wie möglich, ganz
egal ob von der Schule, auf der Straße oder im Bekanntenkreis
zusammentrommelt wie möglich. Wir müssen zusehen, dass
unsere Gruppe in kürzester Zeit sehr schnell wächst und wir
weitere Mitstreiter gewinnen. Denn nur so können wir uns
durchsetzen um unser Ziel letztendlich umsetzen zu können.*<<

In diesem Moment rief die Mutter von Ömer von der Gartentür
aus ihnen zu, ob sie noch mehr Eistee möchten, doch eher
Ömer ihr antworten konnte, antwortete stattdessen Maximilian
und rief ihr zurück, dass sie momentan gut versorgt waren und
nichts nötig hätten. Daraufhin machte sie die Gartentür wieder

zu und ging in das Haus zurück. Maximilian nahm einen Schluck von seinem Eistee während Ömer ihm eine Frage stellte:

>>*Und wie sollen wir das anstellen? Mit Flyern und über die Sozialen Medien oder was?*<<

Maximilian wischte sich mit dem Handrücken seine vom Eistee befeuchteten Lippen ab und gab seinem Freund, in dessen Garten er stand, eine Antwort:

>>*Ömer, Ömer, natürlich machen wir das ganze so unauffällig wie möglich. Wir müssen einfach versuchen jede und jeden ins Boot zu holen, die unserer Meinung sind und es ebenso satt haben ständig von den Erwachsenen kontrolliert zu werden und nach deren Gesetzen zu leben. Je mehr wir sind umso ernster werden sie uns nehmen und umso schneller werden sie unser Anliegen akzeptieren.*<<* Seine vier Freunde hörten ihm aufmerksam zu. >>*Gleich morgen, ohne unnötig Zeit zu verlieren, werden wir damit loslegen. Zuerst erzählen wir denjenigen etwas davon, von denen wir wissen, dass sie vertrauenswürdige Personen sind, die unseren Plan nicht sofort an die weitergeben, die davon nichts wissen sollen...*<<

>>*Also Erwachsene?*<<

brach ihn Tibor an dieser Stelle ab.

>>*Unter anderem Tibor...*<<

bestätigte Maximilian und fügte hinzu:

>>*Sowohl Erwachsene als auch Kinder, die von vornherein nicht mitmachen würden, weil ihnen das zu gefährlich werden könnte und sie sich dadurch in die Hosen machen.*<<

Tibor nickte verständnisvoll während Maximilian weiter von seinem Plan erzählte:

>>*Wir fangen also zuerst mit diesen Leuten an, denen wir voll und ganz vertrauen können und fordern sie auf, dass auch sie in ihrem Umfeld das genauso weiter verbreiten um noch mehr*

Kinder anzuwerben.<<
So langsam verstanden die vier Freunde Maximilian und
konnten ihm folgen.
>>Und sobald wir genug sind,...<<
erzählte Maximilian weiter:
>>...werden wir den Angriff starten.<<
Er hatte dabei ein teuflisches Lächeln auf.
>>Angriff?...<<
fragte Simon
>>Was für ein Angriff?<<
In einem sehr ruhigen Ton gab ihm Maximilian eine Antwort:
>>Na den Angriff auf die Erwachsenen.<<
Simon, Tibor, Lorenz und Ömer sahen sich wieder gegenseitig
an und warfen sich fragende Blicke zu, die mit Sicherheit
folgende Frage beinhaltete -*Angriff auf die Erwachsenen?*
Meint der Typ das tatsächlich ernst?-
Maximilian hatte bereits mit solch einer Reaktion seiner
Freunde gerechnet. Ohne sie länger „zappeln" zu lassen, wollte
er es ihnen genauer erklären:
*>>Ohne Angriff werden wir uns nicht durchsetzen können. Wir
müssen ihnen klar machen wie ernst wir das meinen und wie
sehr wir das wollen.<<*
>>Moment, Moment!<<
unterbrach ihn Tibor:
*>>Meinst du mit Angriff etwa wirklich einen Angriff auf Er-
wachsene? Also sie so richtig physisch zu attackieren mit
Fäusten und Tritten und das alles? Etwa so wie ein richtiger
Krieg?<<*
Selbstbewusst und von seinem Plan überzeugt nickte
Maximilian mit seinem Kopf und antwortete:
>>Ganz genau so hatte ich es mir vorgestellt.<<
Tibor griff sich auf den Kopf und war total aufgewühlt. Er ging

einmal auf und ab, blieb stehen, sah mit verdutzten Blicken
Maximilian in die Augen und stellte seine nächste Frage:
>>*Bist du denn völlig übergeschnappt Mann?*<<
Maximilian blieb dabei völlig cool und gelassen als er ihm eine
Antwort gab:
>>*Nein, mein Freund. Ist mein totaler Ernst.*<<
Und wieder ging Tibor auf und ab, blieb danach stehen, senkte
seinen Kopf und konnte nichts anderes tun als ihn zu schütteln.
>>*Vertraut mir Freunde, das klappt ganz bestimmt. Das ist wie
in einem Gefängnis. Um zu überleben muss man dort den
stärksten fertig machen. Und genau das machen wir hier. Um
anerkannt zu werden, werden wir uns mit den Erwachsenen
anlegen und sie fertig machen. Dann können sie gar nicht
anders und müssen es hinnehmen*<<
wollte Maximilian sie beruhigen. Diesmal ergriff Lorenz das
Wort:
>>*Max, du weißt doch ganz genau, dass das nicht gut laufen
kann. Das ist Irr-sinn was du da alles von dir gibst. Denkst du
allen ernstes, dass wir auch nur die geringste Chance hätten
damit durchzukommen? Denkst du denn tatsächlich, dass
Kinder gegen Erwachsene und vor Allem gegen ihre eigenen
Eltern und Familienmitglieder kämpfen würden? Das was du
hier ab-sonderst ist nicht gesund. Schlage dir das lieber ganz
schnell wieder aus dem Kopf und komm wieder zurück zur
Realität! Es ist wie es ist. Wir sind Kinder und müssen nunmal
das befolgen wozu Erwachsene uns auffordern. Ob es uns
gefällt oder nicht. Das ist leider die traurige Wahrheit.*<<
Ömer, Simon und Tibor stimmten Lorenz zu. Als Maximilian
sehen musste, dass ihm seine engsten Freunde nicht zur Seite
stehen wollten und sein Plan nicht für möglich hielten, wurde
er sehr wütend und fing an sie anzuschreien, sodass alle vier
reflexartig einen Schritt nach hinten machten.

60

>>Dieser Plan wird funktionieren. Er wird funktionieren. Das werdet ihr noch sehen. Ich dachte wir wären Freunde. Ich dachte, ihr wärt so taffe und harte Jungs, die vor nichts und niemandem zurückschrecken. Dabei seid ihr doch nur alle kleine Feiglinge, wie es sich für Kinder eben gehört. Ich bin auf jeden Fall kein Kind mehr und ich werde diesen Plan durchziehen. Ob nun mit euch oder ohne euch. Ich werde diesen Plan durchziehen und für unsere, für eure Rechte kämpfen. Denn so machen das wahre Krieger nunmal. Sie laufen nicht davon, wenn es hart auf hart kommt. Nein, sie stellen sich dagegen und kämpfen. Und wenn es sein muss, erleiden sie einen heldenhaften Tod. Sie opfern sich für die Mehrheit. Das war schon immer so und das wird auch immer so sein. Und wenn ihr euch weiterhin so wie Feiglinge benehmt und nicht für eure Rechte aufsteht, dann werdet ihr immer zu den Unterdrückten gehören. Ihr werdet immer deren Marionetten sein.<<

Seine Freunde waren ganz still und taten nichts anderes als ihm zuzuhören. Maximilian senkte seine Stimme einwenig und völlig enttäuscht sagte er noch:

>>Ich werde kämpfen, weil ich lieber für etwas das ich möchte kämpfend sterben würde als auf Knien weiterzuleben.<<

Mit diesen abschließenden Worten verließ er den Garten und ließ seine vier Freunde hinter sich zurück.

Als er tief in Gedanken versunken durch das Haus Richtung Ausgang hindurch spazierte, merkte er nicht, oder ignorierte sie bewusst, dass die Mutter von Ömer zu ihm sprach und sich verabschiedete. Dass er keine Reaktion von sich gab fand sie merkwürdig, aber das war sie von Kindern bereits gewohnt gewesen.

Wieder zurück zu Hause verkroch sich Maximilian in sein

Zimmer zurück und konnte es immer noch nicht fassen, dass seine vier engsten Freunde ihm nicht beistehen wollten. Konnte er sie dann noch überhaupt als Freunde und noch dazu als engste Freunde bezeichnen? Sollte er jetzt seine Freundschaft mit ihnen beenden und sich neue Freunde suchen oder gar ohne Freunde weiter machen? Viele Fragen beschäftigten ihn im Moment von denen er sich nicht ablenken lassen wollte. Er war nach wie vor darauf fokussiert gewesen sein Plan, koste es was es wolle, durchzusetzen. Und nachdem es so schien, dass seine Freunde ihn im Stich gelassen hatten, wollte er sein Plan erst recht durchsetzen. Das war ein weiterer Grund für ihn gewesen. Es seinen Freunden zu beweisen. Ihnen zu zeigen, dass er im Recht lag und sie im Unrecht. Er wollte es ihnen damit heimzahlen, dass sie ihm in den Rücken gefallen sind und sich wie ein Haufen Feiglinge benommen hatten. Von allen anderen hätte er so etwas erwartet, aber nicht von seinen vier besten Freunden. -*Diese Idioten!*- dachte sich Maximilian verärgert. Er hatte tatsächlich das Gefühl im Stich gelassen worden zu sein.

Während er sein Plan umdenken musste, fiel ihm sein neuestes Comicbuch auf, der auf seinem Schreibtisch lag. Er ging zum Tisch und nahm das Comicbuch, der von dem Superschurken, Black Adam handelte, in seine Hände und beschloss sich von nun an wie er schwarz zu kleiden. Alles sollte, ohne Ausnahme, von nun an schwarz sein. Schwarze Hosen, schwarzes Hemd, schwarze T-Shirt's, schwarze Schuhe. Einfach alles sollte nur noch aus schwarzer Bekleidung bestehen.

Er legte das Comicbuch wieder zurück auf den Schreibtisch und fing an sein Kleiderschrank nach schwarzer Bekleidung durchzuwühlen. Alles was schwarz war sollte bleiben und alles was nicht schwarz gewesen war, sollte verschwinden. So verbrachte er einige Minuten indem er einfach alles, was weiß oder bunt gewesen war, aus seinem Kleiderschrank herauszuholen und am Ende nur schwarze Kleidung sich drinnen befand. Immerhin machte das die Mehrheit seiner Bekleidung aus, da er nicht allzu viel schwarze Bekleidung hatte. Sein Kleiderschrank wurde dadurch halbleer, aber das störte ihn nicht weiter. Also nahm er all seine restliche Bekleidung und stopfte sie in einen großen Müllsack, den er zugebunden und irgendwo in seinem Zimmer beseite gelegt hatte.

Auch seine Kleidung, die er noch anhatte, verstaute er gemeinsam mit seiner restlichen Bekleidung in den Müllsack. Dann zog er sich seine schwarze Jeanshose an und drüber ein schwarzes T-Shirt. Dazu noch schwarze Socken und seine schwarzen Sneaker, die er zu Weihnachten letztes Jahr von seinen Eltern geschenkt bekommen hatte. Während er sein neues Styling im Spiegel bewunderte, klingelte sein Handy. Er ließ es mehrmals klingeln, bevor er abhob und sich bei seiner besorgten Freundin Sandra meldete. Nachdem Vorfall im Klassenzimmer und seinem plötzlichen Verschwinden, hatte sie sich Sorgen gemacht und wollte wissen, wie es geht. Er versicherte ihr, dass alles bestens sei und er sich noch nie zuvor so gut gefühlt hatte. Sandra war erleichtert als sie das aus seinem Mund hörte und war glücklich darüber, dass es ihm gut ging. Sie schlug ihm vor, dass sie sich irgendwo treffen um ein wenig zu plaudern und auch weil sie ihn vermisste.

Für Maximilian ging das in Ordnung und er versprach ihr zu kommen. Doch vorher musste er noch eine Kleinigkeit erledigen teilte er ihr mit. Als sie wissen wollte, was das sein soll, antwortete er ihr nicht und legte einfach auf. Das wiederum machte Sandra erneut Sorgen, aber so war ihr geliebter Freund Maximilian nunmal. Sie konnte sich nie daran gewöhnen und sich auch gar nicht mit seinem Benehmen anfreunden, aber sie gab dennoch nie die Hoffnung auf, dass er sich eines Tage schon bessern würde.

Nachdem Maximilian aufgelegt und das Handy eingesteckt hatte, warf er erneut einen kurzen Blick in den Spiegel bevor er den Baseballschläger, der unter seinem Bett lag, herausholte und begann damit ein wenig zu schwingen. Den hatte er zu seinem zehnten Geburtstag von seinem Vater geschenkt bekommen. Sie gingen früher oft auf die Donauinsel und spielten etwas Baseball. Das heißt natürlich kein richtiges, sondern einfach den Ball zuwerfen und mit dem Schläger zurückschlagen. Das machte ihnen sehr viel Spaß und vor Allem hatte Maximilian viel Freude daran. Er konnte sich noch sehr gut daran erinnern, wie eines Tages der Ball in der Donau landete und sein Vater ins Wasser sprang um ihn zurückzuholen. Und als er wieder klitschnass zurückkam, mussten sie alle lachen. Doch damals war er noch ein Kind. Jetzt war er bereits ein erwachsener Mann gewesen. Er wollte schon lange nicht mehr mit seinem Vater irgendwelche langweiligen Ballspiele spielen. Er wollte gar nichts mehr mit seiner Familie unternehmen. Alles was er wollte, war in Ruhe gelassen zu werden. Und das sollte er jetzt bekommen. Er wollte dafür sorgen, dass er seine Ruhe auch wirklich bekam.

Mit dem Baseballschläger in seiner Hand ging er aus seinem Zimmer heraus und machte sich direkt auf den Weg in das Wohnzimmer in der sich seine Eltern befanden. Sie waren beide vollkommen erschöpft gewesen, da sie beide einen anstrengenden Arbeitstag hinter sich hatten. Und der Vorfall mit Maximilian hatte ihnen bereits die letzten Nerven gekostet. Nun sahen sie in aller Ruhe und völlig entspannt fern. Sie waren so sehr in die Sitcom vertieft gewesen, die von zwei Brüdern und einem kleinen Jungen handelte, der der Sohn vom jüngsten der beiden Brüder war, sodass sie gar nicht mitbekamen, dass sich ihr ältester Sohn Maximilian schwingend mit

dem Baseballschläger, den er fest mit beiden Händen umklammert hatte, an sie näherte. Es klang wie ein Kokosnuss,
der gerade aufgebrochen wurde, als das dicke Ende des Base-
ballschlägers den Hinterkopf von Werner traf und er von dem
Sofa zuckend auf den Boden hinunterrollte. Ehe Theresa be-
greifen konnte was gerade eben passiert war, traf auch sie der
Baseballschläger auf den seitlichen Kopf, sodass auch sie
zuckend auf den Boden fiel. Während seine Eltern wie zwei
Fische, die verzweifelt nach Luft schnappten, auf dem Boden
zappelten und dabei viel Blut verloren, ging Maximilian mit
langsamen Schritten zu ihnen hinüber und hockte sich nieder.
Nachdem er ihnen eine Weile beim Ersticken zusah, sagte er zu
ihnen, dass die Dinge von nun an anders verlaufen werden.
Und zwar so wie er es möchte. Er machte ihnen sein Standpunkt klar und war somit bereit es der gesamten Welt auch zu
zeigen. Jeder sollte sehen und wissen wofür er kämpfte und
was er damit bezwecken wollte. Die Kinder würden ihn als
einen Helden feiern, weil er ihnen die Freiheit ermöglichen
würde, die sie schon vor langer Zeit verdient hätten.
So stand er, weiterhin mit dem Baseballschläger in seiner
Hand, auf und ging zu seinem jüngeren Bruder Raphael, der
die ganze Zeit über zugesehen hatte und hockte sich auch zu
ihm hinunter, sodass sie auf der selben Augenhöhe sein
konnten und sagte:
>>*Wenn du etwas haben möchtest, darfst du nicht warten bis
man es dir gibt. Du musst gehen und es dir selber holen.
Verstehst du das?*<<
Raphael sah ihn an und nickte lächelnd, wie es bei kleinen
Kinder eben so üblich ist, obwohl er kein Wort von dem
verstanden hatte, was sein älterer Bruder ihm damit sagen
wollte.
>>*Guter Junge!*<<

sagte Maximilian zu Raphael, stand, sich auf den Baseballschläger stützend, auf und verließ die Wohnung.
Raphael ging zu seinen Eltern hinüber, die immer noch auf
dem Boden zappelten, setzte sich zu ihnen hin und begann mit
dem Blut, das aus der Kopfwunde seines Vaters herausfloss, zu
spielen an.

Sandra gefiel zwar der neue Look von Maximilian, aber in
seinem Fall bereitete es ihr Sorgen. Doch um ihn damit nicht
zu ärgern, behielt sie ihre Meinung für sich und tat so, als ob es
für sie in Ordnung wäre.
Diesmal hatten sie sich, wie sonst immer auch, am Schwedenplatz auf ein Milchshake getroffen. Den blutigen Baseballschläger hatte er vorher im Keller verstaut.
Während sie still gegenüber saßen und dabei ihre Milchshake's
schlürften, musterte Sandra ihn unauffällig an. Sie versuchte
sich mit seinem neuen Look anzufreunden. Nach kurzer Zeit
vergaß sie, dass sie ihn ansah und ihre Blicke blieben wie
erstarrt auf ihm drauf. Maximilian fiel das auf und er sagte:
>> *Du kannst ja kaum deine Augen von mir nehmen.*<<
Als sie das hörte kam sie wieder ganz schnell zu sich und
antwortete lächelnd:
>>*Oh, was? Ja, ja. Stimmt, ist noch so ungewohnt dich voll-
kommen in Schwarz zu sehen. Muss das mal erst verdauen.*<<
Sie lachte. Er lächelte und sagte:
>>*Tja, das bin ich ab jetzt. Das ist mein neues Ich. Du musst
dich wohl oder übel daran gewöhnen.*<<
Er schlürfte weiter an seiner Milchshake. Sandra nickte
lächelnd und sagte:
>>*Ja, das muss ich wohl.*<<
Auch sie schlürfte an ihrer Milchshake und fragte anschließend:

>>*Du wolltest eine Kleinigkeit erledigen, bevor du hierher kommst, hast du am Telefon gesagt. Hast du es denn schon erledigt?*<<

Maximilian starrte sie eine Weile an, bevor er ihr in aller Ruhe eine Antwort gab:

>>*Ja, das habe ich. War einfacher als gedacht.*<<

>>*Möchtest du mir nicht verraten, was diese Kleinigkeit gewesen ist?*<<

wollte sie wissen. Auch jetzt starrte Maximilian sie für eine Weile an eher er ihre Frage beantwortete:

>>*Das denke ich nicht. Ein Mann muss so seine Geheimnisse haben. Damit musst du dich abfinden meine liebe Sandra.*<<

Er klang dabei wie ein richtiger erwachsener Mann, dachte sich Sandra. Er war wie ausgewechselt gewesen. Als würde ein anderer vor ihr sitzen und mit ihr gemeinsam Milchshake schlürfen. Vom alten Maximilian war jedenfalls nichts mehr zu erkennen. Neuer Look, mysteriöse Haltung, Geheimnisse, ernster Tonfall. Das alles traf nicht auf den Maximilian zu, in den sie sich verliebt hatte. Was ging nur bloß in ihm vor, dachte sie sich. Wieso verhielt er sich so komisch?

Sie versuchte nicht länger daran zu denken und konzentrierte sich viel lieber auf die gemeinsame Stunde, die sie verbrachten. In der Zwischenzeit kam die Kellnerin an ihren Tisch und wollte wissen, ob sie noch einen Wunsch hätten. Noch bevor Sandra ihr antworten konnte, kam ihr Maximilian entgegen:

>>*Wie heißen Sie?*<<

wollte er von ihr wissen. Sie wunderte sich über die unerwartete Frage und zeigte lächelnd auf ihren Namensschild, der an ihrer linken oberen Brusthälfte angesteckt war und sagte:

>>*Hier steht's! Mein Name ist Astrid. Astrid Neumann.*<<

Sandra und Maximilian sahen beide auf den Namensschild.

Maximilian nickte mit seinem Kopf und sagte zu der netten Kellnerin

>>*Jetzt hör' mir gut zu Arschtritt!...*<<

Sandra konnte ihren Ohren nicht trauen und glaubte nicht, was sie da gerade eben hören musste. Sofort hielt sie sich, vor lauter Scham, die Hände vor den Mund und riss ihre Augen ganz weit auf, während sie vor Scham rot anlief. Sie dachte sich nur dabei -*Oh Gott Max, das hast du doch jetzt nicht wirklich gesagt.*- Aber so war es. Maximilian hatte die freundliche Kellnerin zutiefst beleidigt und war sehr unhöflich und respektlos zu ihr. Auch die Kellnerin konnte nicht glauben, wie er sie bezeichnet hatte und war vor Schock erstarrt gewesen während Maximilian seinen Satz zu Ende sprach:

>>*...wenn wir etwas möchten, dann werden wir es dir schon her pfeifen. Du musst also nicht, nur weil du auf etwas mehr Trinkgeld hoffst, uns in den Hintern kriechen und so tun als läge dir etwas an uns.*<<

Sandra würde am Liebsten auf der Stelle tot umfallen. Vor lauter Scham wusste sie nicht was sie tun oder sagen sollte. Ihr Gehirn war wie eingefroren gewesen. Sie konnte nicht mehr anständig denken. So viel Peinlichkeit hatte sie noch nie zuvor ertragen oder erleben müssen. -*Wieso nur benimmst du dich so?*- konnte sie nur die ganze Zeit über denken. Zu mehr war sie in diesem Moment nicht in der Lage gewesen. Die Kellnerin war zutiefst gekränkt über die Beleidigung und Frechheit, die sich Maximilian erlaubt hatte, gewesen. Sie war zunächst sprachlos doch dann wurde sie sehr wütend auf ihn, sodass sie anfing mit ihm zu schimpfen:

>>*Also so eine Frechheit hatte ich bisher noch nie erlebt. Wie kannst du es nur wagen mit einer fremden Person und noch dazu mit einer Dame so frech und respektlos zu reden? Schämst du dich denn gar nicht. Du bist ja fast schon ein*

*erwachsener Mann. Du solltest unbedingt lernen deine Zunge
zu zügeln Kindchen.<<*

Als Maximilian die Kellnerin so aufgebracht erleben und sich
anhören musste, was sie da alles zu ihm sagte, ging bei ihm erst
recht die Wut hoch. Er stand auf, sah der Kellnerin tief in die
Augen, sodass sie dabei ein wenig erschrak und sich leicht
nach hinten beugte und er voller Hass in seiner Stimme sagte:
*>>Ich bin bereits ein erwachsener Mann, kannst du das nicht
erkennen du blöde Sau?<<*

Der Kellnerin kamen voller Entsetzen die Tränen hoch und
ohne etwas zu sagen, lief sie einfach so davon und verschwand
im Kaffeehaus. In diesem Moment stand Sandra, mindestens
genauso entsetzt wie die Kellnerin, auf und begann mit
Maximilian zu schimpfen:
*>>Sag mal, bist du jetzt vollkommen verrückt geworden? So
kannst du doch nicht mit einem Menschen reden. Sie arbeitet
hier und hat nur ihren Job gemacht. Wieso hast du sie so
derartig beleidigen müssen? Das war wirklich vollkommen
daneben Max. Das hätte ich nun wirklich nicht von dir erwartet.<<*

Maximilian stand einfach nur so da und sah in die Leere
während Sandra mit ihm schimpfte und versuchte ihm gegenüber ihr Entsetzen zum Ausdruck zu bringen. Als er nicht auf
sie reagierte, konnte sie nur enttäuscht mit ihrem Kopf wackeln
und sagte:
*>>Ich erkenne dich nicht wieder Max. Irgendetwas an dir hat
sich extrem verändert und das gefällt mir ganz und gar nicht.
Du bist zu einem richtigen unerträglichen Etwas mutiert für
das ich gar nicht die richtige Bezeichnung habe. Eigentlich
wollte ich heute mit dir über den Vorfall von heute Vormittag
reden und wieso du dich Herrn Korn gegenüber so verhalten
und die Schule verlassen hattest, aber ich denke es lag an dem*

selben Grund, wieso du die arme Kellnerin so sehr fertig ge-
macht hast. Und was es auch ist, ich möchte nichts damit zu
tun haben.<<

An dieser Stelle unterbrach Maximilian sie und brüllte ihr ins
Gesicht:

>>Dann verpiss dich doch! Lass mich im Stich genau wie die
vier Verlierer, die sich als Freunde bezeichnen. Hau ab!<<

Sandra stand einfach da und kämpfte mit ihren Tränen. Bevor
sie sich für immer aus seinem Leben verabschieden sollte,
sagte sie noch zum Abschied:

>>Ich hoffe, dass der Maximilian, in den ich mich verliebt
hatte, irgendwann wieder zurück kommt. Und wenn er wieder
zurück-kommen sollte, werde ich bereits auf ihn warten.<<

Daraufhin sagte Maximilian eiskalt und ohne mit der Wimper
zu zucken:

>>Da kannst du ewig warten Sandy!<<

Er wusste, dass sie es nicht mochte mit dieser Abkürzung ihres
Namens angesprochen oder gerufen zu werden, weswegen er
sich aus purer Absicht dazu entschlossen hatte, sie so zu
nennen. Mit Hasserfüllten Blicken wandte sie sich ohne Worte
von ihm ab und verschwand in der Menschenmenge, die die
gesamte Einkaufsmeile eingenommen hatte. Maximilian setzte
sich wieder hin und schlürfte genüsslich an seinem Milchshake
weiter.

Die vier Freunde Lorenz, Simon, Tibor und Ömer waren noch
lange nachdem Maximilian sie zurückgelassen und wütend das
Haus verlassen hatte, zusammen und wollten, bevor sie sich
auch verabschiedeten und nach Hause gingen, alles verar-
beiten, was Maximilian ihnen vorgeschlagen hatte. Sie waren
alle sehr verwirrt über die Gedanken von Maximilian und
konnten es immer noch nicht fassen, dass er all das tatsächlich

auch ernst gemeint hatte.

Einerseits wollten sie ja ihrem Freund helfen, doch andererseits wäre das der größte Fehler ihres Leben gewesen. Es stimmt zwar, dass sie stets viel Blödsinn angestellt und sich dadurch hin und wieder jede Menge Ärger eingebrockt hatten, aber diese Sache würde alles was sie je getan hatten bei Weitem übertreffen. Das würde ihr größter Streich werden, wenn sie sich wirklich drauf einlassen würden.

Sie alle wussten das. Sie alle begriffen, wieso es keine gute Idee wäre, wenn sie sich, ohne jegliche Rücksicht, gegen Erwachsene stellen und einen Krieg mit ihnen beginnen würden. Schon allein wie sich das anhörte war total hirnverbrannt gewesen. Wieso konnte das Maximilian nicht erkennen? War er so sehr von Hass gegenüber Erwachsene und deren Gesetze und Regeln erfüllt gewesen, sodass er jegliche Gefahren, die mit seinem Plan zusammen hingen, nicht sehen konnte? Was dachte er sich nur dabei? So etwas hätte man vielleicht in Ländern machen können, bei denen Bürgerkriege oder ähnliches immer wieder vorkommen, aber so etwas Mitten in Wien durchzuziehen, das wäre absoluter Schwachsinn.

Er fiel so oder so immer mehr negativ in der Schule auf, sodass es zu Erwarten gewesen war, dass er sich eines Tages großen Ärger einhandeln würde. Schon allein was am Vormittag in der Schule mit dem Klassenvorstand, dem Herrn Korn, vorgefallen war, sprach sich sofort in der gesamten Schule herum. Und wenn er tatsächlich mit seinem Plan durchstarten würde, dann würde es diesmal, ohne Zweifel, die gesamte Welt erfahren.

Sie alle hofften, dass Maximilian sich wieder einkriegen und zur Vernunft kommen würde. Sie hofften, dass er sich wieder beruhigen und zu dem jungen werden würde, denn sie einst mal gekannt hatten. Ein Maximilian ohne Hass. Ein Max ohne schurkenhafte und bösartige Pläne. Denn genauso kam er seinen vier Freunden hinüber. Er klang wie ein Superschurke, der vor hatte, die gesamte Menschheit zu vernichten und/oder die Kontrolle über die gesamte Welt zu erlangen versuchte. Je öfter sie darüber sprachen umso lächerlicher klang das Ganze für sie. Sie konnten sich das Grinsen nicht verkneifen. Ömer hatte die Idee, Sandra anzurufen und sie darum zu bitten, dass sie eventuell mit Maximilian spricht und ihn wieder zur Vernunft bringt. Der Rest hielt das für eine gute Idee. Also holte Simon sein Handy heraus und wählte die Rufnummer von Sandra. Es läutete einige Male. Normalerweise ging Sandra immer sofort an ihr Handy. Das war untypisch für sie, doch Lorenz meinte, dass sie vielleicht am WC oder unter der Dusche sein konnte. Nachdem sie immer noch nicht abgehoben hatte, wollte Simon schon wieder auflegen um es zu einem späteren Zeitpunkt erneut zu versuchen. Doch kurz bevor er am Auflegen war, meldete sich eine traurige, weibliche Stimme am anderen Ende und Simon sprach zu ihr:

>>*Hallo Sandra! Du klingst aber nicht besonders gut. Ist etwas vorgefallen oder habe ich dich vielleicht aufgeweckt?*<<

Sandra hielt für einen Moment inne, bevor sie ihm eine Antwort gab. Mit trauriger und zittriger Stimme sagte sie:

>>*Nein, nein Simon. Du hast mich nicht aufgeweckt. Ich hatte nur einen kleinen Streit mit Max und ich denke, wir haben Schluss gemacht.*<<

Simon machte große Augen als er das zu Hören bekam. Die anderen wollten sofort wissen was los gewesen war, doch Simon wimmelte sie mit einem einfachen Handschlag ab und sprach weiter:

>>*Wie meinst du das, du denkst, ihr habt Schluss gemacht?*<<

Als Lorenz, Tibor und Ömer das gehört hatten, rissen sie auch ihre Augen auf und begannen hektisch durcheinander zu reden. Simon fühlte sich dadurch gestört und versuchte erneut sie mit einer Handbewegung zum Schweigen zu bringen, doch als er merkte, dass es nicht half, entschied er sich ein paar Meter von ihnen zu distanzieren. Sandra antwortete:

>>*Keine Ahnung! Wir hatten gestritten, pff, das tun wir in letzter Zeit ziemlich oft. Er hatte eine arme Kellnerin beleidigt und ich war deswegen böse auf ihn und er sagte mir, dass ich mich verpissen soll. Das tat ich dann auch. Ich denke so macht man heutzutage Schluss. Ich weiß es nicht. Was ich jedoch weiß ist, dass er sich sehr verändert hat. Er ist nicht mehr der Max, den ich mal kannte. Er verhält sich wie ein Erwachsener, obwohl er keiner ist und möchte auch, dass man ihn als solchen behandelt. Wer es nicht tut, bekommt sein Zorn zu spüren.*<<

Simon war traurig über die Trennung von Sandra und Maximilian. Sie waren mal ein glückliches und lustiges Paar gewesen. Er versuchte dennoch nicht zu sehr sentimental zu werden um Sandra nicht noch trauriger zu machen als sie es ohnehin schon gewesen war. Also bekundete er ihr seine Enttäuschung über Max und sagte:

>>*Tut mir Leid für dich! Und wie geht es dir jetzt?*<<

Sandra lächelte sanft und sagte:

>>*Ich denke, ich werde drüber hinwegkommen.*<<

>>*Gut zu hören!*<<

ermutigte er sie und fragte weiter:

>>*Wo bist du jetzt?*<<

>>*Ich bin wieder zu Hause und werde mich etwas ablenken indem ich mir eine Serie auf Netflix ansehe*<<

machte sie ihm klar.

>>*Alles klar*<<

gab ihr Simon zu verstehen.

>>*Was wolltest du denn von mir...*<<

fragte sie ihn und hängte noch eine Frage dran:

>>...wieso hast du angerufen? Ist etwas?<<
Simon schüttelte mit seinem Kopf so als ob sie ihn sehen
konnte und fing plötzlich an nervös auf- und abzugehen,
während er sich mit seiner freien Hand durch die Haare fuhr:
*>>Nein, nein, gar nichts. Ich dachte nur, ich frage mal einfach
so, wie es dir geht. So machen das doch Freunde<<*
log er ihr vor. Sandra glaubte ihm fand es sehr nett, dass er sich
gemeldet hatte und bedankte sich dafür. Danach legten sie mit
einem freundschaftlichem Abschied auf. Sofort kamen Lorenz,
Tibor und Ömer wie hungrige Hunde angerannt und wollten
von ihm wissen, was sie ihm so alles erzählt hatte und auch
wieso er ihr nicht wegen Maximilian gesagt hatte. Simon klärte
seine
neugierigen Freunde über den aktuellen Beziehungsstatus von
Sandra und Maximilian auf und erklärte ihnen wieso er den
Plan von Max nicht erwähnt hatte:
*>>Sie ist bereits sehr angeschlagen über den Vorfall mit
Maximilian und darüber, dass sie sich getrennt haben, da
konnte ich sie nicht mit Maximilian's Plänen belästigen. Ich
fand's nicht richtig es ihr zu erwähnen und schon gar nicht
deswegen, weil sie sich getrennt haben.<<*
Seine drei Freunde fanden das einleuchtend und gaben ihm
recht.
*>>Wir müssen zusehen, dass wir selbst ihn davon abhalten
etwas zu tun was er am Ende bereuen könnte<<*
sagte er. Lorenz, Tibor und Ömer stimmten ihm auch hierbei
zu und ihnen wurde klar, dass nur sie ihren Freund und Kumpel
aufhalten können.
So waren sie verblieben.
Es war bereits spät geworden und so verabschiedeten sich
Simon, Lorenz und Tibor bei Ömer und seiner Familie und be-
dankten sich für die erneute freundliche Gastfreundschaft.

Sie verließen das Haus und sagten Ömer zum Abschluss, dass sie alles Weitere am nächsten Tag in der Schule besprechen und falls Maximilian nicht auftauchen sollte, ihn nach der Schule zu Hause besuchen werden. Ömer willigte ein und winkte seinen Freunden hinterher.

Die Sonne war schon am Untergehen, sodass der Himmel eine traumhaft schöne Farbe eingenommen hatte, die den drei Freunden versprach, dass alles gut werden würde.
So gingen sie voller Hoffnung nach Hause und konnten den morgigen Tag kaum erwarten.

Nachdem er mit Sandra fertig war, war Maximilian nach Hause gekommen. Seine Eltern, die er mit seinem Baseballschläger brutal niedergeschlagen hatte, lagen immer noch am Fußboden im Wohnzimmer. Sie hatten beide, in der Zwischenzeit, einen qualvollen Tod erlitten. Raphael begriff gar nicht erst, wie schlimm die Lage gewesen war. Er hatte, während sein älterer Bruder mit Sandra auf ein Milchshake gegangen war, fast die gesamte Wohnzimmerwand mit dem Blut seiner toten Eltern beschmiert. So viel Blut trat zwar aus ihren aufgebrochenen Schädeln nicht aus, aber es genügte für Raphael's Hand-abdrücke, die er an den Wänden wild durcheinander verteilt hatte. Als Maximilian die mit blutigen kleinen Kinderhänden verschmierten Wände gesehen hatte, blieb er eiskalt und zeigte keine Reaktion. Er sah sie sich von der Wohnzimmertür aus an und blickte anschließend Raphael an, der mit verklebtem und vertrocknetem Blut an den Händen vor dem Fernseher auf dem Sofa saß und eine Zeichentricksendung ansah. Raphael war so sehr in die Sendung vertieft gewesen, dass er gar nicht gemerkt hatte, dass sein Bruder wieder zu Hause war.
Maximilian verschwand, mit dem Baseballschläger in seiner

Hand, den er zuvor aus dem Keller genommen hatte, in seinem Zimmer und machte die Tür hinter sich zu.

KAPITEL 5

DIE ENTSORGUNG

Der neue Tag war bereits angebrochen. Simon, Lorenz, Tibor und Ömer waren bereits in der Schule und hatten sie in der ersten Pause getroffen. Maximilian war bis jetzt nicht gekommen und die vier Freunde hatten den Verdacht, dass er auch nicht mehr kommen würde. Doch sie hatten es anders auch gar nicht erwartet. Maximilian's Abwesenheit war voraus zu sehen.

Einerseits war das auch gut so, da sie die Sache vielleicht sonst untereinander nicht in aller Ruhe hätten besprechen können. Während sie sich an ihren Jausen und Pausensnacks gütlich taten, überlegten sie sich gemeinsam, welchen Schritt sie wohl machen sollten um Maximilian davon abzuhalten den größten Fehler seines Lebens zu machen. Ömer schlug vor, dass sie ihn nach der Schule einfach mal besuchen sollten um mit ihm in aller Ruhe zu sprechen und versuchen ihn zur Vernunft zu bringen. Die anderen hielten das für eine gute Idee und waren damit einverstanden. Doch sie mussten sich dennoch ein Plan B und wenn es sein musste auch ein Plan C überlegen, falls das mit dem vernünftigen Reden nicht funktionieren sollte.

Tibor meinte, dass sie, wenn es sein muss, es seinen Eltern zu erzählen, obwohl sie sich nie gegenseitig bei ihren Eltern verpetzt hatten. In diesem Fall jedoch waren sie bereit eine Ausnahme zu machen, da es sich um eine gefährliche Sache handelte. Doch diesen Plan wollten sie sich als den letzten Ausweg, für den Fall, dass die anderen Pläne nicht funktionieren sollten, aufbewahren. Auch, dass sie damit zur Polizei gehen müssten schlossen sie nicht aus. Sie würden in diesem Fall einfach alles tun, um ihrem Freund zu helfen und ihn davor zu bewahren sich und anderen ernsthaften Schaden zuzufügen. Denn so taten das gute Freunde nunmal. Sie waren immer für einander da und halfen sich aus jedem Problem heraus. Umso trauriger machte es sie, dass ausgerechnet Maximilian das vergessen und sie alle als Verräter hingestellt hatte. Er war so sehr von seinem Plan besessen gewesen, dass er gar nicht mitbekam, dass seine Freunde ihm eigentlich helfen wollten. Und genau das mussten sie ihm klar zu machen. Das mussten sie einfach schaffen. Und sie mussten ihm auf jeden Fall klar machen, dass er sowieso nicht mehr lange hatte volljährig zu werden und offiziell als Erwachsener zu gelten, sodass er sich, spätestens dann, nichts mehr von seinen Eltern beziehungsweise von anderen etwas gefallen lassen musste. Sie mussten ihm nur klar machen, dass er sich noch ein paar Jahre gedulden müsste.

Während sie über verschiedene Optionen sprachen, wie sie Am Ende nun vorangehen sollten, achteten die vier Freunde auch darauf, dass sie sich dabei so unauffällig und so leise wie möglich verhielten.

Sandra war gerade unterwegs in ihre Klasse gewesen als sie die vier Freunde sah wie sie da standen und redeten. Zuerst wollte sie nicht zu ihnen, doch dann entschied sie sich doch dafür und gesellte sich dazu. Als Lorenz sah, dass sie sich zu ihnen näherte, machte er seine Freunde darauf aufmerksam, sodass sie sofort das Gesprächsthema wechselten und über die japanische Anime Serie Dragon Ball Z sprachen.

>>Hallo Jungs!<<

begrüßte sie Sandra. Sie taten so als hätten sie sie bis dahin nicht bemerkt und taten überrascht als sie vor ihnen stand. Tibor setzte sogar noch einen drauf und tat so, als würde er sich an seinem Croissant gefüllt mit Nougatcreme verschlucken.

>>Oh, hallo Sandra!<<
grüßte sie Simon zurück und der Rest begrüßte sie ebenfalls
mit einem „Hallo!".
Sie konnten sehen, dass sie nicht besonders gut drauf war und
ziemlich niedergeschlagen aussah. Die Trennung mit
Maximilian schien sie auf jeden Fall fertig gemacht zu haben.
Sie wirkte auf die vier Freunde nahezu krank. Als hätte sie eine
Erkältung.
>>Was tut ihr so? Worüber redet ihr?<<
wollte sie von ihnen wissen. Noch bevor Simon antworten
konnte kam ihm Lorenz zuvor und sagte voller Begeisterung:
>>Draaagonn Baaalll!<<
und streckte dabei seine Arme so übereinander gelegt aus, als
würde er aus seinen Händen etwas abfeuern wollen. Simon,
Tibor und Ömer fanden das etwas übertrieben und auch ein
wenig peinlich und sahen sich gegenseitig fremdschämend an,
während Sandra in Gelächter ausbrach und neugierig wissen
wollte, was diese seltsame Geste zu bedeuten hatte:
>>Was soll das sein?<<
Und erneut mit voller Begeisterung antwortete ihr Lorenz:
>>Kamehameha.<<
Sandra konnte sich nicht zusammenreißen und musste erneut
lachen und stellte ihre nächste Frage:
>>Kamel-Hahaha? Was soll das heißen?<<
Lorenz verdrehte dabei seine Augen und antwortete voller
Stolz mit seiner Faust vor seiner Brust:
>>Kamehameha. Kennst du das etwa nicht?<<
Sandra lächelte und musste verlegen zugeben, dass sie das
tatsächlich nicht kannte:
*>>Es tut mir Leid, aber ich kenne das wirklich nicht. Sollte ich
es denn kennen?<<*
Diesmal kam Simon Lorenz zuvor und er sagte:

>>Nein, das ist nur eine Anime Serie. Wir sprachen nur so darüber und so. Vergiss es wieder!<< lächelte ihr dabei zu.

Sandra nickte lächelnd zurück und war damit mehr als nur einverstanden. Bei dieser Gelegenheit wollte sie wissen, ob die Jungs Maximilian vielleicht gesehen oder etwas von ihm gehört hätten und bemühte sich dabei nicht all zu interessiert zu wirken. Als Simon ihr antwortete und sagte, dass sie von Maximilian nichts gehört hätten, blickte sie, für eine Sekunde, traurig auf den Boden und sah danach mit strahlendem Gesicht wieder hoch und sagte:

>>Oh, na dann. Der meldet sich bestimmt bald wieder. So ist eben Max.<<

Danach verabschiedete sie sich von ihren Freunden und ging mit traurigem und gesenktem Kopf zurück in ihre Klasse. Simon sah ihr mit traurigen Blicken hinterher und dachte sich, wie mutig sie sich verhielt und bemühte sich nichts anmerken zu lassen. Doch er merkte es. Er wusste ganz genau, dass sie am Boden zerstört war. Die anderen konnte sie mit ihrem falschen Lächeln vielleicht täuschen, aber nicht ihn. Nicht Simon. Er konnte wahre Gefühle von falschen unterscheiden. In diesem Moment läutete auch schon wieder die Schulglocke. Das war das Zeichen dafür, dass die Pause vorüber war und die Schülerinnen und Schüler zurück in ihre Klassen gehen sollen. Lorenz, Tibor und Ömer gingen schon mal vor während Simon immer noch nachdenklich an seinem Platz stand und sich nicht bewegte. Erst als Ömer ihm zugerufen hatte, kam er wieder zu sich und folgte seinen Freunden hinterher und sie alle verschwanden in ihren Klassen, die sich direkt nebeneinander befunden hatten.

Maximilian war an diesem Tag später aufgestanden als üblich.

Da er sich entschied zu Hause zu bleiben und die Schule lieber verweigerte, konnte er an einem Wochentag ausschlafen. Abgesehen davon gab es keine nervtötenden Erwachsenen mehr, die ihn dazu aufforderten so früh am Morgen aufzustehen und zur Schule zu gehen. Jetzt war er sein eigener Chef und konnte endlich selbst entscheiden was er tun möchte und was nicht. Und auch Raphael ließ er machen was er wollte, nachdem er ihm seine blutigen Hände endlich abgewaschen hatte. Der arme Junge musste die ganze Nacht mit dem Blut seiner Eltern an seinen Händen verbringen. Er wollte nicht, genau wie seine Eltern, seinen jüngeren Bruder herumkommandieren. Er sollte lernen, seine Entscheidungen selbst zu treffen. Je früher er das lernen konnte umso besser wäre das für ihn dachte sich Maximilian. So hüllte er sich also wieder komplett in Schwarz ein, putzte sich seine Zähne und ging in die Küche um sich sein Frühstück zuzubereiten.

Raphael folgte ihm und setzte sich gleich zum Tisch und wartete auf das Frühstück. Maximilian holte sich eine Schüssel aus dem Küchenschrank, füllte sie mit Corn Flakes auf und goss etwas Milch hinein. Er fragte Raphael worauf er Lust hätte, woraufhin sein jüngerer Bruder ihm antwortete:

>>*Pudding!*<<

>>*Also gut Brüderchen. Ein Schokoladenpudding soll es also sein. Kommt sofort!*<<

witzelte er mit ihm, schlenderte zum Kühlschrank hinüber, holte gleich zwei Becher Schokoladenpudding heraus und stellte sie seinem jüngeren Bruder auf den Tisch. Raphael freute sich sehr über den Bonusbecher und sagte:

>>*Jaaa, zwei Becher. Mami hat immer nur eine gegeben.*<<

Daraufhin wurde Maximilian wieder ganz ernst und sagte:

>>*Von nun an bekommst du so viel Schokoladenpudding wie du nur essen kannst. Keine Mutter mehr, keine Eltern mehr,*

keine Erwachsenen mehr, die dir vorschreiben werden,
wieviele verfluchte Puddings du essen darfst oder nicht. Keine
Anweisungen mehr. Keine Regeln mehr. Es gibt nur dich und
deine Entscheidungen. Nur das allein zählt. Hast du mich ver-
standen Raphael?<<
Er klang dabei sehr finster und sah Raphael mit wütenden
Blicken an. Raphael bekam ein wenig Angst. Er nickte mit dem
Kopf und sagte:
>>Ja, keine Regeln.<<
>>Sehr richtig...Keine Regeln<<
wiederholte Maximilian und widmete sich seinem Frühstück,
das inzwischen ein wenig weich geworden war. Auch Raphael
fing an die zwei Becher Schokoladenpudding gierig hinunter-
zuschlingen.
So frühstückten beide Brüder vor sich hin, während die
Leichen ihrer Eltern im Wohnzimmer langsam vor sich hin
verwesten.

Zu Mittag machte Raphael sein Schläfchen. Da sein älterer
Bruder ihre Eltern umgebracht hatte, gab es niemanden, der ihn
in den Kindergarten bringen konnte. Nur sein Bruder
Maximilian käme in Frage, doch der dachte nicht daran und
ließ seinen kleinen Bruder lieber zu Hause um ihm Gesell-
schaft leisten.
Im kommenden Jahr wäre es für Raphael soweit gewesen.
Dann würde auch er mit der Schule beginnen und die erste
Klasse Volksschule besuchen. Seine Eltern wollten ihn in die
selbe Volksschule einschreiben lassen, in der bereits
Maximilian vier Jahre die Schulbank gedrückt hatte. Doch
diese Pläne schienen nun gemeinsam mit den Eltern, Theresa
und Werner, gestorben zu sein. Somit war die Zukunft von
Raphael, aber auch von Maximilian, ungewiss. Maximilian

hatte natürlich sehr wohl Pläne für seine Zukunft und auch für die seines jüngeren Bruders, da er der festen Überzeugung gewesen war, dass er es schaffen würde, sich mit seinem Plan durchzusetzen und eine neue Ära für Kinder einzuleiten. Doch er vergaß immer wieder, ob das jetzt nun daran lag, dass er noch viel zu unreif war oder einfach durch seine Wut getrieben wurde, dass er ein pubertierender Junge war, der kurz vor seinem Stimmbruch stand. Bisher hatte er noch gar kein Stimmbruch gehabt und für gewöhnlich hätte er ihn bereits längst bekommen sollen. Doch Maximilian gehörte wohl zu den Spätzündern, die erst mit ihrem fünfzehnten Lebensjahr ein Stimmbruch bekamen. Dass seine Stimme daher nicht tief und männlich genug klang, machte ich auch wütend, doch daran war nunmal nichts zu ändern. Dafür bekam er schon recht früh Haare an diversen Körperstellen, sodass seine Wut in Balance bleiben konnte.

Während Raphael also in seinem Zimmer schlief und nicht die kleinste Ahnung davon hatte, was sich vor seiner kleinen Nase in seiner Wohnung abspielte, überlegte sich Maximilian wie er am Besten die Leichen seiner Eltern loswerden könnte.

Er überlegte sehr lange, aber ihm wollte nichts hilfreiches einfallen. Er wusste nur, dass er sie entsorgen müsste, noch bevor sie anfingen zu stinken. Und viel Zeit blieb ihm nicht übrig, denn die leblosen Körper fingen schon langsam an leichte, aber dennoch sehr üble Gerüche von sich abzusondern. Je eher er sie loswerden würde, umso besser wäre es.

Da ihm sonst nichts besseres einfallen wollte, blieb ihm von daher nichts anderes übrig, als seine Eltern in einen großen und dunklen Müllsack zu stopfen und sie anschließend im Keller des Gemeindebaus, in der sie seit elf Jahren lebten, zu verstecken.

Maximilian holte aus dem unteren Küchenschrank eine ganze

Rolle schwarzen Müllsack heraus von denen er zwei Stück ab-
riss und den Rest wieder zurück lag. Die Müllsäcke waren bereits groß genug, sodass ein erwachsener Körper problemlos
hineinpasste. Maximilian tat sich bei der ersten Leiche, es war
sein Vater, etwas schwer dabei doch bei der zweiten Leiche,
die zu seiner Mutter gehörte, tat er sich wesentlich leichter.
Zum Einen, weil sie viel kleiner und leichter gewesen war als
sein Vater und zum Zweiten wusste er bereits, wegen der Erfahrung, die er mit der Leiche seines Vaters gemacht hatte, wie
er vorangehen müsste.
Nachdem er sie beide in zwei verschiedene Müllsäcke hinein-
gestopft hatte, wie ein Haufen schmutzige Wäsche, band er mit
einer dicken Schnur jeweils die Öffnungen der Säcke zu, sodass sie auch wirklich gut verschlossen bleiben konnten. Er
hatte für beide insgesamt vierzehn Minuten gebraucht. Nach
den vierzehn Minuten, die ihm wie vierzehn Stunden vorkamen, stand er vor den zwei vollen Müllsäcken und starrte sie
mit einem eiskalten Blick an.
Doch als das Handy seiner Mutter klingelte, wandte er seine
Blicke sofort auf das kleine Mobilfunkgerät zu. Er nahm es in
die Hand und sah auf dem Display, dass ein gewisser Heinrich
anrief. Dr. Heinrich Zäuner war der Arbeitgeber von seiner
Mutter gewesen. Er war der Zahnarzt für den seine Mutter
assistierte und so ihre Brötchen verdiente.
Maximilian wollte zuerst auflegen und sogar das Handy ab-
drehen, aber nachdem er eine Weile überlegt hatte und das
Handy weiterhin stur klingelte, entschied er sich abzunehmen
und meldete sich mit den Worten:
>>*Ja, bitte?*<<
dabei versuchte er so freundlich wie möglich zu klingen. Dr.
Zäuner wollte von ihm wissen, wieso er und nicht sie abgenommen hatte, woraufhin er:

>>Ihr geht's nicht besonders gut heute. Sie sagte, sie sei krank und wollte sich ein wenig hinlegen. Jetzt schläft sie tief und fest, so als wäre sie tot<<
antwortete.

Dr. Zäuner klang besorgt und sagte:

>>O je, das hört sich ja ganz und gar nicht gut an. Ich hatte nämlich deswegen angerufen, weil sie heute die Nachmittags- schicht hätte und seit zehn Minuten überfällig ist. Jetzt weiß ich auch wieso. Na ja, dann werde ich meine Assistentin vom Vormittag bitten Überstunden zu machen. Ich wünsche deiner Mutter eine sehr rasche Genesung und grüße sie bitte ganz lieb von mir!<<

Maximilian, der dachte, dass der alte Mann noch ewig reden würde, war froh darüber, dass er endlich das Gespräch beendet hatte. Sobald er aufgelegt hatte, hatte Maximilian das Handy von seiner Mutter und auch das Handy seines Vaters komplett abgedreht und sie anschließend mit dem Werkzeughammer seines Vaters in ihre Einzelteile zerlegt. Hinterher sammelte er alle großen Teile auf und mit dem Handstaubsauger entfernte er die kleineren und zerbröselten Teile und warf alles in den Mülleimer hinein.

Und jetzt kam eigentlich der schwierigere Teil. Nun musste er sich überlegen, wie er die beiden Leichen vom sechsten Stock- werk aus bis hinunter in den Keller bringen sollte. Dadurch, dass das Gebäude einen Aufzug hatte, musste er sie nicht über die Stiegen hinunterschleifen, aber auf andere Personen im Gebäude hätte er treffen können. Ihm würde vielleicht irgend- ein Nachbar über den Weg laufen, der Postbote, der Paket- zusteller, der Reinigungsdienst vom Gebäude, Techniker, die Reparaturarbeiten erledigen müssen. Einfach jeder könnte ihm über den Weg laufen und ihn dabei sehen, wie er zwei große, dunkle und schwere Müllsäcke hinter sich her schleift. Das wäre mehr als nur verdächtig und er wollte selbstverständlich damit unbemerkt davon kommen. Er beschloss sich zu vorher zu vergewissern, ob sich tatsächlich jemand draußen in den Gängen und auch bei den Treppen aufhielt oder nicht. Dabei ging er vor bis zum Aufzug und sah sich genau um. Es schien alles ruhig und leer zu sein. Er sah niemanden und hören konnte er auch keinen. Also ging er mit schnelleren Schritten zurück in die Wohnung und zerrte zuerst den schwereren Sack mit seinem toten Vater darin hinaus und zog ihn, mit viel Kraft und Mühe, hinter sich her bis er vor dem Aufzug stehen blieb und darauf wartete bis er ankommt. Er hoffte nur, dass sich niemand im Inneren des Aufzugs befinden würde. Während der Aufzug irgendwo aus den unteren Etagen hinauf in den sechsten Stock stieg, stiegen gleichzeitig die Schweißtropfen von Maximilian's Stirn hinab und landeten auf dem kalten Beton unter seinen Füßen. Je höher der Aufzug kam umso höher schlug sein Herz. Während der ganzen Wartezeit sah er sich immer wieder rechts und links um, ob auch tatsächlich niemand kam.

Endlich war der Aufzug angekommen und die Türen öffneten sich. Maximilian biss sich dabei so fest die Zähne zusammen, sodass sie ihm fast zu zerbrechen drohten. Jedenfalls fühlte es sich für ihn so an. Jetzt hieß es nur noch, Durchkommen oder Durchfallen. Bis zu dem Zeitpunkt, bis sich die Türen lösten und sich jeweils eine links und eine rechts hineinschoben und somit den Blick in das Innere des Aufzugs freigaben, war er vollkommen angespannt gewesen.

Seine Anspannung löste sich wieder jedoch ganz schnell, als er endlich sehen konnte, dass der Aufzug leer war und sich somit darin befunden hatte. Er wischte sich mit dem Handrücken die den Schweiß von seiner Stirn ab, atmete einmal lange aus, sodass er dabei seufzte und schob hinterher den Sack in den Aufzug hinein. Er drückte auf die Taste mit dem großen Buchstaben „K" drauf und die Türen schoben sich wieder zueinander und der Aufzug bewegte sich wieder zurück nach unten. Nun ging das ganze Spiel für Maximilian von vorne los. Diesmal hoffte er, beim Verlassen des Aufzuges auf niemanden zu treffen. Und erneut begann er zu schwitzen an und wieder biss er sich ganz fest die Zähne zusammen. Und wieder begann sein Herz zu rasen an. Die Fahrt kam ihm wie eine Ewigkeit vor. So unangenehm war die Aufzugsfahrt für ihn noch nie gewesen. Kein Wunder. Davor hatte er ja auch kein Sack mit der Leiche seines Vaters dabei gehabt.

Während die Türen des Aufzuges sich erneut öffneten um Maximilian einen freien Weg gewähren zu können, rutschte ihm, vor lauter Schreck, das Herz in seine Boxershorts auf dem die Simpsons abgebildet waren. Es bereitete ihm einfach einen ganz großen Stress und er konnte es gar nicht mehr erwarten, das alles, so schnell wie möglich, hinter sich zu bringen.

Zu seinem Bedauern wusste er, dass er das Ganze ein zweites Mal durchmachen musste und mit jedem Schritt den er tat, war ihm klar gewesen, dass er damit jemanden auf sich aufmerksam machen könnte. Und genau das musste er die ganze Zeit über vermeiden.

Die Türen vom Aufzug öffneten sich schließlich komplett und vor Maximilian befand sich nichts außer eine verdreckte Wand, die mit der Zeit gelbliche Flecken aufwies.

Auch diesmal konnte er wieder beruhigt ausatmen. Er machte einen großen Schritt nach vorne, sodass er sich gerade noch mit dem halben Oberkörper aus dem Aufzug hinaus beugen konnte um nachzusehen, ob sich vielleicht doch jemand in unmittelbarer Nähe aufhielt oder nicht.

Zu seinem erneuten Glück, befand sich auch im Kellergeschoss niemand, sodass er sofort den Sack anpackte und mit all seiner

Kraft aus dem Aufzug herauszerrte. Leichtes Stöhnen war dabei nicht auszuschließen.

Er zerrte den Sack mit der menschlichen Leiche darin bis er an der Kellerabteilung Halt machte, in der sich die für sie vorgesehene Kammer befand. Er holte den kleinen Schlüssel der zu dem Vorhängeschloss gehörte, der die Kammer verschlossen hielt und öffnete sie damit. In der dunklen und verstaubten Kammer befanden sich hauptsächlich Tischlereizubehör seines Vaters. Maximilian trat hinein und schob einige Sachen zurecht um sich genügend Platz für den Sack mit der Leiche seines Vaters zu verschaffen. Nach guten fünf Minuten, hatte er bereits genügend Platz für gleich beide Säcke verschafft.

Zuerst zog er den Sack bis zu einem Punkt um ihn dann leicht anheben und an die hintere Ecke der Kammer umwerfen zu können. Der Sack rollte kurz vor sich hin, kam an die Wand an und blieb stehen. So ließ Maximilian den ersten Sack einfach so da liegen, klopfte sich den Staub von seinen Händen, sperrte die Kammer mit dem Vorhängeschloss wieder zu und ging zurück zu seiner Wohnung um den zweiten Ablauf starten zu können.

Wieder zurück in der Wohnung packte er den wesentlich leichteren Sack und zog ihn aus der Wohnung hinaus. Und erneut musste er die ganze Prozedur völlig angespannt über sich ergehen lassen. Er hatte nunmal keine andere Wahl. Er musste da wieder selber durch. Seit seiner zurück Fahrt nach oben in den sechsten Stock, hatte in der Zwischenzeit niemand den Aufzug verwendet, sodass sich die Türen sofort öffneten als er auf die Taste drückte um den Aufzug zu rufen. Sofort stieg er mit der Leiche seiner Mutter, die sich in dem Sack befand hinein, drückte wieder auf die Taste mit dem großen Buchstaben „K" drauf und fuhr auf dem direkten Weg hinunter in das Kellergeschoss.

Und wieder hatte er großes Glück dabei nicht entdeckt zu werden. Er verstaute die Leiche seiner Mutter direkt neben dem seines Vaters, schloss die Kammertür ab und machte sich wieder auf dem Weg zum Aufzug.

Als er gerade eben den Kellerraum verlassen hatte, stand plötzlich ein weiterer Bewohner des Gemeindebaus vor ihm, der ihn ansah als würde er genau wissen, was Maximilian gerade eben gemacht hatte. Zumindest kam ihm das so vor. Da Maximilian selbst seine schlimme Tat bewusst gewesen war, wurde er paranoid und fühlte sich seitdem ständig beobachtet. Er schreckte vor Angst auf und seine Schweißtropfen fühlten sich plötzlich ganz kalt auf seiner Haut an. Sein Herz raste diesmal in einem ganz anderen Takt als im Vergleich zu vorher.

Doch der fremde Mann mittleren Alters, der eines der Nachbarn zu sein schien, wurde plötzlich ganz freundlich und begrüßte Maximilian, woraufhin Maximilian einmal kräftig schlucken musste, bevor er zurück grüßte. Der fremde Mann sagte zu ihm, dass er vom Keller aus in die Garage müsste und Maximilian nicht erschrecken wollte. Dafür hatte er sich entschuldigt, bevor er in den Keller verschwand. Maximilian blieb noch eine Weile stehen und wartete darauf bis er sich wieder beruhigt hatte und halbwegs normal atmen konnte, bevor auch er in den Aufzug verschwunden war.

Wieder zurück in der Wohnung musste er nun versuchen, die Blutflecken zu entfernen. Er hatte überhaupt keine Ahnung, wie er das anstellen sollte, aber auch hier würde ihm schon etwas einfallen. Während er so vor sich hin überlegte, kam sein jüngerer Bruder Raphael zu ihm und sah noch verschlafen aus. Sowie er in das Wohnzimmer gekommen war, so verlangte er umgehend nach seiner Mutter:

>>*Mami?...Wo ist Mami?*<<

Maximilian versuchte ihn zu beruhigen und sagte:

>>*Hey Raph! Schon wieder wach?...Mami und Papi sind nicht zu Hause. Sie sind einkaufen gegangen und kommen bald wieder zurück.*<<

Es schien zu helfen, da Raphael sich freute und wissen wollte, ob sie ihm auch Süßigkeiten mitbringen würden. Maximilian musste auch hier lügen und sagte ihm genau das, was er hören wollte. Raphael glaubte seinem älteren Bruder und machte ihm deutlich, dass er hunger hatte. In diesem Moment wurde Maximilian klar, dass auch er großen Hunger hatte. Er nahm Raphael an der Hand und ging mit ihm in die Küche. Auch hier wusste Maximilian nicht, was sie bloß essen sollten und entschloss sich einen Blick in den Kühlschrank zu werfen. Er hoffte, dass noch Reste von den vergangenen Tagen darin lagen. Mit Bedauern musste er feststellen, dass absolut nichts an Essen sich darin befunden hatte. Es gab Milch, Eier, Orangensaft, viele Gemüsesorten und sonstiges an Frühstücksvorräten.

>>*Hast du Lust auf ein weiteres Frühstück?*<<

fragte er Raphael. Voller Freude hob Raphael seine beiden Arme in die Luft und sagte ganz laut:

>>*Jaaaa, Frühstück!*<<

Das war wohl deutlich genug, dachte sich Maximilian und holte die Tüte Vollmilch aus dem Kühlschrank und griff nach den Corn Flakes, die auf dem Kühlschrank standen. Doch Raphael schmeckten diese langweiligen Corn Flakes nicht und er spuckte alles wieder aus.

>>*Hey Raph! Mach doch nicht so eine Sauerei hier!*<<

rief ihm Maximilian zu.

>>*Die schmecken nicht*<<

gab ihm Raphael zu verstehen und verschränkte seine Arme vor der Brust während er böse drein schaute. Maximilian holte schließlich die Erdbeermarmelade aus dem Kühlschrank und dazu die Erdnussbutter aus dem Küchenschrank. Dazu holte er ein paar Toastbrotscheiben und bereitete seinem Bruder ein Erdnussbutter-Marmeladensand-wich zu. Diesmal freute sich Raphael umso mehr und voller Freude rief er:
>>*Super, Duper, Erdnussbutter!*<<
Maximilian konnte sich dabei ein Lächeln nicht verkneifen, während er die Erdbeermarmelade auf die Brotscheibe schmierte. Auch er be-kam Lust drauf und machte sich auch gleich eines mit.
Er versuchte so schnell wie möglich zu essen, damit er noch Zeit hatte, das ganze Blut seiner Eltern vom Parkettboden zu entfernen. Da er so hastig aß und wenig kaute, verschluckte er sich des Öfteren, sodass er husten musste. Er holte sich ein Glas Vollmilch dazu und stellte Raphael auch gleich ein Glas bereit. So war es angenehmer geworden.
Nachdem er das Sandwich und die Milch regelrecht ver-schlungen hatte, machte er sich sofort ran an die Arbeit. Er ging ins Badezimmer, weil er wusste, dass seine Mutter die Reinigungsmittel dort aufbewahrte. Als er sich die ver-schiedensten Reinigungsmittel angesehen hatte, kannte er sich überhaupt nicht mehr aus. -*Ach du heiliger Mist! Welches ist für was bestimmt?*- dachte er sich und stieß einen lauten Seuf-zer von sich. Er kam auf die Idee, die einzelnen Sprühflaschen genauer anzusehen und die Etiketten zu lesen.
Nach vier Flaschen fand er endlich eine auf dem „Boden-reiniger" zu Lesen war. Erleichtert nahm er sie sich und suchte nun nach einem Waschlappen oder etwas ähnliches. Hier musste er nicht lange suchen. Er schnappte sich ganz einfach ein Handtuch und rannte sofort schnell aus dem Badezimmer

hinaus. Sofort begann er ein paar Spritzer vom Bodenreiniger auf das bereits vertrocknete Blut drauf zu spritzen und versuchte anschließend mit dem Handtuch hin und her zu reiben bis sich das vertrocknete Blut komplett auflöste. Das Handtuch begann schon langsam an eine rosa bis hellrote Farbe anzunehmen. Doch für Maximilian dauerte die Reinigung viel zu lange und außerdem kostete es ihn viel Kraft, da er das Handtuch sehr stark drauf drücken musste. Er hörte zu schrubben auf und beschloss den gesamten Inhalt von der Sprühflasche auf das Blut drauf zuzugießen. Jetzt versuchte er es erneut und schrubbte wieder wie verrückt auf dem Parkettboden herum. Er begann dabei zu schwitzen und seine Atemlaute wurden auch immer lauter. Er hörte sich schon so an als würde er bei einem Marathon mitlaufen.

Doch die Mühe schien sich letztendlich zu lohnen. Er konnte sehen, wie die Blutflecken langsam aber sauber sich auflösten und in das Handtuch eingesogen wurden. Nach ganzen fünfzehn Minuten war er auch schon wieder fertig und die Blutflecken komplett verschwunden. Er keuchte und wischte sich mit dem blutgetränktem Handtuch den Schweiß von seiner Stirn. Für einen Moment hatte er vergessen, dass er gerade eben das Blut von seinen Eltern damit abgewischt hatte und so überkam ihn ein großes Ekeln davor und er hätte sich schon fast übergeben. Doch Maximilian konnte sich gerade noch beherrschen und stand angewidert auf. Er dachte sich, dass er ohnehin, aufgrund dessen, weil er viel geschwitzt hatte, duschen musste. Deswegen war das halb so schlimm gewesen. Bevor er das Wohnzimmer verlassen hatte, sah er sich noch ganz genau um, um ja nichts zu übersehen. Es schien alles sauber zu sein. Kein einziges Tropfen Blut war mehr zu erkennen. Auch auf dem Sofa waren überraschenderweise keine Flecken oder Spritzer zu sehen, obwohl er seine Eltern beide darauf mit dem Baseballschläger erschlagen hatte.

Jetzt konnte er beruhigt ausatmen und sich unter die Dusche stellen. Vorher vergaß er nicht sowohl die leere Sprühflasche als auch das blutige Handtuch zu entsorgen. Er schmiss sie ganz einfach in den Mülleimer.

Raphael hatte auch mittlerweile sein leckeres Erdnussbutter-Marmeladensandwich aufgegessen und vertrieb sich in der Wohnung mit dem Spielen seiner Actionfiguren die Zeit, während er auf seine Eltern wartete, die nicht mehr vom Einkaufen zurück nach Hause kehren sollten.

Maximilian war mit dem Duschen fertig und er kleidete sich mit frischer schwarzer Kleidung ein und wollte sich den Rest des Tage zu Hause gemütlich machen. Er war bereits ganz erschöpft gewesen und hatte sich, seiner Meinung nach, eine Auszeit verdient.

Er holte sich eine Packung Chips aus der Küche und breitete sich damit auf dem Sofa, auf dem kürzlich seine Eltern erschlagen worden waren, aus und sah sich auf einem der vielen Kindersender eine Zeichentricksendung an.

Als Raphael das sah, setzte er sich zu seinem großen Bruder dazu, der sich aufrichtete um ihm Platz auf dem Sofa zu machen, und knabberte gemeinsam mit ihm fröhlich an den Kartoffelchips.

Simon, Lorenz, Tibor und Ömer hatten bereits Schulschluss und wollten sich sofort auf den Weg zu Maximilian's Wohnung machen. Sie machten sich einfach viel zu große Sorgen um ihn und wollten ihren Freund besuchen um nach den rechten Dingen zu sehen und auch um mit ihm ein vernünftiges Gespräch zu führen. Sie alle waren der Hoffnung, dass Maximilian auf sie hören und wieder der alte werden würde.

Sandra hatten sie gar nicht erst gefragt, da sie jetzt wussten, was zwischen ihr und Maximilian vorgefallen war. Daher beschlossen die vier besten Freunde es ohne sie zu versuchen. Ömer musste noch vorher seine Mutter anrufen und ihr Bescheid geben, dass er noch zu Maximilian gehen wollte, bevor er nach Hause kommt. Sonst würde seine Mutter sich Sorgen um ihn machen und auch das Essen würde nicht kalt werden. Lorenz nahm daher Ömer immer auf den Arm und machte sich über ihn lustig, so wie man es eben unter besten Freunden machte. Sie machten sich oft gegenseitig übereinander lustig und spielten sich oft Streiche.

Einmal spielten sie Tibor einen Streich in dem sie vorgaben ein Mädchen zu sein, das sich für ihn interessierte und sorgten dafür, dass er für Nichts und wieder Nichts sich aufputzte und vom einen Ende der Stadt bis an das andere Ende fuhr um das Mädchen kennenzulernen. Doch anstatt des Mädchens fand er Lorenz vor sich, der eine blonde Perücke auf seinem Kopf trug, die zu dem Faschingskostüm seiner jüngeren Schwester gehörte. Zudem überraschten ihn seine restlichen Freunde Simon und Ömer und bespritzen ihn mit Wasserpistolen während Maximilian alles auf sein Handy aufnahm. Alle lachten sich fast zu Tode. Alle bis auf Tibor. Der lachte ganz und gar nicht.

Ein anderes Mal brachte Lorenz sein Haustier, es war eine weiße Ratte, in seine Schule und steckte sie in die Schultasche von Ömer, der daraufhin, vor versammelter Klasse laut aufschrie und reflexartig auf den Tisch stieg, als er in seine Schultasche hinein greifen wollte und die Ratte darin entdeckte. Im Gegensatz zu Tibor, wurde Ömer von der gesamten Klasse ausgelacht. Selbst der Klassenvorstand musste sich ein Lachen verkneifen.

Und auch jetzt wurde Ömer zum Gespött seiner Freunde, der jedoch versuchte es mit Humor aufzunehmen und schenkte

ihnen zudem nicht all zu sehr eine Beachtung.
Nachdem seine Mutter über den Verbleib ihres Sohnes in-
formiert worden war, machten sich die vier Freunde auf den
Weg um Maximilian den geplanten Besuch abzustatten.

An diesem Tag war Sandra sehr gekränkt gewesen, sodass sie
viel lieber in einem kleinen Kaffeehaus, die sich gleich um die
Ecke von der Hauptschule befand, die sie, ihre Freunde und
auch Maximilian besuchten, gemütlich machen und über die
vergangenen Tage sowie über Maximilian nachdenken wollte.
Anfangs war sie oft mit ihm dort gewesen. Da damals noch
alles so neu für sie gewesen war und sie nicht wussten wohin
genau sie sonst gehen und gemeinsam etwas Zeit verbringen
sollten, eignete sich das Kaffeehaus hervorragend. Sie konnte
sich noch sehr gut daran erinnern, wie sie ihr erstes Geschenk
in diesem Kaffeehaus von Maximilian erhalten hatte. Es war
eine Tasse auf dem ein lustiger Zeichentrick Hund mit einer
Sprechblase über seinem Kopf abgebildet gewesen war, in der
stand „Hab dich lieb!". Es gab dafür keinen besonderen Anlass.
Er wollte ihr einfach so etwas schenken. Vielleicht um ihr zu
zeigen, dass er sie wirklich sehr gern hatte. Sie fand die Tasse
sehr süß und mochte sie vom ersten Augenblick an. Sie wusste
noch ganz genau, wie sehr sie immer gemeinsam lachten und
wie schön es damals gewesen war. Diese Zeit wünschte sie
sich so sehr wieder zurück. Sie war einfach gerne mit ihm zusammen und mochte es mal seine brave Seite und mal seine
rebellische Seite zu erleben. Doch die Seite, die er aktuell
zeigte, die mochte sie ganz und gar nicht. Das war schon mehr
als nur rebellisch, war sie der Meinung. Diese neue Art von
ihm, machte ihr Angst. Umso mehr hoffte sie, dass er schon
bald wieder der selbe Junge, der selbe Max von früher werden
würde. Sie würde nur zu gerne wieder mit ihm zusammen sein

und wie in den guten alten Zeiten zusammen in diesem Kaffeehaus, in der sie nun alleine sitzen musste, an ihren Milchshakes
schlürfen.

Zu ihrem Bedauern war es ungewiss, ob sie diese Zeiten von
früher oder vielleicht sogar noch bessere mit ihm gemeinsam
erleben würde.

Versunken in Gedanken und in die Ferne getrieben von
Träumen, die sich möglicherweise nicht mehr verwirklichen
würden, saß sie an dem Tisch, an dem sie sich zum ersten Mal
auf die Lippen geküsst hatten, während ihr Mund sich abwechselnd einmal nach unten gesenkt und einmal leicht
schmunzelnd seine Form wechselte. Im Hintergrund erklang
das Lied „Follow Me" von Uncle Kracker.

Maximilian und Raphael saßen immer noch vor dem Fernsehgerät. Inzwischen hatten sie zusammen die Packung Chips leer
gegessen sowie eine ganze Packung Soletti verdrückt.
Anscheinend waren sie vom Erdnussbutter-Marmeladensand-
wich nicht gesättigt gewesen.

Während die beiden Brüder vor sich hin vegetierten, klingelte
es an der Tür. Maximilian schreckte sofort auf und dachte sich,
wer das wohl sein könnte. Langsam verließ er das Wohnzimmer und bewegte sich mit einem Fuß nach dem anderen
Richtung Tür zu. Noch bevor er die Tür dem unerwarteten
Besuch öffnete, rief er mit nervöser Stimme:

>>*Wer ist da?*<<

Er bekam nicht sofort eine Antwort. Erst nach etwa fünf
Sekunden antwortete eine jung klingende männliche Stimme
hinter der Tür und rief zurück:

>>*Mach auf Max! Wir sind's bloß!*<<

Maximilian war erleichtert gewesen als ihm die Stimme bekannt kam. Sofort nahm er wieder eine coole Haltung an,

öffnete die Tür und fragte:
>>Was wollt ihr denn hier?<<

KAPITEL 6

„BLACK MAX"

Maximilian war überrascht über seine unangekündigten Gäste, die vor seiner Türschwelle darauf warteten, dass er sie in seine Wohnung hereinlässt. Mit ihnen hatte er so gar nicht gerechnet. Doch, wo sie schon mal da waren, beschloss Maximilian letztendlich sie doch noch herein zu bitten und mit ihnen zu reden. Die drei jungen Männer, die alle so aussahen als gehörten sie zu irgendeiner Punk-Rock Band traten voller Freude in die Wohnung herein. Als Raphael die drei fremden Gestalten in ihren Lederjacken und den wild durcheinander gestylten Haaren in denen möglicherweise Tonnen von Gel geschmiert worden waren, vor sich stehen sah, rannte er vor Schreck ganz schnell in sein Zimmer herein und machte die Tür hinter sich zu.

>>*Nette Bude hast du hier Mäxchen!*<<
sagte einer von ihnen, der der Anführer dieses Trio's zu sein schien, während er und seine beiden Freunde sich in der Wohnung umsahen. Maximilian antwortete nichts darauf.
>>*Wo sind denn deine beiden Alten?*<<
wollte er diesmal von ihm wissen während er sich seine Hände aneinander rieb.
>>*Nicht hier*<<
antwortete ihm Maximilian mit ruhiger Stimme.
>>*Und, wo sind sie und wann kommen sie? Lass mal paar Infos rüber wachsen Kleiner!*<<
verlangte er auf eine unverschämte Art von Maximilian. Auch hier blieb Maximilian ruhig und warf zuerst einen Blick auf sein Baseballschläger, der direkt gegen das Sofa im Wohnzimmer angelehnt gewesen war, bevor er antwortete:

>>Ich weiß es nicht...Sie kommen vielleicht etwas spät.<<
Diese Antwort gefiel dem jungen Mann, der auf den Namen
„Fantasio" hörte, der jedoch mit dem bürgerlichen Namen
Fabio hieß und ursprünglich aus Wien stammte. Er verpasste
sich den Spitznamen selber. Er war eine Mischung aus seinem
Vornamen und dem Wort „Fantastisch". Denn er fand sich so
ungeheuer fantastisch und unwiderstehlich. Die anderen beiden
nannten sich jeweils „Stonefist", der eigentlich Steven hieß und
aus dem US Bundesstaat Michigan stammte und „Gun", der in
Wahrheit Gunnar hieß und dessen Vater ein Schwede und die
Mutter eine Österreicherin gewesen war. „Gun" stand für das
englische Wort für Schusswaffe und „Stonefist" nannte sich
Steven deswegen, weil er der Meinung gewesen war, dass
seine Faustschläge sich wie ganz harte Steine für seine Opfer
anfühlten. Zumindest behaupteten das die meisten von ihnen.
Das war auch kein Wunder, den Steven war ein muskulöser
und kräftiger junger Mann. Alle drei waren bereits einmal
sitzen geblieben und gingen eine Klasse höher als Maximilian
und seine Freunde. Sie waren zwei Jahre älter als Maximilian.
Die drei Rabauken waren berühmt berüchtigt in der gesamten
Schule gewesen. Es gab nichts was sie nicht angestellt hatten.
Doch sie schafften es dennoch, nicht von der Schule verwiesen
zu werden. Nicht nur die Schüler fürchteten sich vor ihnen,
sondern auch auch einige Lehrer-innen und sogar Lehrer.
Maximilian hatte bisher nur einmal eine kleine Auseinan-
dersetzung mit ihnen als sie versuchten Sandra anzumachen.
Das gefiel Maximilian nicht, woraufhin er sich gegen alle drei
gestellt hatte und dadurch Sandra von ihren wiederwertigen
Belästigungen rettete. Als „Fantasio" ihn so erlebte, ließen er
und seine beiden Kumpels von ihr ab. Doch nicht etwa deswegen, weil sie Angst vor Maximilian hatten, nein, Maximilian
gewann durch seinen mutigen Einsatz den Respekt von

„Fantasio" und seinen beiden Mitstreitern. Er mochte zwar ein wiederwertiger Mensch sein, doch er war ehrenhaft genug um derartige Aktionen zu respektieren. Seitdem konnte er Maximilian gut leiden, aber er wollte nicht, dass er mit ihnen abhing, weil sie seine anderen Freunde nicht mochten. Maximilian wollte von „Fantasio" wissen wieso sie zu ihm gekommen waren, woraufhin er lächelnd antwortete:

>>*Maximilian mein Freund! Hatte ich dir gegenüber schon mal erwähnt, dass ich die vier Versager, die du als Freunde bezeichnest, nie leiden konnte?*<<

Er legte seine Hand auf die Schulter von Maximilian.

>>*Ja, schon mehrfach „Fantasio".*<<

antwortete ihm Maximilian und warf einen flüchtigen Blick auf die Hand, die schwer auf seiner rechten Schulter lag.

„Fantasio" lachte und sah dabei seine beiden Kumpels an, die direkt hinter ihm standen und auch laut lachten.

>>*Tja, Maxy Kumpel...*<<

sprach „Fantasio" weiter:

>>*...Meine Kumpels „Stonefist", „Gun" und ich, der fabelhafte „Fantasio", konnten heute zufällig deine Milchbubis von Freunden reden hören, wie sie dir deinen genialen Einfall wieder ausreden wollen.*<<

Maximilian's ernste Blicke tauschten sich gegen verdutzte Blicke aus. Er wusste ganz genau, wovon „Fantasio" gesprochen hatte, tat jedoch so, als würde er es nicht tun um zu erfahren, wieviel die drei Unholde wussten.

>>*Was meinst du „Fantasio"? Welchen Einfall wollen die mir ausreden?*<<

„Fantasio" lachte nun lauter, wandte sich seinen beiden Kumpeln zu, die ihn dabei unterstützten und sagte zu ihnen:

>>*Habt ihr das gehört Freunde? Er möchte wissen, wovon ich spreche*<<

Er ging dabei im Kreis herum, blieb stehen und sprach erneut mit Maximilian:

>>*Na deine Idee Mann. Die in der du angeblich vorhaben sollst dich gegen die Erwachsenen zu stellen und ihnen die Stirn bieten möchtest. Na leuchtet dir jetzt etwas ein?*<<

Enttäuscht musste Maximilian zugeben, dass er wusste wovon „Fantasio" gesprochen hatte und sagte:

>>*Wer weiß es noch außer euch Drei?*<<

„Fantasio" blickte mit seinen Augen nachdenklich nach oben auf die Decke und sagte anschließend lächelnd:

>>*Ich würde sagen, niemand mein Freund*<<

Maximilian schwieg. „Fantasio" sprach weiter:

>>*Meine Kumpels und ich haben zufällig gehört, oder besser gesagt, wir haben ihnen heimlich gelauscht, wie deine kleinen Freunde heute in der Pause darüber gesprochen haben. Sie meinten, dass das eine sehr schlechte und gefährliche Idee sei, sodass sie jetzt in diesem Moment unterwegs hierher sind um es dir auszureden. Wir verließen die Schule nur etwas früher um ihnen zuvorzukommen.*<<

Maximilian wurde nachdenklich und starrte auf den Fußboden. Danach richtete er seine Blicke erneut „Fantasio" zu und sagte:

>>*Das sind nicht mehr meine Freunde. Sie hatten mich bereits von Anfang an im Stich gelassen als ich es ihnen zum ersten Mal bei unserem gemeinsamen Treffen erzählt hatte. Sie haben mich ausgelacht und glaubten nicht an meine Idee*<<

Seine Stimme war voller Hass und Wut. „Fantasio" machte einen Schritt näher zu ihm und sagte mit beruhigender Stimme, die in diesem Moment sehr einflussreich klang:

>>*Aber wir glauben doch an deine Idee Champ. „Stonefist", „Gun" und ich sind der festen Überzeugung und der absoluten Meinung, dass du, nein, dass wir diesen genialen Plan durchziehen sollten. Denn weißt du was? Wir haben auch die*

Schnauze voll von Erwachsenen und deren Regeln. Jetzt sind
wir mal an der Reihe würde ich meinen. Häh, Kumpel? Was
sagst du dazu? Jetzt schlagen wir zurück!<<
Maximilian gefiel es sehr gut was ihm „Fantasio" da erzählte.
Er gewann dadurch viel mehr Selbstvertrauen und wurde Ehr-
geiziger. Jetzt wollte er erst recht sein Plan durchziehen.
Er war sehr froh darüber, dass er mit seiner Meinung, was die
Erwachsenen betraf, nicht alleine da stand.
So langsam nahm sein Gesicht eine teuflische Form an, sodass
seine Blicke und sein schiefes Lächeln, selbst „Stonefist"
Angst einflößten. „Fantasio" hingegen musste dabei
schmunzeln, weil er ganz genau wusste, was sich in diesem
Moment in Maximilian's Kopf abspielte und er somit fast
schon erahnen konnte, was Maximilian sagen würde.
>>*Ich würde sagen, lasst uns sofort damit beginnen!*<<
Er klang dabei sehr überzeugend und sprach wie jemand, der
ganz genau wusste, wovon er redete. Wie jemand, der einen
bombensicheren Plan im Ärmel hatte. -*Bingo!*- dachte sich
Fanstasio und noch bevor er ihm eine Antwort darauf geben
konnte, blieb sein Mund halb geöffnet als die Türklingel
läutete. „Fantasio" atmete statt-dessen einmal aus und behielt
seine Antwort derweil für sich.
Sie wussten alle, Maximilian mit eingeschlossen, wer da an
seiner Tür klingeln konnte. Mit bösen Blicken und voller
Selbstvertrauen ging er Richtung Tür und öffnete sie.
So wie es nicht anders zu erwarten gewesen war, standen seine
vier Freunde Simon, Lorenz, Tibor und Ömer vor ihm.
„Fantasio" und seine zwei Freunde, hatten sich ganz unauffällig im Wohnzimmer versteckt und lauschten den ehemals
fünf Freunden genau zu.
>>*Habt ihr euch nicht genug über mich lustig machen*
können?<<

entgegnete ihnen Maximilian, sodass alle vier kurzfristig nicht wussten, was sie darauf antworten sollten und waren erstaunt über die Wut in seiner Stimme gewesen. Simon sammelte sich ganz schnell wieder und trug ihm das Anliegen der gesamten Gruppe vor, die ihnen am Herzen lag:

>>*Hör zu Maximilian...*<<

an dieser Stelle unterbrach Simon seinen Vortag und fragte:

>>*...Ähm, willst du uns denn gar nicht hereinlassen?*<<

Maximilian sah jedem Einzelnen von ihnen mit finsteren Blicken in die Augen und machte ihnen sowohl mit seinen Blicken als auch mit seiner boshaften Stimme, die er bemüht versuchte so tief wie möglich klingen zu lassen, die sich jedoch lächerlich anhörte, deutlich, dass er nicht daran denken würde. An dieser Stelle freute sich „Fantasio" über diese kluge Entscheidung und packte mit viel Kraft die Schultern von „Gun" an, sodass er ein leises, aber winselndes Geräusch von sich gab. Diesen unerwarteten Druck an seinen Schultern hatte er nicht kommen sehen. Zu ihrem Glück, hatten die vier Freunde nichts mitbekommen, sodass Simon seinen Vortag fortsetze:

>>*Also schön Max, ganz wie du möchtest*<<

er hielt kurz inne und fuhr fort:

>>*Wie du dir ja vielleicht schon denken kannst, sind wir aus einem einzigen Grund hierher gekommen. Es geht um deinen Plan. Du weißt schon, den mit den Erwachsenen und so. Es tut uns wirklich Leid, dass wir dich im Stich gelassen haben. Doch du musst einfach verstehen können, dass das wirklich eine furchtbar wahnsinnige Tat wäre. Du musst dir das wieder ganz schnell aus dem Kopf schlagen und der alte Maximilian werden. Unser Kumpel Maximilian, der zwar oft Schabernack getrieben hatte, aber dennoch seine Grenzen kannte. Doch dieser Maximilian scheinst du momentan nicht zu sein. Du gehst über deine Grenzen hinaus und als gute Freunde von dir,*

das soll natürlich heißen, du akzeptierst uns noch als Freunde, wollen wir dir dringend davon abraten. Bitte komm zur Vernunft und komm zurück zur Schule und lass uns da weitermachen, wo wir damals aufgehört hatten...Und außerdem denke ich, dass Sandra dich auch ganz schön doll vermisst.<<

An dieser Stelle senkte Maximilian nachdenklich den Kopf hinunter. „Fantasio" gefiel ganz und gar nicht, was die Knirpse zu erreichen versuchten und hoffte völlig angespannt, dass Maximilian sich richtig verhalten würde. Lorenz fügte:

>>Komm bitte wieder in unsere Mitte Max. Es ist nicht dasselbe ohne dich<<

hinzu.

Maximilian erhob sein Haupt wieder, starrte für eine kurze Weile Lorenz an und sagte:

>>Nicht ich habe eure Mitte verlassen. Ihr wart diejenigen, die nicht mit mir ziehen wollten. Ihr und auch...<<

er hielt kurz inne und atmete einmal tief ein und aus. Seine Stimme wurde ab diesem Moment ein wenig ruhiger:

>>...und auch Sandra.<<

Als Tibor noch eine Kleinigkeit dazu sagen wollte, wurden seine Worte von Maximilian abgewürgt und er sagte erneut mit wütendem, jedoch mit leisem Tonfall:

>>Nein Tibor! Es ist vorbei! Wir sind nicht mehr länger befreundet. Ich bin nicht mehr euer Freund. Freunde halten stets zueinander und lassen sich nicht im Stich. Ganz egal wie hart es auch im Leben kommen mag. Sie sind immer für einander da und ganz egal wie absurd eine Idee auch sein mag... Freunde unterstützen sich immer.<<

Diese Ansage war mehr als nur deutlich und alle vier, Simon, Lorenz, Tibor und Ömer senkten zur selben Zeit ihre Köpfe auf den Fußboden des Stiegenhauses. Keiner von ihnen hatte etwas darauf zu antworten, obwohl es noch so vieles zu Sagen gegeben hatte. Doch aus keinem deren Münder wollte auch nur ein einziges Wort herauskommen. „Fantasio" konnte sich kaum vor Freude zurückhalten, sodass er diesmal auf den Rücken von „Gun" mehrere leichte Faustschläge gab. „Gun" konnte nichts anderes tun als diese einzustecken.

Zum Abschluss sagte Maximilian noch:

>>*Bitte kommt nie wieder her und versucht mich auch nicht mehr anzurufen! Sagt das auch...sagt das auch Sandra! Ich möchte nie wieder irgendetwas von euch hören. Nie wieder! Habt ihr das verstanden?*<<

Die konnten einfach nicht darauf antworten. Ihre Enttäuschung war einfach zu groß. Sie waren zutiefst gekränkt und traurig gewesen über die Worte, die aus Maximilian's Mund stammten. Doch ihr Schweigen war für Maximilian Antwort genug, sodass er seinen vier ehemals besten Freunden, die Tür einfach vor der Nase zuknallte und dabei keinerlei Reue zu fühlen schien.

Sofort sprangen ihm „Fantasio" und seine Gang entgegen und er gratulierte ihm, während er dabei bis über beide Ohren lächelte. Alle nacheinander gaben ihm ein High Five und klopften ihm stolz und voller Freude auf die Schulter. Bei „Stonefist" war er sogar einige Schritte nach hinten gestolpert gewesen.

>>*Ausgezeichnet Maxy Boy!*<<

gratulierte ihm „Fantasio" und schwang mit dem Baseballschläger in der Luft, den er im Wohnzimmer gefunden hatte so, als würde er damit einen Ball abschlagen. Maximilian nahm ihm den Baseballschläger ohne etwas zu sagen ganz schnell wieder ab und verstaute ihn in seinem Zimmer. „Fantasio" und seine zwei Gangmitglieder „Stonefist" und „Gun" machten sich auf in Richtung Küche, während er dabei so laut schrie,

sodass ihn Maximilian auch wirklich hören konnte:
>>*Hey Max Bruder! Das müssen wir feiern. Was haben deine Alten denn so alles in der Küche verstaut, hah?*<<
Sie benahmen sich dabei wie ein Haufen wildgewordener Hinterwäldler und verwüsteten beinahe die komplette Küche. Als Maximilian sie dabei so sah, forderte er sie auf der Stelle auf damit aufzuhören, doch sie hörten nicht auf ihn. Doch dann überkam Maximilian eine ganze Ladung an Wut und er fing in diesem Moment so richtig zum explodieren an, sodass alle drei Rabauken auf der Stelle aufhörten Unfug zu machen und blieben wie versteinert stehen. Die gesamte Wohnung war hinterher für eine halbe Minute stiller als eine Bibliothek. Das war der lauteste und längste „Hört damit sofort auf!" Schrei, den sie je zu hören bekamen. Selbst Raphael musste in seinem Zimmer zusammenzucken und verkroch sich sofort unter seine Pixar Cars Decke die sich auf seinem Bett befunden hatte.
„Fantasio" machte langsame Schritte voran zu Maximilian bis er direkt vor ihm stehen blieb. Er sah ihn etwa für fünf Sekunden mit ernster Miene an und sagte schließlich:
>>*Verdammt Max, das war mit Abstand die härteste Aufforderung, die sich je ein Mensch mir gegenüber getraut hatte, zu machen. Du hast dir hiermit meinen, nein unseren, offiziellen Respekt verdient und wir würden uns geehrt fühlen, wenn du unserer Gang beitreten würdest.*<<
Maximilian stand schweigend vor ihm. Vor lauter Zorn ging seine Brust auf und ab, während er dabei laut ein- und ausatmete und seine Hände zu Fäusten geballt hatte.
Er beruhigte sich langsam wieder, sodass sein Brustkorb sich langsam senkte und seine Fäuste sich lösten. Mit nahezu gebieterischen Blicken sah er „Fantasio" tief in die Augen, sodass dieser zwar ein wenig Angst vor dem zornigen Jungen bekam, der einen Kopf kleiner gewesen war als er, aber er ließ sich

nichts anmerken, damit er vor seinen harten Kumpeln nicht wie ein Weichei da stand. „Fantasio" gehörte bestimmt mit Abstand zu den knallharten Typen, aber selbst er musste in diesem Moment feststellen und auch zugeben, dass dieser dreizehnjähriger Junge, der ihm direkt gegenüber gestanden hatte, ein noch härterer gewesen war, der zudem sehr viel Temperament besaß. „Fantasio" konnte in ihm deutlich das Potenzial eines Anführers erkennen und auch, dass er eines Tages zu den größten, furchteinflößenden und mächtigen Personen gehören würde, die je auf der Erde gewandelt sind. Jetzt wollte dieser knallharte Junge auf die Frage von „Fantasio" eine Antwort geben, doch seine Antwort bestand aus einer Gegenfrage: *>>Würdet ihr dann gemeinsam mit mir für unsere Rechte kämpfen?<<*

„Fantasio" antwortete nicht sofort. Er sah ihm noch eine Weile in die Augen, drehte sich danach zu seinen beiden Freunden um, die hinter ihm gestanden waren und drehte sich wieder zu Maximilian um. Er klatschte einmal in seine Hände um sie anschließend aneinander zu reiben, während er einen seltsamen Laut von sich gab, der sich ähnlich wie ein zischen anhörte: *>>Maxy Boy! Genau deswegen sind wir ja auch hier. Wir wollen die Sache mit dir durchziehen und diesen Erwachsenen eine Lektion erteilen. Ich meine, wir haben schon so viel getan, aber so etwas hatten wir bisher noch nie. Dank dir haben wir die Gelegenheit auch das aus unserer „Liste" zu streichen. Das ist mal eine Herausforderung für uns. Etwas vollkommen Neues. Also, um es kurz zu machen und deine Frage zu beantworten,...verdammt Mann, ja, wir sind dabei!<<*

Seine Stimme klangen mit den letzten Worten jubelnd, während er beide Fäuste in die Höhe streckte. Dann hatte Maximilian noch eine letzte Frage an die drei Rüpel, die vor ihm standen:

>>*Und ihr denkt ernsthaft, dass wir das auch tatsächlich durchziehen können?*<<

An dieser Stelle meldete sich „Stonefist" zu Wort:

>>*Aber so was von Dude! Ich komme aus den Vereinigten Staaten von Amerika und ich sage dir, dass wir schon immer der Welt und den Menschen Leid und Elend zugefügt haben und es immer noch tun. Das wäre nichts Neues für mich. Abgesehen davon tue ich das ja auch schon hier. Eben nur nicht in diesem Ausmaß, den wir jetzt vorhaben anzugehen.*<<

Maximilian wollte „Stonefist" korrigieren und warf folgendes ein:

>>*Dir ist aber schon klar, dass nicht alle aus den USA so sind, sondern eigentlich die Regierung das eigentliche Übel ist?*<<

„Stonefist" starrte an die Decke über ihm, nickte verständnisvoll und sagte:

>>*Ja, klar Mann, die meine ich auch.*<<

Maximilian rollte mit seinen Augen und nahm es so hin. Dann meldete sich „Gun" zu Wort, der sagte:

>>*Wir kennen da einige Kinder, die genug von Erwachsenen haben. Kinder, die nicht mehr nach deren Pfeife tanzen möchten. Genau diese Kinder können wir auf unsere Seite holen und dafür sorgen, dass sie mit uns gemeinsam kämpfen. Und wenn sich jemand verweigern sollte mitzumachen, dann prügeln und zwingen wir ihn einfach dazu.*<<

Er grinste Maximilian an.

Maximilian beschloss noch eine kurze Weile zu überlegen, bevor er seine endgültige Entscheidung getroffen hatte.

Obwohl er das vom Herzen gerne machen wollte, bekam er in diesem Moment, ein komisches Gefühl in seiner Magengegend jetzt wo die Sache eine ziemlich ernste Form annahm. Er überlegte sich für einen Moment, ob es denn auch tatsächlich das Richtige war oder sie es vielleicht doch anders angehen sollten.

Während er so schweigsam und konzentriert überlegte, ging er dabei auf und ab. „Fantasio", „Stonefist" und „Gun" beobachteten ihn dabei.

Dann blieb Maximilian plötzlich stehen und verharrte seitlich in seiner Position an dem Fleck an dem er sich befand und bewegte sich nicht. Er stand für ganze zehn Sekunden so regungslos da, während die anderen im Raum sich mit fragenden Blicken abwechselnd angesehen hatten. „Gun" hob sogar seinen Zeigefinger in die Höhe seiner Schläfe und fing an ihn kreisend zu drehen um so seinen Freunden deutlich zu machen, dass Maximilian durchgeknallt sei. Die beiden grinsten.

Maximilian drehte sich langsam zu den Dreien um und sagte:

>>*Also gut!...Lasst uns diese Sache durchziehen und damit eine vollkommen neue Ära einleiten.*<<

Seine Stimme klang dabei fest überzeugend und sehr entschlossen. Das gefiel den drei Bad Boys sehr. Zum Abschluss sagte Maximilian noch:

>>*Wenn ich nun auch zu euch gehöre, möchte ich auch so einen coolen Spitznamen haben, wie ihr sie habt.*<<

>>*Also gut, kannst du haben. Hast du da schon eine Idee oder sollen wir uns etwas total cooles für dich einfallen lassen?*<<

wollte „Fantasio" wissen. Maximilian hielt kurz inne und sagte:

>>*Nein, ich habe bereits einen Namen...Nennt mich ab sofort „Black Max"!*<<

„Fantasio", „Stonefist" und „Gun" sahen sich an und stimmten dem Spitznamen zu. Er klang gut und so richtig böse.

>>*Ausgezeichnet!...*<<

sagte „Fantasio"

>>*...das ist ein echt cooler Spitzname. Passt gut zu dir. So ganz in Schwarz und so.*<<

Auf den Namen war er von seiner Lieblingscomicfigur Black
Adam gekommen.

>>*Ab jetzt wünsche ich nur noch als „Black Max" ange-
sprochen zu werden und nicht mehr als Max oder Maximilian
oder sonst was. Nur „Black Max"*<<
machte Maximilian ihnen deutlich.

Die anderen stimmten kopfnickend zu und bestätigten es abwechselnd mit einem „Ok".

Kurz bevor sie sich auf den Weg machten um den ersten
Schritt einzuleiten, hatte „Stonefist" noch eine letzte Frage:

>>*Und? Essen wir jetzt noch etwas oder nicht?*<<

Die Traurigkeit schien sich für immer in ihren Gesichtern gemeißelt zu haben. Es war fast schon so, als wäre ein Familien-
mitglied, ein naheliegender Bekannter, ein sehr guter Freund
gestorben. Und auf irgendeine Art und Weise traf das auch zu.
Denn die vier Freunde hatten den Besten aus ihrer Gruppe verloren. Sie hatten Maximilian verloren. Ihren besten Freund. Er
war nicht mehr länger ihr Freund gewesen. Und genau dieser
Gedanke, diese Tatsache verursachte bei jedem Einzelnen von
ihnen große Schmerzen irgendwo in ihrem Inneren.

So verweilten sie, Simon, Lorenz, Tibor und Ömer auf dem
Spielplatz und überlegten sich, wie es nun weitergehen sollte.
Wie sollten sie sich von nun verhalten, wenn sie ihrem ehemaligen Freund über den Weg laufen sollten? Sollten sie ihn
ignorieren und so tun, als ob sie sich nicht kennen würden?
Wie sollte das in der Klasse und am Schulgelände
funktionieren, wo sie sich doch jeden Tag über den Weg
laufen? Würden sie es schaffen sich aus dem Weg zu gehen
und sich jedes Mal zu ignorieren, wenn sie aufeinander treffen
würden? Könnte man das ewig durchziehen? Würde man dann
nicht jedes Mal an diese Sache, an das was zwischen einem

vorgefallen war, ständig erinnert werden?
Die vier engen Freunde befanden sich in einer sehr misslichen und unangenehmen Lage. Sie mussten immer wieder daran denken, dass sie vielleicht tatsächlich Maximilian im Stich gelassen hatten. Andererseits dachten sie auch daran, dass sie als die Einzigen, die richtige Entscheidung getroffen hatten.
Das Ganze war einfach nur blöd und sinnlos gewesen.
Lorenz und Ömer saßen auf den einzigen beiden Schaukeln, die sich auf dem Spielplatz befanden, während Simon auf der Rutsche saß und Tibor daran angelehnt gewesen war. Ein leichter Wind zog über den gesamten Spielplatz während die pralle Sonne direkt darauf schien.
Während sie so ganz in Gedanken vertieft über den Verlust ihres Freundes, wenn auch nur rein freundschaftlich, trauerten, beobachteten sie nebenbei all die anderen Kinder, die sich auf dem Spielplatz austobten und miteinander ihren Spaß hatten.
So waren sie auch einmal gewesen, als sie noch ein wenig jünger gewesen waren.
Früher hatten sie Stunden auf diesem Spielplatz verbracht. Sie spielten alles erdenkliche gemeinsam und manchmal auch mit fremden Kindern. Fangen, Verstecken, Fußball, Parcours, Schnitzeljagd, Detektivspiele und vieles mehr. Sie hatten alles durch.
Doch jetzt, als angehende Jugendliche, trafen sie sich dort nur noch um einfach miteinander abzuhängen und über dieses und jenes zu sprechen.
Viel Auswahl hatten sie ja auch bei ihrem Alter nicht. An Wochenenden gingen sie oft ins Kino und im Sommer auch Schwimmen. Sie achteten stets darauf, dass sie alles gemeinsam unternahmen und niemand, sofern es kein Notfall gewesen war, ausgeschlossen werden konnte. Aber jetzt hatten sie jemanden ausgeschlossen. Oder er hatte sich selbst ausge-

schlossen. Es war kompliziert. Zum ersten Mal, seit ihrer Freundschaft, hatten sie über eine Sache verschiedene Meinungen. Zum ersten Mal hieß es Vier gegen Einen oder aber auch Einer gegen Vier. Wie bereits erwähnt, es war kompliziert gewesen.

Sonst hieß es immer „Einer für alle, alle für Einen!", so ganz nachdem Motto der drei Musketiere, dem Roman von Alexandre Dumas.

So gut wie ihre Freundschaft bisher gelaufen war, hätten sich die vier Freunde niemals vorstellen können, dass sie sich eines Tages gegen eines ihrer Freunde stellen würden. Und ausgerechnet handelte es sich bei diesem einen Freund um ihren besten Kumpel Maximilian. Er war erst der Grund, wieso überhaupt sie Freunde gewesen waren. Durch ihn kamen sie alle zusammen und durch ihn wurden sie unzertrennlich. Und ausgerechnet Maximilian sollte derjenige sein, der sie wieder auseinander bringt. Zumindest hatte er sich bereits selbst ins Aus befördert.

So verweilten sie ganze zwei Stunden am Spielplatz und dachten über alle möglichen Lösungen nach um ihren Freund wieder für sich, für die Gruppe, zu gewinnen. Sie dachten über alles Mögliche nach um ihm diese schreckliche Tat aus dem Kopf zu schlagen. Sie dachten über alles Mögliche nach um ihn wieder zur Vernunft zu bringen. Doch nichts, absolut gar nichts wollte ihnen einfallen. Sie waren ganze vier Personen, aber keinem einzigen von ihnen wollte auch nur das Geringste einfallen um ihrem Freund und somit auch ihrer Freundschaft helfen zu können. Sie waren ratlos gewesen. Bei wem hätten sie sonst noch um einen Rat bitten können? Zu wem hätten die vier Freunde gehen können? Etwa in die Kirche um dort einen Rat zu holen? Schließlich würde man es dort geheim halten aufgrund der Schweigepflicht, dachten sie sich zumindest.

Denn zur Polizei wollten sie damit nicht gehen, weil sie sonst ihren Freund erneut verraten würden. Ein weiteres Mal wäre einfach zu viel gewesen. Doch andererseits würden sie ihm und auch anderen vielleicht damit helfen. Die Eltern wären auch keine Option, da die meisten so etwas für Unfug hielten und nicht ernst nahmen. Die Erwachsenen hörten generell nicht auf derartige Geschichten, die die Kinder ihnen erzählten. Und die vier Freunde wussten auch hier ganz genau, dass man ihnen kein Gehör schenken würde. Sie waren ratlos. Die Freunde, die sich sonst immer zu Helfen wussten, hatten zum ersten Mal keinerlei Ideen, wie sie nun vorangehen sollten.

So zog die Zeit an ihnen vorbei, wie der Wind, der für sie an diesem heißen Tag für ein wenig Frische sorgte.

Sandra saß ebenso in Gedanken vertieft in ihrem Zimmer und starrte dabei auf das „TWILIGHT" Filmposter, das auf der Wand direkt über ihrem Bett gehangen hatte. Wie sehr hätte sie sich auch nur solch eine Beziehung gewünscht wie die Charaktere aus dieser Welt. Sowohl romantisch als auch rebellisch und draufgängerisch sollte sie sein. Sie war sich absolut sicher, dass sie genau den Richtigen dafür gefunden zu haben und sich selbst sah sie als die Hauptprotagonistin namens Bella Swan. Wobei sie Maximilian vielmehr als Jacob Black gesehen hatte, da sie Werwölfe viel lieber mochte als Vampire. Doch jetzt sollte sie möglicherweise keinen von ihnen bekommen. Weder ein Vampir noch ein Werwolf, der ihr die Art von einer festen Beziehung ermöglichen könnte, die sie schon immer ersehnt hatte.

Ihr blieb nichts anderes übrig als an die schönen vergangenen Tage zu denken, die sie und Maximilian miteinander gehabt hatten. Dabei füllten sich ihre Augen mit Tränen und sie kämpfte darum keinen einzigen Tropfen für diesen Jungen, den sie ganz bestimmt nicht haben wollte, zu vergießen. Für Maximilian würde sie ganze Bäche weinen, aber nicht für diese abscheuliche und respektlose Person, zu dem er geworden war. Ihr war klar, dass sie noch sehr jung gewesen war und sie noch viele Jungs kennenlernen würde, aber sie konnte sich nie sicher sein, ob sie wieder jemanden kennenlernen würde, der so besonders anziehend sein konnte, wie Maximilian es gewesen war. Zum ersten Mal in ihrem Leben machte sie die Erfahrung, wie sehr es weh getan hatte, wie sehr es schmerzte, die Person, die einem so viel bedeutete, die man so sehr gern hatte, nicht mehr in seinem Leben hatte. Sandra empfand einfach zu viel für Maximilian und kam mit dem Gedanken nicht klar, ihn vielleicht für immer verloren zu haben. Einerseits hatte sie noch ein funken Hoffnung, dass er wieder zur Besinnung kommen und zu ihr zurückkehren würde, doch andererseits musste sie ständig an das Gegenteil denken. Und dieses Hin und Her machte sie zu schaffen. Als ihr klar geworden war, wie zum Teufel ein dreizehnjähriges Mädchen so sehr über einen jungen nachdenken konnte, musste sie schmunzeln und war von jeglichen negativen Gedanken über ihn, wenn auch nur für einen kleinen Moment, entrissen worden. Aber so war das nunmal als Teenager. Alle Teenager hatten irgendeinen Schwarm, der sie um den Verstand brachte. In der Schule hatte man sich daher wenig für den Unterricht interessiert. Viel mehr wurde ständig über feste Beziehungen zwischen Jungs und Mädchen geplaudert. Und nur viel zu gern redete man über die Beziehungen von anderen. Es war fast so, als würde man nur noch deswegen in die Schule gehen und nicht, weil man gute Noten schreiben musste um das Schuljahr halbwegs gut bestehen zu können. Nein, das war zweitrangig. In erster Linie ging es immer um Liebesbeziehungen und darum wer mit wem zusammen gewesen war oder wer mit wem herumgeknutscht hatte. Und dann gab es da die Jungs, die ständig durch irgendwelche banale Mutproben unter Beweis stellen mussten, wer der härteste unter ihnen gewesen war. Einige Mädchen waren ständig dabei sich gegenseitig in der Mode zu übertreffen und wetteiferten darum, wer am Besten ausgesehen hatte. Andere Schülerinnen und Schüler versuchten sich mit den neuesten Techniktrends zu übertreffen.

So sah es in der Schule aus. Es wurde für alles Interesse gezeigt und für alles wurde gekämpft und versucht darin die und/oder der Beste zu werden. In allem. Nur nicht im Unterricht. Das interessierte nur die wenigsten unter ihnen. Zu ihnen gehörte auch Sandra, obwohl sie so von Maximilian besessen gewesen war. Sie war eine der wenigen, die talentiert genug gewesen waren, nicht alles miteinander zu vermischen und sich auf das Wesentliche in der Schule konzentrieren konnten. Sie konnte noch recht gut Schule und Privatleben voneinander unterscheiden, was den meisten Schülerinnen und Schülern nicht gelang.

Daher befürchtete sie nun umso mehr, dass ihre Leistungen in der Schule darunter leiden könnten. Dass sie aufgrund dessen, immerzu an Maximilian denken zu müssen, ihre Konzentration in der Schule nachlassen und sie daher dem Unterricht nicht mehr folgen könnte.

Soweit dürfte sie es gar nicht kommen lassen. Sie war bereits ein kluges Mädchen gewesen und musste jetzt auch ein starkes werden. Daher durfte sie auf keinen Fall zulassen, dass sie wegen Maximilian in der Schule schlechte Noten schreiben würde. Sie musste ihn ganz einfach vergessen und sich auf die Schule konzentrieren. Eine andere Option käme für sie gar nicht in Frage. Denn so sehr sie Maximilian auch gern hatte, sie konnte auf keinen Fall für ihn ihre schulischen Leistungen vernachlässigen. Sie durften nicht darunter leiden. Auf gar keinen Fall.

Also rappelte sie sich wieder hoch, atme einmal ganz tief ein und aus und versuchte sich so mit anderen Dingen zu beschäftigen.

Sonst las sie immer gern ein Buch, wenn sie sich ablenken wollte. Doch die Lage in der sie sich befunden hatte, war etwas größer als sonst, sodass ein Buch sie nicht hätte retten können.

Daher beschloss sie lieber Musik zu hören. Somit setzte sie sich die Kopfhörer auf, die an ihrem Handy steckten und spielte ihre Playlist, den sie als „The Soul" betitelt hatte, von oben bis unten ab um so auf andere, auf freie Gedanken zu kommen, während sie auf ihrem Bett gesessen war.

Und Los ging es mit dem Titel „SAVE TONIGHT" von Eagle-Eye Cherry. Dieser Mann hatte, ihrer Meinung nach, eine so großartige und magische Stimme, dass sie alles um sich herum vergaß, sobald sie ihn singen hörte.

Er schaffte es sogar, dass sie Maximilian komplett vergessen konnte.

Sie schloss ihre Augen, lehnte ihren Hinterkopf an die Wand, direkt unter das Filmposter von „TWILIGHT" und ließ die beruhigende Musik durch ihre Ohren direkt in ihren Kopf hineindringen.

KAPITEL 7

DER ERSTE SCHRITT

Schon am nächsten Tag hatte das neue Dream-Team, sofern man sie so bezeichnen konnte, - oder wohl eher Nightmare-Team - , bestehend aus „Fantasio", „Stonefist", „Gun" und dem Neuzugang „Black Max" keine Zeit verlieren wollen und startete sofort mit seinem Projekt, das die vier Bad Boys unter sich „FREEDOM", zu Deutsch „FREIHEIT", nannten.
Denn es gib dabei um ihre und auch um die Freiheit von allen anderen Kindern, die von Erwachsenen unterdrückt wurden.
Die nicht so ausgefallene Bezeichnung für ihr Projekt, war Maximilian eingefallen. Er war der Meinung, dass wenn sie schon vor hatten für ihre Freiheiten zu kämpfen, dann sollten sie auch das Projekt danach benennen.
Die anderen im Team waren ohne irgendwelche Einwände damit einverstanden gewesen.
Und auf seinen ehemaligen Einfall das Team „The League of Max" zu benennen, hatte er verzichtet.
Er war der Meinung, dass das Team keinen eigenen Namen bekommen sollte. Lediglich das Projekt hatte einen Namen nötig gehabt. Und den bekam es dann auch.
Mit „FREEDOM" wollten die vier jungen Männer ein deutliches Zeichen setzen und ihren Standpunkt klar machen.
Sie waren alle, ohne Ausnahmen und ohne sonstigen Ein-wände, damit einverstanden gewesen und waren bereit mit Herz und Blut dafür zu kämpfen. Das sollte, die bis dahin, größte Herausforderung für jeden Einzelnen von ihnen sein. Keiner von ihnen hatte je zuvor auch nur annähernd mit so etwas Großem zu tun gehabt. Daher waren sie alle zwar sehr nervös und aufgeregt, auch wenn sie noch so auf hart getan

hatten, aber auch zugleich sehr optimistisch und zielstrebig gewesen und sie wollten die Sache durchziehen, koste es was es wolle. Nun sollte bald endlich Schluss sein mit der Tyrannei und der Schikane der Erwachsenen. Jetzt sollte endlich die Zeit kommen in der sie selbst über sich bestimmen dürfen. Jetzt sollten sie endlich an der Reihe sein.

Mit dieser Einstellung und dieser Motivation hatten sich „Fantasio", „Stonefist" und „Gun" bereits auf die Suche begeben um neue Mitglieder, die rein aus Kindern, bestehen sollte, zu rekrutieren.

Dabei hatte keiner von ihnen an eine Altersbeschränkung gedacht. Sie waren so sehr von ihrem Plan verblendet gewesen, sodass sie auf sehr viele Einzelheiten vergessen beziehungsweise gar nicht daran gedacht hatten.

Für sie zählte nur, so viele Kinder dabei zu haben, wie sie nur bekommen konnten. Doch im Durchschnitt sollte das Alter der Kinder zwischen zehn und sechzehn Jahren liegen, wie es sich dann später herausstellen sollte.

Währenddessen blieb Maximilian gemeinsam mit seinem jüngeren Bruder Raphael zu Hause und überlegte sich eine ganz genaue Strategie für ihren Angriff. Da ihm klar gewesen war, dass sie nicht gleich am ersten Tag eine ganze Armee von Kindern aufstellen können werden, machte er sich dabei keinen Stress.

Es war Nachmittag und die Uhr an der Wohnzimmerwand, die direkt über dem Fernseher gehangen hatte, zeigte mit ihrem großen Zeiger auf die Eins und der kleine Zeiger befand sich auf der Höhe von der Drei. Es war also noch sehr früh gewesen und die Sonne schien draußen am klaren Himmel. Doch Maximilian bekam davon nichts mit, da er absichtlich die Innen-Jalousien der zwei Fenster, die sich im Wohnzimmer befanden, heruntergerollt und zugedreht hatte. Er war so sehr in sein neues „Ich" eingetaucht gewesen, sodass er nun viel lieber im Dunkeln sitzen wollte. Er bildete wohl ein, dass er dadurch noch schurkenhafter herüberkommen beziehungsweise sich dadurch besser in seine neue Rolle versetzen konnte. Doch zwischen den Jalousien und auch von den Seiten, schafften es dennoch einige Sonnenstrahlen in das Wohnzimmer einzudringen und für ein wenig Licht zu sorgen.

Raphael saß still und leise neben ihm auf der rechten Seite, sodass genau zwischen den beiden eine Lücke entstanden gewesen war, in der noch eine weitere Person Platz hätte finden können.

Seitdem er Raphael eine grobe Antwort auf seine erneute Frage über den Verbleib ihrer Eltern gegeben hatte, traute sich der kleine Junge nicht mehr sein Mund aufzumachen. Selbst beim Ein- und Ausatmen hatte er darauf geachtet nicht allzu laut zu werden.

So konnte sich also Maximilian, der sich von nun an „Black Max" nannte, im Stillen und Dunklen in aller Ruhe über seine nächsten Schritte nachdenken. Lediglich das Ticken der Uhr erfüllte das Wohnzimmer mit ein wenig Klang, der ihn jedoch nicht aus der Ruhe gebracht hatte.

Sein Problem dabei war nur gewesen, dass er sich mit so etwas absolut nicht ausgekannt hatte. Alles was er über derartige Aktionen wusste, hatte er durch diverse Videospiele, aber auch aus Filmen gekannt. Dort hatte es immer sehr einfach ausgesehen, aber nun musste er feststellen, dass es alles andere als einfach gewesen war. Denn dies war die Realität und nicht etwa ein Videospiel, bei dem man vom gegnerischen Spieler tödlich verletzt wurde und gleich danach wieder zurück im Spiel sein und einfach so weitermachen konnte. Oder ein Film, bei dem der Hauptcharakter sich halbtot durch ganze schwer bewaffnete Armeen kämpfte und am Ende doch noch als

Sieger hervorgegangen war. Nein, die Realität sah ganz anders aus. Hier hatte er nur ein einziges Leben. Und wenn er dieses eine Leben verlieren sollte, würde er nicht wieder zurückkommen. So viel war ihm klar gewesen. Das betraf auch genauso seine Mitstreiter. Er wollte ebenso wenig, dass ihnen etwas schlimmes passierte.

-Wie soll ich das bloß angehen?- fragte er selbst in Gedanken. Dann war er zum Entschluss gekommen, dass sie gleich von Anfang an für ein großes Aufsehen sorgen mussten. Der erste Zug war der wichtigste. Der musste sitzen und genau der musste gleich zu Beginn zu Verstehen geben können, wie ernst sie es damit meinten.

Sollten sie lieber mit ihrer Schule beginnen? Sollten sie es an einem öffentlichen Spielplatz durchstarten? Sollten sie vielleicht doch auf offener Straße angehen?

Noch hatte er sich nicht entscheiden können, welcher Ort dafür am Geeignetsten gewesen war. Er war auch auf die Idee gekommen, zuerst mit einer Videobotschaft an die Öffentlichkeit zu gehen, doch er wusste nicht, wie sehr man das ernst nehmen werden würde. Das wollte er lieber nicht riskieren. Er dachte zwar daran, dass sie es dennoch so angehen hätten und hinterher immer noch an die Front hätten gehen können, aber das kam ihm viel zu aufwendig vor. Abgesehen davon hatte er die Befürchtung, dass sie damit nicht besonders professionell und glaubwürdig erscheinen würden. Er wollte keineswegs ausgelacht und verspottet werden. Man sollte sie alle ernst nehmen. Man sollte ihn ernst nehmen. Daher wollte er unbedingt, dass alles von Anfang an klappen sollte.

So dachte er Stunden über Stunden intensiv über den effektivsten Start um mit dem Projekt „FREEDOM" beginnen zu können.

Raphael war inzwischen bereits des Öfteren am Klo gewesen,

doch Maximilian war so sehr mit seinen Gedanken beschäftigt gewesen, sodass er das ständige Auf- und Absitzen seines Bruders vom Sofa, gar nicht wahr genommen hatte.

Die Uhr an der Wand zeigte bereits auf Zehn nach Drei und Maximilian wollte immer noch nichts Gutes einfallen. Schon bald würden auch seine drei neuen Freunde, womöglich sogar mit weiteren Kindern, auftauchen. Und sobald sie wieder zurück kommen würden, wollte er ihnen stolz von seinem genauen Plan berichten. Er wollte ihnen unbedingt zeigen, dass er das richtige Zeug dazu hatte und, dass sie ihn bewunderten. Er wollte nicht wie ein Versager vor seinen neuen Freunden stehen und schon gar nicht vor all den vielen fremden Kindern. Sie mussten ihm ja auch schließlich folgen können, sobald sie vor haben würden an die Front zu gehen. Sobald sie sich aufmachen würden um den Erwachsenen die Stirn zu bieten. Sie mussten ihn verehren und zu ihm aufsehen wie als er ihr Anführer gewesen wäre. Denn das wollte Maximilian. Er wollte der Anführer werden. Er wollte das Sagen haben. Schließlich kam die Idee ja auch von ihm. Und auch den Namen für das Projekt hatte er sich selbst einfallen lassen. Da hatte er es mehr als nur verdient, der Anführer zu werden. Das musste er „Fantasio" und seinen zwei Freunden „Stonefist und „Gun" noch klar machen.

Während er die ganze Zeit über immer noch am Nachdenken gewesen war, hatte er bereits angefangen im gesamten Wohnzimmer auf- und abzugehen. Dabei führte er auch Selbstgespräche, die er selber gar nicht mitbekommen hatte, aber sein Bruder sehr wohl. Diese komischen Bewegungen und Zucken, die sein älterer Bruder vor ihm machte, machten ihn nervös, wodurch er schließlich Angst bekommen und sich heimlich in sein Zimmer verkrochen hatte ohne, dass Maximilian etwas davon mitbekommen hatte.

Die Sonnenstrahlen drangen immer noch durch die Innen-Jalousien hindurch und sorgten weiterhin für ein wenig Helligkeit und Licht im kleinen Wohnzimmer.

So ganz plötzlich war Maximilian stehengeblieben und starrte für wenige Sekunden auf den Lichtkegel am Fußboden, der durch die Sonnenstrahlen entstanden gewesen war und begann schief zu lächeln an.

Endlich war ihm eine Idee eingefallen.

„Fantasio", „Stonefist" und „Gun" hatten, wie sie es eigentlich auch gar nicht anders erwartet hatten, bereits einige Kinder für ihre Zwecke an Board holen können. Maximilian allein war derjenige, der daran gezweifelt hatte, dass sie gleich am ersten Tag, wenn auch nur eine kleine Gruppe es gewesen war, Mitstreiter finden würden.

Doch sie hatten es tatsächlich geschafft eine Handvoll Kinder für sich und ihr Projekt genannt „FREEDOM" gewinnen zu können.

Das war ihnen daher so schnell und gut gelungen gewesen, weil „Fantasio" auf die Idee gekommen war, den Jugendverein aufzusuchen, in der er sich die meiste Zeit aufgehalten hatte.

Dort hatte er viele Kinder und Jugendliche kennengelernt, die ähnlich wie er verkorkst gewesen waren und sich sofort, ohne jegliche Fragen zu stellen, jemandem blind gehorchten.

Das Jugendverein war ein sehr beliebtes gewesen, weswegen es auch dort von Kindern nur so gewimmelt hatte. Für das Trio war das wie ein gefundenes Fressen gewesen. Es war wie ein Jackpot für sie.

Ohne den sechs Jugendbetreuerinnen und den Jugendbetreuern negativ oder geheimnisvoll zu erscheinen und aufzufallen, hatten sie beschlossen, sich ganz locker und gelassen zu verhalten, sodass niemand von den Älteren etwas von ihnen und ihrem Plan mitbekommen konnte. „Fantasio" hatte „Stonefist" und „Gun" damit beauftragt die Betreuerinnen und Betreuer abzulenken, während er sich an die Arbeit machen wollte. Er war die ganze Sache sehr geschickt angegangen indem er sich seine Opfer anhand deren IQ's aussuchte. Und er wusste ganz genau, wer das niedrigste IQ besaß und machte, wie ein hungriger Wolf, Jagd auf das kleine „Lämmchen".

So war das eben nunmal. Die Kinder werden in die Obhut der Jugendbetreuer gegeben und die Eltern kümmern sich ab diesem Zeitpunkt nicht mehr um sie. Es könnte ihnen, trotz, Aufsicht, alles Mögliche draußen auf der Straße passieren, doch die meisten Eltern hatten andere Interessen und Prioritäten als ihre eigenen Kinder. Einige kamen nicht einmal auf die Idee im Jugendverein anzurufen und nachzufragen, wie es deren Kindern geht und ob alles in Ordnung ist.

Nein, die Eltern schickten die Kinder ganz einfach hinaus auf die Straße und ab dem Zeitpunkt waren sie auf sich alleine ge-stellt. Jeder, mit bösen Absichten, hätte ihnen zu jeder Zeit et-was schreckliches antun können. Von sexuellen Belästigungen über Entführungen bis hin zum Mord. Doch die meisten Eltern schienen sich keine Gedanken darüber zu machen, ob ihren Kindern etwas schreckliches zustoßen könnte oder nicht. Sie gingen einfach vom Besten aus und sorgten somit bei sich selbst für friedliche Gedanken.

Denn wenn die Eltern nicht auf ihre Kinder Acht geben, dann fallen sie „hungrigen Wölfen" wie „Fantasio" zum Opfer.

In dem Fall traf es einen elf Jährigen Jungen. Er war der mit dem niedrigsten IQ. Die Tatsache, dass es für „Fantasio" so schien als hätten seine Eltern ihn nie vor Fremden und vor den Gefahren, die auf der Straße lauerten, gewarnt beziehungs-weise aufgeklärt, hatte die Arbeit für ihn umso leichter ge-macht.

123

Es war ein elf Jähriger Junge, der ursprünglich aus Israel stammte, jedoch in Wien geboren war. Sein Name war Ilja. „Fantasio" wusste daher, dass Ilja nicht besonders klug gewesen war, weil er sich eines Tages erneut im Jugendverein befunden und mitbekommen hatte, wie Ilja einem der Jugendbetreuerinnen, eine Spielkarte aus einer Zeichentrickserie hoch hielt und erzählt hatte, dass er später einmal der größte Duellmeister aller Zeiten werden möchte. Von diesem Zeitpunkt an, wusste „Fantasio" bereits, dass aus dem kleinen Ilja nichts besonderes werden würde.

So hatte „Fantasio" begonnen Ilja anzusprechen um ihn mit vielerlei Lügen davon zu überzeugen, bei ihrem „Club" mitzumachen und die Chance zu erhalten ein großer Duellmeister zu werden. Genau wie sein größtes Idol Yugi Muto. Ilja strahlte aus beiden Augen und seine Mundwinkel reichten ihm bis über beide Ohren als er „Fantasio" so reden hörte und nicht im Begriff war zu verstehen, dass ihm eine sehr große Lüge aufgetischt worden war.

So war „Fantasio" bei vielen Kindern, aber auch Jugendlichen vorangegangen und schaffte es bei jedem Einzelnen von ihnen sie davon zu überzeugen, bei ihrem großen Projekt, mit dem sie in die Geschichte eingehen sollten, zu überzeugen. Doch nur den wenigsten hatte er den richtigen Plan erzählt, weil er wusste, dass diese Kinder ebenso nicht gerne auf ihre Eltern hörten. Sie hörten auch nicht immer auf die Jugendbetreuer. Auf das weibliche Personal hörten sie schon gar nicht. Einige von ihnen wollten ihnen nicht einmal die Hand zur Begrüßung oder zum Abschied reichen. So unterbelichtet beziehungsweise schlecht erzogen waren sie. Sie wollten ihnen nicht den gebührenden Respekt erweisen. Und das lag einzig und allein an der falschen Erziehung. Die Eltern hatten ihre Kinder ganz einfach nicht richtig erzogen und ihnen nicht beigebracht, wie man mit Menschen umzugehen hat. Einige von den Jugendlichen waren sogar der festen Überzeugung, dass sie sogenannte Gangster waren oder gar Rapper, obwohl sie nicht einmal in der Lage gewesen waren, zwei Sätze zu bilden, die sich auch nur annähernd reimten oder gar einen Sinn ergaben.

Sie lebten nunmal in einer Utopie und jeder von ihnen dachte, dass sie zu den großen Gewinnern gehörten.

Sie dachten, sie wüssten vom Straßenleben, obwohl sie keine Sekunde auf der Straße gelebt hatten.

Sie bildeten sich nunmal viel zu viel ein und nahmen sich die falschen Personen als Vorbilder.

Auch das zeugte von mangelnder Erziehung ihrer Eltern.

Doch umso einfacher war es für „Fantasio" und seine Freunde gewesen ihnen allen das bisschen restliche Gehirn auch noch zu waschen und sie somit anzuheuern.

Es dauerte gerade einmal zwei Stunden bis „Fantasio" am Ende vierzehn Personen bestehend aus Kindern und Jugendlichen beisammen hatte.

Für den Anfang sollte das genügen, dachte er sich und pfiff seine beiden Freunde zu sich um sie über den Stand der Dinge aufzuklären. Er sagte ihnen noch, dass sie noch mindestens genau so viele in der Schule finden würden und für jetzt sollte es Schluss sein.

Er hatte vorgeschlagen die Schule am nächsten Tag vorzunehmen.

Noch bevor sie das Jugendverein verlassen hatten, machte „Fantasio" seinen neuen Rekruten ein letztes Mal klar, dass sie alles, was er ihnen erzählt hatte, für sich behalten sollen.

Niemand sollte etwas davon erfahren.

Die vierzehnköpfige Gruppe war damit einverstanden und versprachen es ihm hoch und heilig.

Mit reinem Gewissen, stolz und mit der Einstellung eines Siegers ging „Fantasio" gemeinsam mit „Stonefist und „Gun" zurück zu Maximilian nach Hause um ihm die freudige Nachricht zu überbringen.

Unterwegs gönnte sich das Trio noch jeweils eine Flasche Fruchtlimonade um den Sieg zu feiern und besorgte noch zwei weitere Flaschen für Maximilian und seinen jüngeren Bruder Raphael.

Doch so wie es für die Rüpelbande nunmal so üblich gewesen war, konnten sie es einfach nicht sein lassen Ärger zu machen. Denn als „Fantasio" einen der Angestellten, der in seinen Vierzigern zu sein schien und gerade dabei gewesen war den Kühlschrank mit Getränken aufzufüllen, herablassend angesprochen und ihn mit den Worten:

>>*Schön brav arbeiten!*<<

beleidigt hatte, wurde der Angestellter wütend und antwortete dennoch mit ruhiger Stimme.

Doch man konnte die Wut darin, die er bemüht versuchte zu verstecken, hören und dieser Ton gefiel „Fantasio" so gar nicht, der wiederum frech zurückgeredet hatte:

>>*Wie war das du Hungerlöhner? Ich bin der Kunde hier. Und der Kunde ist nunmal König oder weißt du das etwa nicht?*<<

Jetzt hielt sich der Angestellter auch nicht mehr zurück und gab „Fantasio" folgendes mit reizvoller Stimme zu verstehen:

>>*Hör zu du Bengel!...*<<

das Trio war überrascht gewesen

>>*...Wenn du jetzt nicht sofort aufhörst so frech zu reden und dich respektlos zu verhalten, dann werde ich dir in deinen Rüpelarsch so heftig treten, sodass deine beiden schwachsinnigen Freunde, die noch dämlicher aussehen als du, deine Innereien aufsammeln werden, die du dabei heraus kotzen musstest.*<<

Sowohl „Fantasio" als auch seine beiden Freunde wussten nicht was sie darauf antworten sollten. Sie standen einfach so da und hörten dem Mann weiter zu, der ihnen noch eine Lektion erteilen wollte:

>>*Denn wisst ihr. Der Kunde ist nicht immer der König und abgesehen davon würde ich mich niemals gegenüber einem Angestellten so verhalten, wenn ich irgendwo einkaufen würde. Das gehört sich einfach nicht. Ihr müsst lernen Menschen zu respektieren. Einen gesunden Umgang müsst ihr euch dringend aneignen. Menschen wie ich sind dafür da, dass ihr das Service bekommt, das ihr erwartet und nicht etwa um schikaniert zu werden und das noch von einpaar Lausbuben wie ihr es seid. Werdet anständige Männer und fangt an euch ordentlich zu kleiden. Was soll denn überhaupt dieser ganze Ledermist und all diese Ketten? Haben euch eure Eltern etwa nicht gezeigt, wie man sich als Jungs in eurem Alter zu Kleiden hat? Echt jämmerlich so etwas.*<<

Er schüttelte dabei enttäuscht mit dem Kopf während er seine angewidert drein schauende Augen wieder von ihnen abwendete und sich seiner Arbeit widmete. „Fantasio" und seine Freunde kamen alle in Schwitzen, während sie so von dem Angestellten fertig gemacht wurden und das hatte ihnen überhaupt nicht gefallen. „Fantasio" gefiel das schon gar nicht. Doch er entschied sich dafür vorerst nichts zu unternehmen und ging einfach davon. „Stonefist" und „Gun" folgten ihm schweigsam und erniedrigt hinter her.

Sie bezahlten die Getränke an der Kassa und verließen den Supermarkt, der zu einer großen Kette gehörte.

Draußen blickte „Fantasio" ins Leere, atmete wütend ein und aus, sodass es sich fast schon wie ein Fauchen angehört hatte. Er machte den Verschluss seines Getränkes auf und kippte einen großen Schluck von der süßen Flüssigkeit seine vor Wut vertrocknete Kehle hinunter. Danach drehte er sich zu seinen beiden Freunden um und sagte:

>>*Genau dafür werden wir kämpfen.*<<

Die beiden sahen ihn schweigend an.

>>*Damit uns Typen wie er...*<<

er zeigte dabei mit dem Zeigefinger in Richtung des Supermarktes und seine beiden Kumpels folgten ihm mit ihren Augen

>>*...nicht mehr so behandeln können. Damit sie mit uns nicht mehr so reden können. Damit wir ihre verdammten Mäuler stopfen können. Damit sie uns genauso beachten, wie sich untereinander beachten. Wir sind keine Fußabtreter von ihnen. Wir sind auch menschliche Wesen, die auch Rechte und Freiheiten haben. Niemand darf uns je wieder sagen, was wir tun sollen. Niemand darf uns je wieder so mit uns sprechen. Er möchte Respekt?...Dann soll er anfangen zuerst uns zu respektieren.*<<

„Stonefist" und „Gun" hörten ihm die ganze Zeit über aufmerksam zu und nickten mit ihren Köpfen verständnisvoll und seine Ansprache unterstützend. „Fantasio" war vor Wut und Hass rot angelaufen und begann zu schwitzen. Seinen Schweiß, der ihm von der Stirn über das gesamte Gesicht hinunter rannte, außer Acht lassend, trank er einen weiteren Schluck von seinem Getränk um sich diesmal den vertrockneten Hals zu befeuchten.

Dann, mit ruhiger aber auch mit fest überzeugter Stimme, sagte er noch:

>>*Unsere Zeit wird schon noch kommen meine Freunde! Und sie kommt schon sehr bald! Dann werden wir endlich an der Reihe sein.*<<

Erneut nickten ihm seine Freunde verständnisvoll zu während „Gun" noch ein:

>>Amen!<<
von sich gegeben hatte.

Die Dame von der Reinigung, die für den Gemeindebau zuständig gewesen war, in der Maximilian lebte, war schon fast dabei ihren Dienst an diesem Tag zu beenden. Sie hatte noch vor, so wie sie es immer so gehandhabt hatte, zum Schluss den Keller auszumisten und den Boden zu waschen. Da sie nur ein paar Mal in der Woche und nicht täglich die Dienste in diesem Gemeindebau erledigte, hatte sie jedes Mal viel Arbeit zu erledigen. Denn die Bewohnerinnen und Bewohner des Gemeindebaus, vor allem die Kinder, aber ganz besonders die Jugendlichen, hinterließen immer viel Dreck und hatten keinerlei Respekt zu dem Gebäude in dem sie allesamt lebten und hatten ebenso auch keine Interesse daran das Gebäude sauber zu halten. Ständig warfen sie Zeitungen und sonstigen Müll auf den Boden und auch das gesamte Stiegenhaus hinterließen sie oftmals schmutzig. Verschüttete Getränke, die mit der Zeit auf dem Boden kleben blieben. Flüssigkeit, die aus undichten Müllsäcken austrat und sowohl für üblen Gestank als auch für einen schmutzigen Boden sorgte. Verschmierte und bemalte Wände. Aufzugstüren deren Glasflächen man kaputt getreten oder den Spiegel im Innenraum zerschlagen hatte. Mit Gewalt entfernte Lichtschalter Gehäusen und ständige kaputte Glühbirnen. Mit Streichhölzern oder Feuerzeugen verbrannte Türstopper. Verbogene Briefkästen. Wie ein Saustall hinterlassene Müllräume. Und vieles mehr.
Sie hatte tatsächlich alles gesehen und es wollte einfach nicht aufhören. Alles was sie selber entfernen konnte und in ihren Aufgabenbereich fiel, konnte sie, teilweise mit viel Mühe und Anstrengung, entfernen. Und alle Schäden für die ein Techniker nötig gewesen war, kontaktierte sie umgehend einen

und meldete die Schäden zusätzlich ihrem Arbeitgeber. Dort waren Fälle wie diese mehr als nur bekannt, doch wirklich etwas dagegen unternehmen konnten sie nicht. Alles was getan worden war, war es Warnungen an die Infotafel aufzuhängen, die sowieso noch am selben Tag von den Jugendlichen abgerissen wurden. Auch das ständige Erhöhen der Betriebskosten schreckte die Mieterinnen und Mieter nicht davor zurück sich wie eine Horde ungebildete und wilde Hinterwäldler zu verhalten. Es schien einfach jedem egal zu sein. Die einzigen, die darunter leiden mussten, waren das Reinigungspersonal. Schon öfter war vorgekommen, dass das Personal sich abwechselte, weil keiner von ihnen es einfach lange genug aushalten konnten. Das Gebäude war einfach viel zu schmutzig und kaputt gewesen.

Und dieses Mal sollte es einen vollkommen anderen Grund geben, wieso die aktuelle Reinigungsdame keine weiteren Dienste mehr in diesem Gemeindebau leisten wollte.

Denn noch vor ihrem Wunsch in ein anderes Gebäude versetzt zu werden, wurde sie zu Zeugin eines sehr schrecklichen und grausamen Fundes. Eine Entdeckung, von der sie sich wünschte, nie gemacht zu haben.

Sie war gerade dabei gewesen den Boden aufzuwischen. Obwohl sie mit vielen verschiedenen Reinigungsmitteln arbeitete, schaffte es dennoch ein ganz mieser und übler Gestank sich in ihre Nasenlöcher hineinzudrängen.

Als sie diesen Gestank wahrgenommen hatte, hörte sie auf der Stelle auf den Boden abzuwischen, verkniff sich ihre beiden Augen zu einem sehr schmalen Schlitz zusammen, zog ihre Lippen ein und versuchte herauszufinden, woher dieser Gestank plötzlich hergekommen war, der so roch als würde ein Haufen von einem Müllberg sich in unmittelbarer Nähe befinden.

Sie hatte den Wischmop in den Kübel mit Reinigungswasser abgestellt und folgte dem Gestank bis zu seiner Quelle. Je näher sie dem Gestank gekommen war umso größer und unausstehlicher war er geworden. Schließlich war sie im richtigen Gang der vielen Kellerabteilungen angekommen. Nun musste sie feststellen aus welcher Kammer der Gestank ausgetreten war. Sie hatte den Kragen ihres Reinigungskittels bis zu ihrer Nase hochgezogen und drückte ihn dagegen, sodass sie sich vor dem Gestank schützen konnte. Vorsichtig hatte sie begonnen an sämtlichen Türen, die zu den vorhandenen Kammern gehört hatten, zu schnuppern. Sie hatte etwa einen Meter Abstand zu den Türen gehalten und hatte sich stets mit leicht vorgebeugtem Oberkörper und ausgestrecktem Kopf Tür für Tür durch geschnuppert bis sie schließlich an der Tür, die zu der Kammer mit der Nummer 24, stehen geblieben war. Genau aus dieser Kammer, die zu der Wohnung Top 24 gehört hatte, war der Gestank hervorgegangen. Hier war die Quelle gewesen.

Als sie genau davor gestanden war, war ihr so sehr übel geworden, dass sie sich beinahe an Ort und Stelle hätte übergeben müssen. Doch sie hatte sich noch mit aller Kraft zusammenreißen können und hatte sich im Laufschritt wieder sofort davon entfernt.

Noch bevor sie ihrem Arbeitgeber davon gemeldet hatte, hatte sie sich dafür entschieden, zuallererst die Mieter auf Top 24 zu kontaktieren und über den grauenhaften Gestank, der aus ihrer Kammer im Keller ausgetreten war zu informieren.

Sie war mit dem Aufzug in das sechste Stockwerk hinauf gefahren. So wie sie ausgestiegen war, hatte sie sich sofort auf die Suche nach der Wohnung mit der Nummer 24 auf der Tür gemacht. Als sie die Wohnung nur nach wenigen Sekunden gefunden hatte, hatte sie, ohne zu zögern, an der Tür geklingelt.

Es hatte nicht lange gedauert bis ein klein gewachsener Junge, der von oben bis unten in schwarzer Kleidung gesteckt hatte, die Tür geöffnet hatte und vor ihr gestanden war.

Er hatte sie mit einer grimmigen Miene angestarrt, sodass sie sich für einen Augenblick gedacht hatte, dass zum Glück ihre Kinder nicht so ausgesehen hatten.

Ohne viel Zeit zu verlieren, hatte sie begonnen nach den Eltern des Jungen zu fragen. Maximilian hatte für einen kurzen Moment inne gehalten und hatte ihr schließlich geantwortet:

>>*Meine Eltern sind nicht zu Hause*<<

hatte er ihr zu verstehen gegeben.

>>*Also, aus eurer Kammer im Keller kommt entsetzlicher Gestank heraus, der den gesamten Keller eingenommen hat*<<

hatte sie ihm voller Aufregung gemeldet. Als Maximilian das gehört hatte, musste er zunächst einmal kräftig schlucken. Damit hatte er absolut nicht gerechnet. Wie konnte er nur vergessen, dass die Leichen seiner Eltern irgendwann anfangen würden zu verwesen und zu stinken? Das war ein sehr großer Fehler, dachte er sich in diesem Moment und versuchte verzweifelt eine Antwort zu geben, doch bemühte sich seine Ruhe zu bewahren um nicht verdächtig aufzufallen:

>>*Oh,...verstehe. Naja, ich weiß nicht, was das sein könnte, aber ich werde meine Eltern anrufen und es ihnen sofort melden, damit sie schneller nach Hause kommen.*<<

Die Dame von der Reinigung nickte mit ihrem Kopf, aber ihr Gesichtsausdruck sagte aus, dass sie damit nicht so ganz zufrieden gewesen war. Sie nahm das so hin und Maximilian machte die Tür wieder zu. Doch sie wollte keineswegs darauf warten bis seine Eltern wieder zurück nach Hause kamen. Sie überlegte nicht lange und verständigte ihren Arbeitgeber, der daraufhin sofort einen Schlosser damit beauftragt hatte, der das Vorhängeschloss, der dafür gesorgt hatte, dass die Kammertür abgesperrt blieb, aufbrechen sollte.

Sie hatte beschlossen vor dem Kellereingang auf den Schlosser zu warten. Denn er brauchte noch ein wenig bis zu seiner Ankuft.

Gleich nachdem Maximilian die Tür zu gemacht hatte, war in Verzweiflung geraten. Er zitterte plötzlich am ganzen Körper und wusste nicht was er tun sollte. Er ging erneut im Wohnzimmer auf und ab und musste sich sehr schnell etwas einfallen lassen um aus dieser Sache herauszukommen.

Während er überlegte klingelte es kurz darauf erneut an seiner Tür und seine Knie wurden dabei so weich wie geschmolzener Käse und sein Herz fühlte sich so an als würde es aus seiner Brust hinaus katapultiert werden.

Mit langsamen und wackeligen Schritten bewegte er sich zu der Tür zu und versuchte sich nebenbei eine Ausrede einfallen zu lassen, doch das wollte ihm in diesem Moment so gar nicht gelingen. Es fehlte nur noch ein halber Meter bis zu der Tür und er streckte schon langsam seinen Arm aus um nach dem Türgriff zu greifen. Er badete in Schweiß und seine Hautfarbe konnte man in diesem Moment mit der von einer Roten Beete vergleichen.

So wie er mit seinen zittrigen Fingerspitzen den Türgriff berührt hatte, meldete sich zugleich eine genervte Stimme von der anderen Seite der Tür, sodass Maximilian wie vom Schlag getroffen, auf der Stelle, wieder beruhigt atmen konnte. Sofort öffnete er die Tür und seine drei neuen Freunde Fantasio, Stonefist und Gun standen vor ihm. Fantasio hielt dabei zwei Flaschen Fruchtlimonade vor Maximilian's Gesicht, der mit erschrockener Stimme sagte:

>>*Verdammt Leute, ihr habt mich jetzt ganz schön erschreckt*<<

und atme dabei einmal ganz fest aus. Daraufhin fragte Fantasio neugierig:

>>*Alter, was ist denn mit dir passiert? Du siehst aus als wärst du samt Kleidung unter die Dusche gehüpft.*<<

Maximilian forderte alle Drei auf sofort in die Wohnung zu kommen und schloss die Tür hinterher ab. Er hatte nicht auf die Frage von Fantasio geantwortet, der daraufhin erneut fragte:

>>*Mann, was ist denn los mit dir?*<<

Maximilian sah zuerst ihn dann die anderen beiden an, holte tief Luft und beschloss diesmal auf die Frage von Fantasio zu antworten:

>>*Es ist so. Ich habe meine beiden Eltern vor Kurzem umgebracht. Und zwar mit einem Baseballschläger.*<<

Plötzlich wurde es ganz still in der Wohnung und den drei harten Jungs lief es kalt den Rücken hinunter und sie wussten nicht wie sie darauf reagieren sollten. Maximilian holte erneut tief Luft und erzählte weiter aufgeregt:

>>*Ich hatte ihre Leichen jeweils in ein Müllsack gesteckt und sie anschließend bei uns im Keller verstaut.*<<

Stonefist starrte verblüfft und seufzend auf den Fußboden während er folgendes sagte:

>>*Wow, das ist ja echt heftig.*<<

>>*Moment mal Stone!*<<

warf Fantasio ein und wollte es genauer wissen:

>>*Max, ähm, ich meine Black Max natürlich. Hast du tatsächlich deine Eltern umgebracht oder versuchst du nur vor uns den knallharten und eiskalten Kerl abzugeben?*<<

Ohne zu zögern und mit lauter Stimme gab May ihm eine Antwort:

>>*Verdammt Fantasio, das stimmt wirklich oder wieso denkt ihr, dass meine Eltern nie zu Hause sind, jedes Mal wenn ihr da seid? Ich habe sie umgebracht und jetzt liegen ihre Leichen im Keller und sind am Vergammeln. Und das schlimmste ist,*

dass die Braut von der Reinigung das weiß und sie wird be-
stimmt die Polizei verständigen. Verdammt Leute, ich bin am
Arsch.<<

Maximilian war kurz davor in Tränen auszubrechen und war
vollkommen außer sich.

>>Moment mal! Heißt das etwa, dass die Frau von der
Reinigung von deinen toten Eltern weiß?<<

wollte Fantasio wissen und klang dabei sehr aufgeregt.
Maximilian klärte ihn auf:

>>Nein,...also nicht direkt. Kurz bevor ihr gekommen seid, war
sie an meiner Tür und hatte sich über einen extremen Gestank,
der den gesamten Keller verpestet beschwert und sie sagte,
dass der Gestank aus unserem Kammer kommt.<<

An dieser Stelle wollte Gun von ihm folgendes wissen:

>>Was hast du gesagt?<<

Maximilian war genervt, warf ihm einen giftigen Blick zu und
sagte:

>>Na was denn wohl Mann? Ich sagte ihr, dass meine Eltern
im Moment unterwegs wären und ich es ihnen sofort sagen
würde damit sie schneller nach Hause kommen und sich darum
kümmern.<<

>>Dann werden sie wohl noch ewig brauchen bis sie an-
kommen Dude<<

witzelte Stonefist und lachte über seinen eigenen Witz. Die
anderen im Raum fanden das gar nicht komisch, woraufhin
Fantasio zu ihm sagte:

>>Verdammt Stone, das ist nicht lustig Mann.<<

Anschließend wand er sich erneut Maximilian zu und sagte:

>>Alter, Max...das ist echt krass Mann<<

er klang dabei plötzlich total begeistert und himmelte nahezu
Maximilian an und bewunderte ihn dafür, was er seinen Eltern
angetan hatte. Stonefist und Gun taten es ihm nach und waren

plötzlich auch sehr begeistert von dieser grausamen Tatsache und sie jubelten Maximilian zu. Der vollkommen verwunderte Maximilian begriff gar nicht wieso sie ihn plötzlich dabei so sehr anhimmelten, doch ihm wurde sehr schnell klar, dass die drei Freunde zu den Bösen gehörten und Böse Menschen freuten sich nunmal über böse Dinge.

>>*Weißt du was das jetzt bedeutet Black Max mein Freund?*<< stellte Fantasio ihm eine rhetorische Frage, die er im Anschluss gleich selber beantwortete:

>>*Das bedeutet, dass du das knallhärteste Mitglied unseres Rudels bist. Du bist der einzige von uns, der jemanden umgebracht hat. Und nicht nur einen, sondern gleich zwei und es kommt noch besser, du hast deine beiden Alten umgebracht. Wie krass ist das denn?*<<

Während seiner gesamten Bewunderung strahlte sein Gesicht und das breite Grinsen darin schien sich nicht mehr auflösen zu wollen.

In diesem Augenblick, während der gesamten Zeit, in der er direkt vor Maximilian's Gesicht stand und ihn ansah, kam es Maximilian so vor, als würde er in das Antlitz des Teufels starren. Fantasio's Gesichtsausdruck war erschreckend dämonisch.

Maximilian schwieg für einige Sekunden und sagte dann zu allen:

>>*Hört zu! Wir müssen hier ganz schnell abhauen, bevor die Polizei vor der Tür steht!*<<

Er lief sofort danach in das Kinderzimmer von Raphael, packte den völlig verwirrten und erschrockenen Jungen am Arm und zerrte ihn aus dem Zimmer heraus. Raphael fing zu Schreien an, weil sein älterer Bruder ihm dabei weh getan hatte und weinte anschließend. Maximilian versuchte ihn zu beruhigen und sagte immer wieder, dass alles wieder gut sein würde und, dass er keine Angst zu haben bräuchte. Doch der Fünfjährige verstand seinen älteren Bruder nicht und weinte immer lauter, während er nach seiner Mutter rief.

>>Jetzt komm schon Raph! Hör auf zu flennen!<<
forderte Maximilian ihn auf und schrie ihn dabei an.

Noch bevor sie die Wohnung für immer verlassen sollten, wollte Fantasio von ihm wissen, wohin er gehen und wo er sich verstecken wollte. Maximilian hatte keinen Plan was das anbelangte und versuchte ihm klar zu machen, dass er sich schon etwas einfallen lassen würde, sie aber jetzt erst einmal ganz dringend aus der Wohnung verschwinden müssten.

An dieser Stelle sorgte Fantasio bei Maximilian für ein wenig Beruhigung in dem er folgendes vorgeschlagen hatte:

>>Also wir kennen da ein sehr gutes Plätzchen, wo wir uns verschanzen können und du und dein Knirps von Bruder könnten sich eine Weile dort verstecken.<<

Ohne lange darüber nachzudenken forderte Maximilian ihn wie folgt auf:

>>Dann bring uns sofort dorthin!<<

Fantasio lächelte, sah sich seine beiden Freunde an, die direkt hinter ihm standen und sagte zu Maximilian:

>>Dann folgt mir mal ihr Waisen!<<

Denn das waren sie jetzt. Maximilian und Raphael waren zu Waisen geworden.

Maximilian schnappte sich noch seinen Baseballschläger, sah es für einen kurzen Moment an und forderte alle auf, die Wohnung umgehend zu verlassen.

Sie gingen hinaus und Maximilian sollte in diesem Moment die Wohnung zu seiner Tür für immer hinter sich zumachen und nie wieder zurückkehren.

Das Einzige, das er mitgenommen hatte, war der Baseballschläger, der mittlerweile zur Mordwaffe geworden war und sich immer noch kleine Blutspritzer drauf befanden.

So entfernten sich die vier Freunde und Raphael, der immer noch schluchzte, weinte und nach wie vor nach seiner Mutter verlangte, von der Wohnung mit der Türnummer 24.

KAPITEL 8

EIN NEUES ZU HAUSE

Maximilian, sein jüngerer Bruder und ihre neuen Freunde
hatten sich bereits vom Gemeindebau weit entfernt. Es war
auch schon dunkel geworden und die Gang war zu Fuß unterwegs, nachdem sie in der U-Bahn ohne einen gültigen Fahrschein erwischt wurden. Da Raphael erst noch fünf Jahre alt
gewesen war, durfte er ohne einen Fahrschein fahren, aber
sowohl sein älterer Bruder als auch die drei anderen brauchten
sehr wohl einen Fahrschein. Sie galten gesetzlich als
Jugendliche und mussten nicht einmal den vollen Preis für ein
Fahrticket bezahlen, sondern nur die Hälfte. Doch selbst hier
hatten sie sich geweigert auch nur einen einzigen Cent zu dafür
auszugeben. Fantasio und seine beiden Freunde fuhren ständig
ohne einen gültigen Fahrschein und das sollte sich auch jetzt
nicht ändern. Da es sich auch weder um einen Sonntag oder
einen Feiertag gehandelt hatte und die Wiener Schulferien noch
lange vor ihnen lagen, hätten sie jeweils ein Fahrschein nötig
gehabt. Genau so hatte es ihnen einer der Wiener Linien
Kontrolleure, die man auch sehr gerne als Schwarzkappler
bezeichnete, freundlich erklärt, nachdem er sie in der U-Bahn
ohne einen gültigen Fahrschein erwischt hatte.
Als er sie höflich um ihre Schülerausweise gefragt hatte, bekam er stattdessen einen ordentlichen Faustschlag mitten in
sein Gesicht verpasst, sodass er mit einer gebrochenen und
blutigen Nase auf den Boden fiel. Der Boxer war kein
geringerer als der junge Mann, der seinem Spitznamen Stonefist wiedereinmal alle Ehre gemacht hatte. Der Kontrolleur
hatte die überraschende Faust nicht einmal kommen sehen und
auch erst Sekunden nachdem sie in seinem Gesicht gelandet

139

war, konnte er erst, anhand der daraus resultierenden Schmerzen, spüren, wie hart der Schlag tatsächlich gesessen war.

Kurz darauf war die U-Bahn an der nächsten Station angekommen, sodass die Gang sofort hinaus sprintete und davon gelaufen war.

Der zweite Kontrolleur war nicht schnell genug um die Bande noch rechtzeitig in der U-Bahn zu erwischen, sodass er sich umgehend um seinen Kollegen, der blutüberlaufen am Boden lag und sich dabei schwer tat zu atmen, zur Hilfe eilte.

Die restlichen Fahrgäste waren geschockt darüber gewesen und konnten das brutale Schauspiel zu dessen Zeugen sie geworden waren, dass sich direkt vor ihren Augen ereignet hatte, nicht fassen.

Doch solche und noch schlimmere Fälle waren in der braunen Linie U6 bekannt gewesen. Da passierten sehr oft derartige unangenehme Fälle.

Die brutale Jugendgang war bereits über alle Berge, aber sie schnauften und keuchten immer noch, so schnell wie sie gelaufen waren. Sowohl das Adrenalin als auch ihre mangelnde Ausdauer hatten sie sehr schnell außer Atem gebracht.

Gun hatte Raphael in seinen Armen gehabt, während sie gelaufen waren. Denn mit seinen kurzen Beinen konnte der kleinste und jüngste Mitglied der Truppe nicht mithalten. Maximilian war weder stark noch groß genug um sein Bruder hochheben zu können. Und schon gar nicht über so eine längere Strecke und mit einem Baseballschläger in der Hand.

Es dauerte nicht mehr lange bis zu ihrem Versteck, das auch gleichzeitig, zumindest für eine unbestimmte Zeit, zu einem neuen zu Hause für Maximilian und Raphael werden sollte. Fantasio hatte den beiden immer noch nicht verraten wohin genau er sie führte. Stonefist und Gun wussten es sehr wohl, aber auch sie verrieten nichts.

Während sie, immer noch erschöpft vom Laufen, vor sich hin taumelten, sah Stonefist, so wie es der Zufall wollte, den etwas älteren Angestellten vom Supermarkt, der noch einige Stunden zuvor ihn und seine Freunde nieder gemacht hatte.

Er blieb stehen und klatschte mit der Rückhand auf die Schulter von Fantasio um ihn auf den Mann aufmerksam zu machen. Fantasio sah ihn jetzt auch und seine Blicke erfüllten sich auf der Stelle mit Zorn. Er war in diesem Moment so voller Hass und Zorn gewesen, dass es schon fast so schien, als würde jeden Moment Rauch aus sämtlichen Öffnungen, die sich in seinem Kopf befanden heraus weichen.

Als Raphael ihn so gesehen hatte, erschreckte er sich und verkroch sich sofort hinter Maximilian's Rücken um ihn aus dieser sicheren Zone weiter beobachten zu können.

Ohne etwas zu sagen, marschierte Fantasio direkt auf den Mann zu und ließ seine Freunde hinter sich zurück.

Seine beiden Kumpels Stonefist und Gun folgten ihm wenige Schritte hinter her und hatten dabei fast den selben hasserfüllten Gesichtsausdruck.

Sobald sich Fantasio dem Mann etwas genähert hatte, hatte er ihn auch schon bemerkt und erschreckte sich dabei als er gesehen hatte, dass eine wütende männliche Gestalt direkt auf ihn zukam und dabei die Hände zu Fäusten geballt hatte. Doch es war viel zu spät gewesen und sowie er gesehen hatte, so bekam er auch schon den ersten Schlag in sein Gesicht verpasst.

Der Mann fiel zwar nicht auf den Boden, aber er taumelte einige Schritte nach hinten und wäre dabei fast über seine eigenen Füße gestolpert. Noch bevor er sich von dem Schlag wieder erholen konnte, bekam er schon den nächsten verpasst und diesmal ging er auch mit einem schmerzerfüllten Schrei zu

Boden und lag zappelnd auf dem dreckigen Asphalt der Straße. Nun waren auch Stonefist und Gun angetroffen und alle drei begannen auf der Stelle auf den älteren Mann, der auf dem Boden lag und keine Chance hatte wieder auf die Beine zu kommen, einzutreten. Sie traten so hart und oft auf ihn ein, sodass er innerhalb kürzester Zeit an mehreren Stellen Knochenbrüche erleiden musste. Auch einige seiner Rippen waren dabei gebrochen. Maximilian und der immer noch erschrockene Raphael standen auf der anderen Straßenseite und beobachteten den gesamten Vorfall. Trotz der großen Distanz, war es unvermeidlich gewesen, die qualvollen Schreie, aber auch die einzelnen Knochenbrüche von dem Mann, der gerade eben sein Dienst im Supermarkt beendet hatte und auf dem Weg nach Hause zu seiner Familie gewesen war, zu hören. Mit jedem Knacksen, mit jedem Bruch musste Raphael seine Augen zukneifen und dabei zucken. Maximilian empfand dabei auch große Angst, versuchte jedoch für seinen jüngeren Bruder stark zu bleiben.

Fantasio, Stonefist und Gun hörten mit ihren Tritten und Schlägen nicht auf bis der Mann einen qual- und schmerzvollen Tod erleiden musste. Auch lange nach seinem Tod hörten sie nicht auf auf seinen leblosen Körper einzutreten. Niemand in der Umgebung bekam von diesem schrecklichen Mord etwas mit. Denn es war ja auch nichts anderes als Mord. Obwohl sie ganz genau sehen konnten, wie der Mann in seinem eigenen Blut erstickte, während sie auf ihn eintraten und damit kämpfte nach Luft zu schnappen, wollten sie nicht aufhören auf ihn einzutreten. Sie machten einfach weiter bis er sich nicht mehr bewegte. Niemand war dem Mann zur Hilfe geeilt gewesen. Niemand hatte seinen verzweifelten Hilfeschreien ein Gehör verschafft. Er war ganz auf sich alleine gestellt und musste sich schlussendlich seinem schrecklichen

Schicksal ergeben und den Tod, wenn auch unfreiwillig, akzeptieren.

Fantasio, Stonefist und Gun waren erneut außer Atem geraten und schwitzen so sehr als wären sie bei einem Marathon mitgelaufen. Bevor sie sich von dem Mann, den sie totgeprügelt hatten, entfernten, sahen sie ihn sich noch lange genug an und prägten sein mit Blut überlaufenes und mit Schwellungen geprägtes Gesicht gut ein.

>>*Hast du jetzt Respekt vor mir alter Mann?*<< fragte Fantasio den Toten, der auf dem Boden lag mit leiser Stimme und ging wieder zurück zu Maximilian und Raphael.

Stonefist und Gun gingen auch wieder zurück, aber vorher bespuckte Gun noch den Leichnam ihres Opfers.

Maximilian hatte noch zu große Angst um nachzufragen, wieso sie diesen Mann getötet haben und bevorzugte es lieber zu schweigen. Auch Fantasio und seine beiden Freunde wollten nichts dazu sagen.

Ohne Maximilian eines Blickes zu würdigen ging Fantasio an ihm vorbei und sagte nur:

>>*Los, weiter!*<<

Stonefist und Gun folgten ihm und nach nur wenigen Sekunden und einem Blickaustausch mit seinem jüngeren Bruder, folgte auch Maximilian ihnen und hielt dabei ganz fest an Raphael's Hand.

Die Polizei war bereits inzwischen längst im Gemeindebau eingetroffen und die beiden Müllsäcke mit den Leichen darin, die jeweils einer erwachsenen Frau und einem erwachsenen Mann gehörten, aus der Kammer mit der Nummer 24 herausgeholt. Der Schlosser hatte sie umgehend alarmiert, nachdem er das Vorhängeschloss aufgebrochen hatte. Der Dame von der Reinigung war auf der Stelle schlecht gewesen, woraufhin sie auf der Stelle in Ohnmacht gefallen war und von der Rettung sofort in ein naheliegendes Krankenhaus abgeführt werden musste. Der Schlosser konnte sich noch sehr gut daran erinnern, wie sie mit beiden Händen ihr vor Entsetzen und Schreck erschaudertes Gesicht verdeckte bevor sie nur Sekunden danach bewusstlos geworden war.

Auch den Schlosser hatte dieser unerwarteter und grausamer Fund sehr mitgenommen und ein Gefühl des Entsetzens in ihm verursacht. Diesen Tag würde er nie wieder vergessen.

Nachdem ihm psychologischer Beistand versichert worden war, hatte die Polizei nun den Fall offiziell übernommen und den gesamten Keller sowie den Haupteingang des Gemeindebaus versperrt und jeweils einen Polizeibeamten als Wache davor gestellt um dafür zu sorgen, dass niemand den Keller betreten und auch den Gemeindebau niemand betreten oder verlassen kann.

Einige Nachbarn hatten bereits mitbekommen worum es bei diesem Tumult ging und waren fassungslos darüber gewesen. Andere wiederum wussten nicht was da vorgefallen war und versuchten ganz neugierig das Geschehen zu beobachten und Schritt für Schritt zu verfolgen.

Anhand der Türnummer wusste die Polizei bereits wo sie mit ihrer Suche nachdem Täter anfangen mussten und waren daher schon dabei gewesen die Wohnung mit der Nummer 24 auseinanderzunehmen und auf den Kopf zu stellen. Nachdem keiner auf die Aufforderung die Tür sofort aufzumachen reagiert hatte, waren sie gezwungen die Tür aufzubrechen und mit Gewalt die Wohnung zu betreten.

Doch sie fanden nichts als eine leere Wohnung vor sich, die verlassen zu sein schien.

Der Chefermittler, der sich diesen Fall angenommen und sie untersucht hatte, wusste mittlerweile, dass das ermordete Ehepaar zwei jüngere Söhne hatte, die im Moment nirgendwo aufzufinden waren. Er hatte den Verdacht, dass der oder die Täter, falls mehrere an den beiden Morden beteiligt gewesen sein sollten, die beiden Kinder entführt haben könnten.

Er steckte sich eine Zigarette der Marke Philip Morris in den Mund, zündete sie mit seinem Zippo an und blies sogleich den Rauch vom ersten Zug aus.

Er war Ende Dreißig und recht fit gewesen. Er besaß sowohl Muskel- als auch Gehirnmasse und wusste sie beide gezielt und kontrolliert einzusetzen.

Er hatte gerade erst eine Scheidung hinter sich und war froh darüber, dass seine Ehe auch nicht auf so eine grausame Art und Weise beendet gewesen war, wie die vom brutal ermordeten Ehepaar Werner und Theresa Thurner.

Und, dass er keine Kinder hatte, war die Krönung gewesen.

So rauchte also der Chefermittler, Inspektor Kurt Kralle, an seiner Zigarette weiter und zog tiefer und tiefer daran bis die Asche von alleine auf den Boden fiel.

Er hatte zwar noch keine Idee, wer hinter diesen Morden steckte, aber er wusste, wo er weiter ermitteln könnte.

Nämlich in der Schule vom älteren Sohn des verstorbenen Ehepaares Maximilian Thurner.

Vielleicht würde er dort die Spur bis zu den Tätern weiter verfolgen können.

Doch für's Erste hieß es für ihn Feierabend und nichts wie los in das Stammlokal auf ein kühles Glas dunkles Guinness. Denn es war schon spät geworden und erst ab dem nächsten würde er wieder weiter ermitteln können.

So ließ er seine Kollegen weitermachen bis auch sie fertig wurden und verabschiedete sich in seinem schwarzen Dodge Challenger.

Sein dunkles Guinness war nicht einmal bei der Hälfte an-
gelangt, als Kurt Kralle das kühle Glas auf den Bartresen des
Irish Pub's, dessen Stammgast er gewesen war, abstellen
musste als er einen Anruf von der Zentrale erhielt.
Er war nicht besonders glücklich darüber, dass er diesen
Moment, in der er nach einem langen Arbeitstag, der mit einer
Morduntersuchung eines Ehepaares endete, mit einem süffigen
Bier nicht ausklingen lassen konnte.
Er hasste es, wenn er bei irgendetwas unterbrochen wurde und
eine Sache nicht zu Ende bringen konnte. Ganz besonders
dann, wenn es seine Freizeit betraf.
Doch Kurt Kralle war nun mal bei der Polizei gewesen und
somit war er rund um die Uhr im Dienst gewesen.
Somit konnte er auch diesen Anruf nicht außer Acht lassen und
machte sich sofort, nachdem er das Geld für sein Bier, auf den
Tresen gelegt hatte, auf den Weg.
Kurt Kralle wurde gemeldet, dass eine männliche Leiche
mitten auf der Straße von schockierten Passanten vorgefunden
wurde. Zudem bekam er noch die Informationen, dass es sich
dabei um die Leiche eines Mannes handelte, der Ende Dreißig
oder Anfang Vierzig gewesen war und laut dem Notarzt
totgeprügelt wurde.
Während seine Fahrt dachte sich Kurt Kralle, was bloß aus
dieser Stadt geworden war. Sie wurde immer brutaler und
grausamer. Jeden Tag mindestens ein schweres Verbrechen.
Jeden Tag mindestens ein Mord. Und an diesem Tag hatte er es
gleich mit drei Morden zu tun gehabt. Die Stadt Wien verwandelte sich immer mehr zu einem unsicheren Ort und die
Verbrechensrate stiegen mit einer enormen Geschwindigkeit in
die Höhe.
Und jetzt hatte man auch noch einen älteren Mann zu Tode geprügelt.

-Was kommt wohl als Nächstes?- dachte er sich während er mit seinem Dodge Challenger rechts abbog.

Er konnte bereits einige gute Meter vor seinem Eintreffen am Tatort sehen, wie die blauen, roten und gelben Lichter der verschiedenen Einsatzfahrzeuge im Dunkeln der Nacht leuchteten und dem Ganzen eine Atmosphäre verliehen als würde man sich in einer Lichtshow befinden.
Der tote Mann, der für einige Zeit auf dem kalten Asphalt zurückgelassen wurde, befand sich bereits im Leichensack und war gerade dabei in den Krankenwagen befördert zu werden, als Kurt Kralle aus seinem Sportwagen ausstieg und sich zu seinen Kollegen zubewegte.
Bevor er sich noch genauer über den Fall erkundigen wollte, warf er schnell einen Blick auf den toten Mann. Er zog den Reißverschluss vom Leichensack bis zu seinem Kinn hinunter und entblößte damit das bleiche Gesicht des Toten auf dem vertrocknetes Blut klebte und sich mehrere blaue Flecken und viele Stellen mit Kerben befanden. Zudem konnte er noch aufgeplatzte Lippen und ein geschwollenes Auge sehen.
Ohne dabei seine Miene zu verziehen zog Kurt Kralle den Reißverschluss wieder zu und gab den Sanitätern mit einem leichten Kopfnicken das Zeichen dafür, den Leichnam abzutransportieren.
Kurt Kralle kannte derartige Fälle bereits. Er hatte schon viel gesehen und auch Fälle, in denen Personen viel schlimmer ausgesehen hatten, nachdem sie zu Tode geprügelt worden waren. Daher brachte ihn der Anblick auf diese Leiche nicht aus der Fassung.
So nahm er sich seine Philip Morris Zigarettenschachtel aus seiner eleganten Lederjacke heraus, steckte sich eine Zigarette zwischen seine zwei Lippen, zündete ihn mit seinem Zippo an

und sah dem Krankenwagen einige Sekunden hinterher bevor er sich zu seinen Kollegen gesellte.

>>Der arme Kerl...<<

sagte einer der Polizeibeamten seinem Kollegen als sich Kurt Kralle ihnen näherte

>>...wurde einfach so tot geprügelt. Wie tragisch, so sein Leben zu verlieren.<<

>>Guten Abend meine Herren!<<

begrüßte Kurt Kralle seine Kollegen, zog noch einmal kräftig an seiner Philip Morris bevor er den Stummel auf den Boden geworfen und ihn mit seinem Springerstiefel zerdrück hatte.

>>Weiß einer von Ihnen, wie genau das zustande kam?<<

wollte er von den beiden Polizisten in ihren blauen Uniformen wissen.

Wegen der Art und Weise wie er sprach, sich verhielt und angezogen war, wussten die zwei Polizisten ganz genau wer er gewesen war. Nachdem sie einen kurzen Blick miteinander ausgetauscht hatten, antwortete ihm einer von ihnen. In seiner Stimme war ein wenig Bewunderung herauszuhören:

>>Sie sind doch Inspektor Kurt Kralle stimmt's?<<

Kurt Kralle nickte ihm nur leicht mit dem Kopf zu und verzichtete auf eine verbale Antwort. Das brachte die beiden Polizisten ein wenig zum Schmunzeln:

>>Sie sind genau so, wie man von Ihnen so herum spricht. Deswegen haben wir Sie auch sofort erkannt.<<

Kurt Kralle sah ihn reglos an, sodass der Polizist plötzlich den Drang verspürte als müsse er ihm jetzt sofort eine richtige Antwort auf seine Frage von vorhin geben oder er würde ihm auf der Stelle eine verpassen. Denn sie alle wussten, dass Inspektor Kurt Kralle irgendwelche Scherze oder dummes Geschwätz nicht ausstehen konnte.

>>Also, alles was wir darüber wissen ist, dass das Opfer, laut

seinen Ausweisen, die wir in seiner Geldbörse gefunden haben,
auf den Namen Gerhard Wimmer gehört hatte und sechsund-
vierzig Jahre alt gewesen war. Laut einem Augenzeugen wurde
er von drei Jugendlichen einfach so attackiert, die auf ihn ein-
prügelten bis er gestorben ist.<<

Kurt Kralle's Gesicht nahm auf der Stelle eine wütende Form
an und auch seine Stimme klang leicht wütend:

>>Moment mal! Heißt das etwa, jemand hat gesehen wie
dieser Mann totgeprügelt wurde und hat nichts dagegen unter-
nommen?<<

>>Ja, er hat die Polizei und die Rettung erst verständigt als es
schon zu spät gewesen war. Aber dafür hat er den gesamten
Vorfall auf sein Handy aufgenommen. Hat das gesamte Video
drauf<<

antwortete ihm der Polizist.

>>Und wo ist das Genie jetzt?<<

wollte Kurt Kralle in einem sarkastischen Ton wissen.
Der Polizist ließ seine Augen über die dunklen Straßen
schweifen und zeigte dann mit dem Zeigefinger auf die gegen-
überliegende Straßenseite und sagte:

>>Da drüben ist er. Bei der Kollegin. Sie nimmt wohl gerade
seine Zeugenaussage auf.<<

Kurt Kralle sah in die Richtung zu der der Polizist hindeutete
und ging mit festen Schritten, ohne sich von seinen Kollegen
zu verabschieden, direkt auf den Augenzeugen zu.
Der Augenzeuge war ein etwa vierundzwanzig Jähriger junger
Mann gewesen, bei der ein Akzent zu hören gewesen war, als
würde er irgendwo aus dem Balkan stammen.
Kurt Kralle packte den jungen Mann an seinen Schultern und
drückte ihn an die Wand hinter ihm, der daraufhin total erschrocken gewesen war. Auch die Polizistin, die nicht be-
greifen konnte, was da jetzt passiert war, war vollkommen

außer sich und wusste zunächst nicht was sie tun sollte doch kurz darauf befahl sie Kurt Kralle den jungen Mann auf der Stelle loszulassen. Kurt Kralle hörte nicht auf sie und sagte nur etwas, wodurch sie umso verwirrter wurde:

>>*Schade! Bei Kolleginnen bin ich also nicht so bekannt wie bei meinen männlichen Kollegen.*<<

Und drückte dabei den verängstigten jungen Mann noch stärker gegen die Wand, der daraufhin immer wieder wiederholte:

>>*Ahh, das tut weh. Bitte loslassen!*<<

Doch Kurt Kralle wollte nicht locker lassen. Die Polizistin forderte ihn erneut auf den jungen Mann loszulassen oder sie müsse ihre Kollegen zu sich rufen. Kurt Kralle starrte eine Weile mit bösen Blicken in die Augen des jungen Mannes, dem schon fast die Tränen hochgekommen waren und ließ ihn wieder locker. Der junge Mann griff sich an die Schultern und seufzte dabei.

Kurt Kralle drehte sich zu seiner Kollegin um und machte ihr folgendes klar:

>>*Ich bin Inspektor Kurt Kralle.*<<

Er holte dabei sein Dienstausweis hervor und hielt ihn ihr direkt vor die Nase. Sie entschuldigte sich bei ihm und machte ihm klar, dass sie zwar schon von ihm gehört hatte, aber ihn in diesem Moment nicht erkannt hatte. Kurt Kralle nahm es gelassen hin und wendete sich erneut dem jungen Mann zu, der immer noch an seinen Schultern rieb und ängstliche Blicke in seinen Augen hatte:

>>*Du hast also die Videoaufnahmen gemacht, wie diese drei Burschen den armen Typen totgeprügelt hatten, ist das richtig?*<<

Er klang dabei sehr streng.

>>*Ja, das ist richtig*<<

antwortete der junge Mann. Kurt Kralle sah zuerst auf den

Boden, dann zu seiner Kollegin und dann blickte er wieder den jungen Mann an und sagte weiterhin in einem strengen Tonfall:
>>*Du bist ein verdammt dummer Mensch, ist dir das bewusst?*<<
Der verängstigter junger Mann schwieg und traute sich nicht zu antworten. Kurt Krallte sprach weiter:
>>*Anstatt die ganze Zeit über zu filmen und die beschissene Aufnahme zu machen, hättest du dem Mann zur Hilfe eilen können. Du hättest einfach die Polizei rechtzeitig verständigen können. Aber du hast dich dazu entschieden ein beschissenes Video davon zu machen und zuzulassen, dass dieser Mann qualvoll stirbt*<<
Der junge Mann konnte vor lauter Angst immer noch nichts sagen. Die Kollegin war ebenso verblüfft und hatte selbst auch ein wenig Angst über den Wutanfall von Kurt Kralle. Und er noch lange nicht fertig gewesen:
>>*Das macht dich mindestens genauso schuldig wie diese drei Typen, die auf ihn eingeschlagen haben und ihn töten. Du hast genauso Mitschuld daran, dass dieser Mann gestorben ist. Denn du hast ein verflucht beschissenes Video gemacht anstatt die verfluchte Polizei zu verständigen. Anstatt ihm zur Hilfe zu eilen. Anstatt andere um Hilfe zu bitten verdammt noch einmal!*<<
Durch seine Wut wurde er nicht nur am Gesicht, sondern auch an den Händen knallrot und es wirkte so, als würde jeden Moment sein Schädel explodieren. Er schrie den jungen Mann dabei so laut an, dass nicht nur alle seine Kollegen ihn anstarrten, sondern auch die Nachbarn ihre neugierigen Köpfe aus den Fenstern herausstreckten.
Noch bevor er sich von dem total erschrockenen und in Verlegenheit gebrachten jungen Mann, der spätestens in diesem Moment es bereute nichts unternommen zu haben als nur zu

filmen, genervt entfernte, sagte er ihm zum Abschluss mit etwas ruhigerer, aber immer noch wütender Stimme:

>>*Ihr Menschen, die jegliche Zivilcourage außer Acht lassen um jemandem zur Hilfe zu eilen und stattdessen mit euren beschissenen Handy's noch beschissenere Aufnahmen machen, kotzt mich an.*<<

Danach verlangte er von dem jungen Mann sein Hand mit der Aufnahme darauf und sagte ihm, während er damit in der Luft herum schwang:

>>*Das bekommst du wieder, wenn du gelernt hast damit richtig umzugehen.*<<

Der junge Mann schaffte es immer noch nicht etwas zu sagen und schluckte einmal kräftig hinunter.

Kurt Kralle drehte sich um, steckte das Handy in die Innentasche seiner eleganten Lederjacke und ging zu seinem Auto zurück. Er setzte sich hinein, startete den Motor, machte seine gespeicherte Playlist an und fuhr in Begleitung zu der Musik von Shahmen mit „Dirt" die dunklen Straßen entlang und verschwand nach der ersten Kreuzung aus dem Blickfeld seiner Kollegen.

Maximilian und Raphael hatten sich bereits in ihrem neuen und mit Sicherheit auch vorübergehendem Zuhause gemütlich gemacht. Nachdem Fantasio und seine zwei Freunde Stonefist und Gun die beiden Brüder in ihrem neuen Versteck untergebracht hatten, verabschiedeten sie sich von ihnen und gingen nach Hause.

Die beiden Brüder mussten sich erst einmal an die neuen Verhältnisse und auch an ihr neues Heim gewöhnen, aber schon bereits nach kurzer Zeit waren sie zufrieden. Zumindest galt das für Maximilian, denn der fünfjährige Raphael verstand noch nicht so ganz, was das alles sein sollte und vermisste ganz schrecklich seine Mutter und wollte am Liebsten wieder zurück nach Hause.

Doch Maximilian machte ihm, so schwer es auch sein mochte, klar, dass dieser Ort ihr neues Zuhause sein würde und, dass sie nicht zurück nach Hause gehen konnten. Wieso sie das wirklich nicht konnten verschwieg ihm Maximilian und tischte ihm irgendeine Lüge auf um Raphael endlich wieder beruhigen zu können. Fantasio hatte die beiden Brüder bei seinem Onkel, dem älteren Bruder seines Vaters untergebracht. Sein Name war Hermann Bichler und er war ein achtundvierzig Jähriger Ex-Sträfling gewesen, der wegen mehrfachen Autodiebstahls eine Haftstrafe absitzen musste. Er stahl die Autos, lackierte sie in seiner kleinen Werkstatt neu, stellte den Kilometerstand zurück und verkaufte sie weiter. Eines Tages hatte er ein Auto mit einem GPS Sender gestohlen und war aufgeflogen als die Polizei das Auto bis zu seiner Werkstatt im fünften Wiener Gemeindebezirk zurückverfolgt hatte.

Sie fanden auch gleichzeitig weitere Fahrzeuge, deren Beschreibungen mit denen übereinstimmten, die für gestohlen gemeldet worden waren.

Seitdem er vor knapp zwei Jahren entlassen worden war, hatte er die Finger davon gelassen und arbeitete mal da und mal dort um sich seinen Lebensunterhalt verdienen zu können.

Im Moment war er wiedereinmal arbeitslos gewesen und finanzierte sich sein Leben durch das Arbeitsmarktservice und von diversen anderen sozialen Beihilfen.

Er hatte bereits graue Haare die ihm fast bis zu seiner Schulter reichten und die er zu einem kleinen Pferdeschwanz gebunden hatte. Auch sein Dreitagebart war bereits grau-weiß gewesen. Er hatte ein Bierbauch und verschiedene Tätowierungen auf seinem Oberkörper, die an den freien Stellen seines engen Tank Tops hervortraten. Zwar nicht alle, aber immerhin eines von ihnen konnte Maximilian erkennen. Das Tattoo war auf seiner linken Schulter gewesen und zeigte den Kopf eines Adlers. Die restlichen auf seinen Armen konnte er nicht so ganz identifizieren und er traute sich nicht zu fragen, was das für welche waren. Denn der alte Mann machte einen ganz grimmigen und furchteinflößenden Eindruck, der dafür sorgte, dass die beiden Brüder sich in seiner Gegenwart unwohl fühlten.

Fantasio hatte seinem Onkel verschwiegen, dass Maximilian seine Eltern umgebracht hatte. Er hatte befürchtet, dass sein Onkel sonst die Kinder nicht bei sich aufnehmen würde. Die Polizei hätte er mit Sicherheit nicht verständigt, weil er ihnen gegenüber stets skeptisch gewesen war und nicht wollte, dass man ihn für etwas schuldig erklärt, obwohl er nichts damit zu tun hatte. Und er würde sich auch gleich von Anfang an weigern, die Kinder, die den Tod ihrer Eltern zu verantworten haben, bei sich aufnehmen. Daher dachte sich Fantasio, dass es so das Beste wäre. Er hatte auch Maximilian geraten seinem Onkel nichts davon zu erzählen und bei der Geschichte zu bleiben, die er sich ausgedacht hatte. Fantasio erzählte seinem Onkel nämlich, dass die Eltern von Maximilian und Raphael bei einem Autounfall ums Leben gekommen sind und, dass sie in der Obhut eines anderen Erwachsenen bleiben müssten, solange das Jugendamt nicht wusste, was mit ihnen Geschehen soll. Hermann glaubte seinem Neffen auf Anhieb und hatte nichts dagegen, dass die zwei Jungs bei ihm blieben.

Und bevor sich Fantasio von Maximilian verabschiedete und ihm versprach, dass er am nächsten Tag garantiert zu Besuch kommen würde, sagte er ihm, dass sie bereits jede Menge Anwerber für ihr Projekt „FREEDOM" hätten und, dass er es noch in der Schule bei einigen versuchen würde sie mit an Board zu holen. Maximilian war begeistert, aber auch sehr überrascht darüber gewesen, dass sich bereits jetzt schon so viele dafür interessierten. Das hatte ihm wieder Hoffnung gemacht und gab ihm die nötige Stärke weiter dran zu bleiben und auch die Zuversicht, dass er damit auch wirklich durchkommen könnte.

Doch jetzt hieß es erst einmal Fantasio's Onkel zu überstehen. Der alte Mann stank nur so nach Bier und Tabak. Er war ein Kettenraucher gewesen, der fast ständig ein Glimmstängel zwischen seinen vertrockneten Lippen gepresst hatte.

Da er kein begnadeter Koch gewesen war, ließ er sich immer etwas liefern. Da er unerwarteten Besuch bekam und er bereits vorher schon zwei große Schnitzelsemmel bestellt und gegessen hatte, hatte er für seine beiden Mitbewohner eine große Pizza mit extra viel Käse bestellt.

Anfangs hatte er sich von den beiden Kindern eher zurückgehalten, weil sie gerade ihre Eltern verloren hatten und er ihnen nicht zu Naher treten wollte und auch weil er nicht wusste, über was man mit Kindern reden sollte. Doch im Laufe des Abend wurde er immer gesprächiger und versuchte mit den Kindern eine vernünftige Unterhaltung zu führen, während sie auf die Pizza warteten.

Er zündete sich eine weitere Zigarette an, die er er sich immer selbst rollte und brach das Eis nachdem er einmal kräftig gehustet hatte:

>>*Du gehst also mit meinem Neffen in die selbe Schule, ja?*<<

fragte er Maximilian und bevorzugte es ihn nicht auf den Verlust seiner Eltern anzusprechen. Er wollte sie etwas ablenken.

>>*Ja!*<<

antwortete Maximilian leicht mit seinem Kopf nickend und fügte hinzu:

>>*Er ist jedoch eine Klasse über mir.*<<

Der alte Mann schloss seine Augen, zog kräftig an seiner

155

Zigarette und inhalierte den Rauch nahezu so langsam und genüsslich als wäre es Teil eines Rituals gewesen. Er blies genauso langsam und genüsslich den grau-weißlichen Dunst aus seinem Mund hinaus und sagte:

>>*Er ist ein gefährlicher Bursche. Sei vorsichtig!*<< warnte er Maximilian mit ruhiger Stimme und hustete anschließend erneut. Maximilian antwortete ihm nicht und dachte sich nur, dass er noch lange nicht so gefährlich sei wie er selbst. Schließlich war es Maximilian, der seine Eltern umgebracht hatte und nicht er. Wobei, der Angriff auf den Mann auf der Straße, den Fantasio und seine beiden Freunde tot geprügelt hatten, hatte ihn schon erschaudert. In diesem Moment wurde Maximilian klar, wie gefährlich Fantasio tatsächlich sein konnte. Denn er traute sich zumindest mitten auf der Straße, in aller Öffentlichkeit, einen Mann umzubringen. So hart war Maximilian noch lange nicht, musste er sich eingestehen.

Die müden Blicke des alten Mannes fielen auf den Baseballschläger von Maximilian und er sprach ihn darauf an:

>>*Spielst du Baseball?*<<

Maximilian sah sich auch den Baseballschläger an und dachte sich zwar -*Ja, mit den Köpfen meiner Eltern*- antwortete ihm jedoch wie folgt:

>>*Nein, der war ein Geschenk von meinem Vater zu meinem Geburtstag. Er bedeutet mir sehr viel. Also habe ich ihn mitgenommen.*<<

Hermann nickte traurig und verständnisvoll und machte einen tieferen Zug von seiner, mittlerweile bis zur Hälfte gerauchten Zigarette. Bei der Stille, die in diesem Moment eingetroffen war, konnte Maximilian ganz genau hören, wie die Zigarette knisterte, während der alte Mann daran gezogen hatte. Er stand auf, drückte seine Zigarette fest auf dem Boden des Aschenbechers aus und ging zu seiner kleinen Küche um sich ein Bier aus dem Kühlschrank zu holen. Für die Kinder hatte er nichts außer Wasser anzubieten, aber er hatte bereits eine Flasche Almdudler zu der großen Pizza bestellt. Die Kinder bestanden zwar auf eine Coca Cola, aber Hermann hatte ihnen erklärt, dass Almdudler noch lange nicht so ungesund sei, wie das giftige amerikanische Gesöff, dass man den Menschen als Getränk verkaufte. Zudem war Almdudler ein österreichisches Produkt, weswegen Hermann sich dabei sicherer fühlte.

Mit einem Zischen öffnete er seine Bierdose, nahm einen kräftigen Schluck davon und rülpste hinterher ordentlich. Raphael hatte sogar dabei ein wenig gezuckt.

>>Lebst du schon immer alleine?<<
wollte Maximilian von ihm wissen.
Hermann sah ihn mit seinen trüben Augen an und sagte:
>>Ja, das tue ich.<<
Er nahm einen weiteren Schluck von seinem Bier und sagte noch:
>>Ich wurde nicht mit Kindern gesegnet.<<
Er setzte sich wieder auf sein Stuhl hin und begann sich eine weitere Zigarette zu drehen.
>>Du rauchst viel<<
stellte Maximilian fest. Der alte Mann füllte den Tabak in das Papier, rollte es langsam zu einer dünnen Stange, leckte es mit seiner rauen und schleimigen Zunge ab, sodass das Papier klebte, steckte die fertige Zigarette in seinen Mund, zündete sie an und begann erneut zu Rauchen an. Dann erst gab er Maximilian eine Antwort:
>>Nun ja, mein Junge. Wer viel Schlechtes in seinem Leben erlebt hat, raucht auch viel.<<
Er nahm einen weiteren Zug.
>>Was zum Beispiel?<<
wollte Maximilian genauer wissen.

157

Hermann schwieg für einen Moment und überlegte sich, ob er dem neugierigen Jungen vor sich antworten sollte oder nicht. Er machte einen weiteren Zug von seiner Zigarette und nahm einen Schluck von seinem Bier und beschloss doch noch zu antworten:

>>*Fabio hat es dir bestimmt schon erzählt. Ich war mal im Gefängnis, weil ich Autos gestohlen hatte. Zudem hatte ich, als junger Bursche, viel Blödsinn gemacht und mich dadurch in Schwierigkeiten gebracht. Ich bin also selbst daran Schuld, dass ich jetzt so ein Leben habe.*<<

Er machte einen weitern Zug von seiner Zigarette.

>>*Deswegen...*<<

sagte er noch:

>>*...seht zu, dass ihr etwas anständiges aus euch und eurem Leben macht. Ihr seid noch Kinder und habt euer ganzes Leben noch vor euch. Vermasselt es ja nicht. Denn der Preis, den ihr sonst bezahlen müsst, kann sehr hoch sein.*<<

Er kippte noch einen ordentlichen Schluck von seinem Bier in sich hinunter. Maximilian dachte darüber nach, was der alte Mann ihm gesagt hatte und es gefiel ihm nicht, dass er ihn immer wieder als Kind bezeichnete, woraufhin er sagte:

>>*Ich bin kein Kind mehr. Ich weiß ganz genau was ich will und dafür werde ich auch kämpfen.*<<

Der alte Mann musste viel husten während er lachen musste als er Maximilian so reden gehört hatte.

>>*Es ist gut, dass du jetzt schon Ziele hast für die du kämpfen möchtest, aber ist dir auch jetzt schon bewusst, dass es genau das ist, was du auch tatsächlich möchtest?*<<

wollte Hermann von ihm wissen. Maximilian dachte einen Moment darüber nach und antwortete:

>>*Oh ja, es ist genau das was ich möchte. Ich bin mir absolut sicher dabei.*<<

Hermann war beeindruckt von Maximilian's Selbstvertrauen gewesen und ihm blieb nichts anderes übrig als seine Bierdose zu erheben und zu sagen:
>>*Na dann mein Junge Prost auf deine Ziele!*<<
Er kicherte ein wenig und nahm ein Schluck von seinem Bier. In diesem Moment klingelte es auch schon an der Tür. Die Pizza war endlich angekommen.

Kurt Kralle saß in seiner Wohnung und sah sich wiederholt die Aufnahmen am Handy an, die der junge Augenzeuge gemacht hatte, wie drei Jugendliche auf einen älteren Mann ein-prügelten. Zu seinem Bedauern war das Video von hinten auf-genommen gewesen, sodass die Gesichter der drei Mörder nicht zu sehen gewesen waren. Das ärgerte Kurt Kralle sehr. Da hatte er mal eine Aufnahme und die Gesichter der Täter waren nicht zu erkennen. Aber dafür die Bekleidung von den Dreien hatte er sich sehr gut eingeprägt und würde in erster Linie sich darauf konzentrieren, wenn er auf die Jagd gehen würde. Und weil Maximilian und Raphael auf der anderen Straßenseite gestanden waren, waren sie auf der Videoauf-zeichnung gar nicht zu sehen gewesen. Kurt Kralle wusste zu diesem Zeitpunkt noch nicht, dass wenn er einen von ihnen erwischen würde, dass er sich dadurch alle schnappen und die Fälle gleichzeitig abschließen würde.
Doch das sollte sich bald ändern.

KAPITEL 9

KNAPP VERFEHLT

Ein neuer Tag war angebrochen und als Frühaufsteher begann für Kurt Kralle der Tag viel früher als so von manch anderen. Bevor er sich dem Fall mit den drei Rüpeln, die einen wehrlosen älteren Mann einfach so attackiert und getötet hatten, widmen wollte, wollte er sich zuerst auf den ersteren Fall mit dem toten Ehepaar aus dem Gemeindebau konzentrieren. Denn immerhin waren zwei Kinder vermisst gewesen, bei denen es noch Hoffnung auf eine Rettung gegeben hatte. Nachdem er seine Liegestütze und Bauchmuskelübungen fertig hatte und auch bereits unter der Dusche gewesen war, aß er eine Kleinigkeit zum Frühstück. Es bestand aus einer Schüssel Haferflocken mit Naturjoghurt, zudem er ein wenig Honig dazu gegeben hatte und etwas Spiegelei hinterher.

So sah sein Frühstück schon immer aus, seitdem er sich scheiden ließ und alleine lebte. Einfach und schnell zubereitet und in wenigen Minuten aufgegessen.

Dann war er schon bereit für einen weiteren Arbeitstag in der er Verbrecher jagen und für Recht und Ordnung sorgen konnte. Kurt Kralle liebte seinen Job. Schon sein Vater war bei der Polizei gewesen. Er starb vor wenigen Jahren an Lungenkrebs. Seine Mutter war beim Finanzamt tätig und bereits in Pension gewesen. Sie lebte alleine in ihrem kleinen Landhaus in Wiener Neustadt in der Nähe eines ruhigen Waldgebietes, wo sie ihr einziger Sohn hin und wieder besuchte, sofern er Zeit für sie hatte. Zuletzt hatte er sie zu Ostern besucht. Davor zu Weihnachten mit seiner damaligen Ehefrau. Kurz darauf trennte sich das Paar. Sie arbeitete als Krankenschwester und begann ein Verhältnis mit dem Chefarzt des Krankenhauses, woraufhin

Kurt Kralle sie auf der Stelle verlassen hatte, nachdem er zufällig eine sehr intime Nachricht auf ihrem Handy gelesen hatte, dessen Absender DR. Richard Kneißl gewesen war. Doch vorher hatte er dem Chefarzt eine ordentliche Abreibung verpasst und meinte, dass er sich gleich von seiner geliebten Krankenschwester behandeln lassen könne.

Er fand das Benehmen seiner Ex-Frau seitdem immer sehr paradox. Denn sie war schließlich diejenige gewesen, die ihn ständig ermahnt hatte kein Verhältnis mit einer seiner Kolleginnen zu beginnen und dann war sie selbst so dreist gewesen um ein Verhältnis mit ihrem Chefarzt zu beginnen.

Doch jetzt war er sie los gewesen und hatte seither seine Ruhe. Zumindest was feste Beziehungen und Frauen betraf. Denn sein Beruf ließ ihn keineswegs in Ruhe.

So stieg er in seinen schwarzen Dodge Challenger ein, drehte seine Playlist auf und fuhr direkt zur Schule von Maximilian um mit seiner Arbeit endlich beginnen zu können während in seinem Auto „Paranoid" von Black Sabbath den gesamten Innenraum mit lautem Klang und harten Bässen umhüllte.

Sandra, Simon und Tibor saßen in ihrer Klasse und verfolgten ganz aufmerksam den Unterricht. Simon und Tibor machten nicht den Eindruck als würden sie sich weiterhin Gedanken um ihren ehemals besten Freund Maximilian machen. Sandra hingegen schien sehr wohl noch an ihn zu denken. Denn hin und wieder verfiel sie in Gedanken und war für wenige Sekunden abwesend gewesen.

Die Trennung mit Maximilian hatte sie besonders hart getroffen. Einerseits würde sie ihm gerne eine Nachricht schreiben oder sogar anrufen um seine Stimme wieder hören zu können. Doch andererseits war sie der Meinung gewesen, dass er sie gar nicht verdient hätte. Sie kämpfte in ihrem Inneren mit sich selbst. Hin und wieder fragte sie zwar Simon und die anderen, ob es etwas Neues von Maximilian geben würde, doch auch sie hatten nichts anderes zu berichten als ein enttäuschendes „Nein".

Während alle Schülerinnen und Schüler sich in ihren Klassen aufhielten, befanden sich zum selben Zeitpunkt Fantasio, Stonefist und Gun außerhalb und versuchten neue Mitglieder für das Projekt „FREEDOM" zu rekrutieren.

Sie hatten sich im gesamten Schulgebäude verteilt, sodass einer, Stonefist, draußen am Haupttor gestanden war, einer, Gun, in der Toilette für Jungs, das sich im zweiten Stockwerk befunden hatte und der letzte, Fantasio, spazierte das gesamte Schulgebäude auf und ab und versuchte dabei einige zu erwischen, die aus irgendwelchen Gründen ihre Klassen verlassen mussten. Alle Drei waren fest entschlossen nicht mit leeren Händen zu Maximilian zu gehen. Auch an diesem Tag wollten sie ihm berichten können, dass sie neue Mitstreiter dabei hätten.

Noch hatten sie kein Glück und keines der Schüler verließ sein Klassenzimmer. Und bis zur nächsten Pause waren es noch vierzig Minuten gewesen. Spätestens dann würden sie einige aufgreifen können.

So spazierte Fantasio alle vier Stockwerke des gesamten Schulgebäudes auf und ab und wurde dabei schon ein wenig nervös. Nicht etwa weil er Angst hatte entdeckt zu werden. Es lag daran, dass er so schnell wie möglich neue Mitglieder haben wollte. Und diese ganze Warterei konnte er gar nicht ausstehen. Er hatte sogar bei seinem dritten Rundgang seitlich mit der Faust gegen die Wand geschlagen. Geduld war eindeutig nicht seine Stärke gewesen.

Seine beiden anderen Freunde hingegen, konnten sehr wohl Geduld aufweisen. Ihr einziges Problem war, das ständige

Stehen. So langsam fingen ihre Beine zu schmerzen an. Hin und wieder schüttelten sie ihre Beine in der Luft um sie ein wenig zu lockern und zu entlasten oder gingen ein wenig hin und her. Aber auch für sie wurde es schon langsam mühselig. Gun war überrascht darüber gewesen, dass bis jetzt noch kein einziger auf's Klo musste. *-Was für Streber das doch sind.-* Dachte er sich. Stonefist hingegen dachte fast an das Selbe als er noch niemandem begegnet gewesen war, die oder der sich verspätet hatte. Die Drei waren wohl die einzigen Hooligans in der gesamten Schule gewesen, die gegen sämtliche Regeln verstoßen hatten.

Fantasio befand sich im dritten Stockwerk als plötzlich eine der Klassenzimmertüren sich öffnete. Er blieb stehen, blickte zu der Tür hinüber und hoffte, dass endlich ein Schüler herauskommen würde.

Und so war es auch tatsächlich gewesen. Ein Schüler aus der zweiten Klasse begab sich auf den Gang. Womöglich war er auf dem Weg zur Toilette gewesen. Fantasio musste sofort einschreiten und ihm den Weg absperren. Als der vollkommen verwirrte Junge ihn vor sich stehen sah, hüpfte er vor Schreck einen großen Schritt nach hinten und gab dabei ein Laut von sich, das sich in etwas wie ein „Whoa!" angehört hatte.

Er kannte Fantasio so wie alle anderen in der Schule ihn und seine zwei Rüpelfreunde kannten und dachte sich, dass er von ihm verprügelt werden und um sein Jausengeld erleichtert werden würde. Doch Fantasio konnte den verschreckten Jungen beruhigen und klärte ihn auf:

>>*Was geht ab du Made?...Hör mir mal zu! Meine Kumpels Stonefist, Gun und einige andere wollen einen Aufstand gegen Erwachsene durchziehen und benötigen dafür noch ein paar Mitglieder. Möchtest du dabei sein?*<<

Der völlig verwirrte Junge sah erst einmal im Schulgang

herum, bevor er ihm eine Antwort gegeben hatte. Er sagte:
>>*Was genau meinst du mit Aufstand gegen Erwachsene?*<<
Fantasio rollte genervt mit seinen Augen und beantwortete
seine Frage:
>>*Na als Zeichen dafür, dass wir uns nichts mehr von Er-*
wachsenen gefallen lassen möchten und, dass wir genau die-
selben Rechte haben und genauso behandelt werden möchten,
wie Erwachsene.<<
Der Junge machte dabei ganz große Augen als er Fantasio so
von seiner Idee überzeugt reden sah und gab ihm folgendes zu
verstehen:
>>*Also das ist mit Abstand das Dümmste was ich je in meinem*
Leben gehört habe. Ihr seid wohl alle nicht mehr ganz dicht.
Das was du da sagst ist gesetzeswidrig und strafbar.<<
Diese Antwort gefiel Fantasio ganz und gar nicht, woraufhin er
sehr wütend wurde und folgendes zu dem Jungen sagte,
während er ihn fest mit beiden Händen an seinem Kragen ein
wenig hoch gehoben hatte, sodass nur die Schuh-spitzen den
Boden berührten:
>>*Weißt du was noch gesetzeswidrig und strafbar wäre du*
Klugscheißer? Wenn ich deine beschissene Visage aus dem
Kopf herausreiße und sie als Maske aufsetze.<<
Der Junge machte sich dabei fast in seine Hosen als er von
Fantasio bedroht wurde und schwieg vor Angst. Nur sein Ge-
wimmer war zu hören. Fantasio bedrohte ihn weiter:
>>*Also? Machst du jetzt mit bei dem Scheiß oder muss ich dir*
deine Kehle zuschnüren bis du Rot angelaufen bist und dein
beschissener Schädel explodiert?<<
Vor lauter Angst blieb dem unglücklichen Jungen keine andere
Option als Fantasio zuzusagen und bei ihrem sehr gefährlichem
Projekt mitzumachen. Bevor er den verängstigten Jungen
wieder auf den Boden gelassen hatte, sagte er ihm noch zum

Abschluss:
>>*Und wehe du erzählst irgendjemandem davon. Denn dann töte ich euch alle! Hast du das verstanden?*<<
Mit Furcht nickte er Fantasio ganz schnell mit dem Kopf zu und sagte mit zittriger Stimme:
>>*Jjjaa, ja, jaja, keine So..Sorge! Ich werde niemandem davon erzählen.*<<
>>*Das will ich dir auch raten du Ratte!*<<
ermahnte ihn Fantasio und hielt dabei sein Zeigefinger direkt vor das Auge des in Angst und Schrecken versetzten Jungen. Danach ließ ihn Fantasio davon laufen und machte sich auf die Suche nach weiteren Mitgliedern.

Mittlerweile war die Zeit bereits vergangen und noch bevor er das Stockwerk wechseln konnte, läutete die Pausenglocke, woraufhin alle Schülerinnen und Schüler ihre Klassenzimmer ganz schnell verlassen hatten und in den Gang hinaus gestürmt waren.

Als Stonefist die Pausenglocke gehört hatte, beschloss er seinen Posten zu verlassen und in das Schulgebäude zu gehen. Auch er hatte Hunger bekommen und wollte eine Kleinigkeit essen.

Währenddessen fuhr der schwarze Dodge Challenger in die Einfahrt der Schule ein und Kurt Kralle stieg aus.

Gun blieb weiterhin in der Toilette, weil er wusste, dass zur Pause viele das WC aufsuchen würden.

Und genau so war es auch gewesen. Auch er konnte in dieser Zeit einige, sowohl freiwillige als auch unfreiwillige, die er genauso wie Fantasio gezwungen hatte, für ihr Team ge-winnen.

Kurt Kralle hatte das Schulgebäude betreten und kämpfte sich durch die gesamten Schüler, die die engen Schulgänge

blockiert hatten hindurch bis zum Lehrerzimmer.
Dabei hatte er einige von ihnen ganz sanft zur Seite geschoben
um sich den Weg freizumachen.
Vor dem Lehrerzimmer angekommen trat er hinein, nachdem
er geklopft hatte und zeigte sofort seinen Dienstausweis her,
während er sich vorstellte und den Grund, weswegen er ge-
kommen war, genannt hatte.
Einigen der Lehrerinnen und Lehrer schien sein Besuch egal
gewesen zu sein, weswegen sie ihn nicht besonders beachteten.
Einer jedoch hieß ihn sehr wohl Willkommen und stellte sich
als Florian Korn und somit als der Klassenvorstand von
Maximilian vor.
>>*Freut mich sehr Herr Korn! Ich bin wie bereits erwähnt
Inspektor Kurt Kralle und untersuche den Mordfall an den
Eltern von Maximilian.*<<
Als Florian Korn dem Inspektor zuhörte war er schockiert und
fassungslos gewesen. Bisher hatte er keine Ahnung über den
tragischen Tod von Maximilian's Eltern. Sofort teilte er seine
Erschütterung darüber mit:
>>*Ach du lieber Gott! Das ist ja eine schreckliche Tragödie.
Ich hatte keine Ahnung über den Tod von Maximilian's Eltern.
Wie schrecklich! Wann soll das denn gewesen sein?*<<
>>*Nun, wir haben die Leichen zwar gestern im Keller ihres
Gemeindebaus, in der sie gelebt hatten, gefunden, aber sie
waren bereits schon am Verwesen. Wir gehen daher davon
aus, dass sie schon davor umgebracht und im Keller entsorgt
wurden*<<
klärte ihn Kurt Kralle auf:
>>*Ach du meine Güte! Ist ja schrecklich*<<
reagierte Herr Korn fassungslos während er schockiert auf den
Boden starrte und anschließend dem Inspektor eine Frage über
eine gewisse Person stellte, weswegen er überhaupt gekommen

war:

>>*Und wie geht es Maximilian? Wo ist er jetzt?*<<

>>*Genau das wollte ich von Ihnen wissen. Er und sein jüngerer Bruder waren nicht zu Hause als wir dabei waren die Wohnung zu durchsuchen*<<

gab ihm Kurt Kralle zu verstehen.

Florian Korn wurde plötzlich nachdenklich und antwortete mit einem Stirnrunzeln:

>>*Also, er war schon seit einigen Tagen nicht mehr in der Schule. Ich wüsste nicht wo er ist. Wir hatten versucht seine Eltern zu erreichen, aber ihre Handy's durften jedes Mal abgedreht worden sein. Wir konnten sie nicht erreichen. Jetzt weiß ich auch wieso.*<<

Kurt Kralle wurde nachdenklich. Noch bevor er seine nächste Frage stellen konnte bot ihm Florian Korn eine Tasse Kaffee an, den er dankend angenommen hatte. Florian Korn überreichte ihm die Tasse mit dem dampfenden Kaffee und nachdem Kurt Kralle einen Schluck davon gemacht hatte wollte er folgendes wissen:

>>*Sie sagen also, dass Maximilian in letzter Zeit gar nicht mehr zur Schule gekommen ist?*<<

Florian Korn antwortete ihm kopfnickend:

>>*Ja, genau das meine ich.*<<

>>*Ist das schon einmal vorgekommen?*<<

Kurt Kralle machte einen weiteren Schluck von seinem Kaffee und der aufsteigende Dampf kitzelte an seiner Nasenspitze, sodass er sie mit seinem Finger kratzte:

>>*Sie meinen, ob Maximilian schon einmal nicht in der Schule anwesend war?*<<

fragte Florian Korn.

Kurt Kralle nickte leicht mit dem Kopf:

>>*Nun ja, überraschenderweise ist es das erste Mal, dass er*

unerlaubt von der Schule fern geblieben ist. Aber sonst war er in letzter Zeit sehr negativ aufgefallen.<<

Florian Korn wurde von Kurt Kralle unterbrochen:

>>Wie meinen Sie das? Negativ aufgefallen?<<

Florian Korn ging mehr ins Detail:

>>Na ja, Maximilian war schon immer einer dieser Lausbuben gewesen. Sie wissen schon. Die, von denen es mindestens einen in jeder Klasse gibt.<<

Kurt Kralle nickte und trank einen weiteren Schluck von seinem Kaffee.

Florian Korn sprach weiter:

>>Doch in letzter Zeit wurde er im Unterricht immer abwesender und auch immer frecher. Sowohl zu seinen Klassenkameraden als auch zu seinen Lehrern, darunter auch mir gegenüber.<<

>>Was hat er getan?<<

wollte Kurt Kralle wissen.

Florian Korn verschränkte seine Arme vor seiner Brust und sagte:

>>Vor Kurzem erst hatte er mich vor meiner Klasse erneut bloß gestellt, als ich ihn aufgefordert hatte dem Unterricht beizuwohnen, aber stattdessen beschimpfte er mich, warf sein Stuhl um und ging einfach so von der Schule weg. Seitdem habe ich ihn nicht mehr gesehen.<<

>>Hmmm...<<

machte Kurt Kralle und hörte ihm weiter aufmerksam zu.

>>Er sprach immer nur davon, dass er sich von Erwachsenen nichts zu sagen braucht und, dass er selber seine Entscheidungen treffen möchte und lauter so ein Blödsinn.<<

sagte Florian Korn und rieb sich dabei nachdenklich an seiner Stirn.

>>So, so. Erwachsen also? Verstehe.<<

warf Kurt Kralle ein.

>>*Ja, davon war er schon nahezu besessen gewesen. Er wollte unbedingt, dass man ihn als einen Erwachsenen behandelt und nicht wie ein Kind. Ich weiß, dass sollte ich nicht sagen, aber der Junge war verrückt sage ich Ihnen. Er hat eine Therapie nötig.*<<

sagte Florian Korn.

>>*Wer hat eine Therapie denn nicht nötig?*<<

stellte Kurt Kralle eine rhetorische Frage, sodass Florian Korn ihn verwirrt angesehen hatte.

>>*Und Sie wissen nicht zufällig, wo ich ihn finden könnte? Bei Verwandten oder so?*<<

wollte Kurt Kralle wissen.

Florian Korn sah mit gekniffenen Augen an die Decke hinauf, stemmte seine Hände an die Hüfte und dachte nach. Dann kam er zum folgenden Abschluss:

>>*Ich wüsste leider nicht wo ein Junge wie er sich aufhalten würde. Auch über seine Verwandten weiß ich leider nichts. Seine Eltern hatten nichts bezüglich diesem Thema in der Schule bekannt gegeben. Aber seine Freunde dürften vielleicht wissen, wo er sich aufhalten könnte.*<<

Kurt Kralle wurde neugierig:

>>*Welche Freunde?*<<

Florian Korn nannte ihre Namen. Kurt Kralle setzte seine Kaffeetasse auf dem Tisch im Lehrerzimmer ab, zückte sein kleines Notizbuch und einen Kugelschreiber aus seiner eleganten Lederjacke und notierte sich die Namen der Kinder, die Florian Korn ihm genannt hatte. In diesem Moment bewunderte Florian Korn die Lederjacke von ihm:

>>*Schöne Jacke! Passt zu* Ihnen.<<

Da Kurt Kralle ein solches Kompliment nicht erwartet hatte, war er zunächst überrascht darüber gewesen, bedankte sich

jedoch am Ende mit einem Gesichtsausdruck, der seine Ver-
wirrung deutlich unterstrichen hatte:
>>*Ähm, ja, vielen Dank! Ist Kunstleder. Kein echtes.*<<
Florian Korn lächelte nickend dabei und verstärke somit seine
Bewunderung umso mehr.
Kurt Kralle hatte sein kleines Notizbuch aufgeschlagen und
schrieb nun folgende Namen auf.

SIMON HOCHGATTERER

LORENZ SCHMIED

TIBOR DUNAI

ÖMER CELIK

SANDRA SCHMEROLD

Nachdem er die Namen alle in sein kleines Notizbuch hinein-
gekritzelt hatte, las er sie Florian Korn vor, damit er sie auch
tatsächlich bestätigen konnte um mögliche Fehler auszuschließen.
Nachdem Florian Korn alle Namen bestätigt hatte, klappte Kurt
Kralle das Notizbuch zu und steckte es, gemeinsam mit seinem
Kugelschreiber, zurück in die Tasche seiner Lederjacke.
Bevor er sich von Florian Korn verabschiedete stellte er noch
eine Frage:
>>*Und in welchen Klassen genau finde ich diese Kinder?*<<
In diesem Moment läutete auch schon wieder die Pausenglocke
und meldete der gesamten Schule somit, dass die große Pause
zu Ende war.
Florian Korn antwortete auf die Frage von Inspektor Kurt
Kralle:
>>*Oh, die Pause ist schon vorüber. Ja, also einige dieser
Kinder sind bei mir in der Klasse, aber ich darf sie nicht, ohne
die Zustimmung deren Eltern, von Ihnen befragen lassen. Es*

wäre vielleicht besser, wenn Sie sie direkt zu Hause besuchen
und befragen würden, in Anwesenheit ihrer Eltern. Ich muss
jetzt leider wieder zurück in den Unterricht. Ich wünsche Ihnen
einen schönen Tag und ein gutes Gelingen beim Aufklären des
Mordes an Maximilian's Eltern. Wirklich schrecklich so
etwas.<<
sagte Florian Korn und verließ das Lehrerzimmer.
Kurt Kralle hielt sich noch ein wenig drinnen auf und dachte
nach. Er griff nach der Kaffeetasse, die er auf den Tisch abgestellt hatte und machte einen letzte Schluck von seinem
bereits etwas kalt gewordenem Kaffe, bevor auch er das
Lehrerzimmer verlassen hatte.
Als er wieder im Gang gestanden hatte, fiel ihm auf, wie groß
und breit er eigentlich gewesen war. Als vor wenigen Minuten
die Kinder sich noch in den Gängen aufgehalten hatten,
wirkten sie viel kleiner und enger.
Er beschloss sich wieder auf den Weg zu seinem Auto zu
machen und irgendwo eine Kleinigkeit essen zu gehen um die
Zeit ein wenig totzuschlagen. Denn er hatte vor bis zum Schulschluss zu warten und die Kinder zu Hause waren. Er wollte
den Rat von Florian Korn befolgen und die Kinder zu Hause
befragen. Doch dazu waren es noch einige Stunden. So verließ
er wieder das Schulgebäude und stieg in sein Dodge
Challenger ein. Kurz bevor er den Motor starten wollte, sah er
einen großen und kräftigen Jungen aus dem Schultor heraus-
treten, der sich auch gleich davor hingestellt hatte und den
Eindruck machte, als wäre er so etwas wie der Türsteher gewesen. Als Kurt Kralle den großgewachsenen Jungen gesehen
hatte, dachte er sich, dass zu seiner Zeit kein Schüler auch nur
annähernd so ausgesehen hatte. Er schüttelte mit einem
leichten Lächeln den Kopf und sagte zu sich selbst:
>>Na wenn der Kerl ein Schüler sein soll, dann weiß ich auch

nicht weiter. Was macht er überhaupt während des Unterrichtes draußen?<<

Er wollte keinen weiteren Gedanken und auch keine Zeit an den Jungen verschwenden und dachte sich, dass das nicht sein Problem sei. Doch dann fiel ihm die Jacke des Jungen auf und er wurde dabei stutzig.

Die Jacke kam ihm bekannt vor, er hatte sie schon mal irgendwo gesehen, doch ihm wollte nicht einfallen, wo er sie gesehen haben könnte.

Und dann machte der große Schalter in seinem Gehirn ein Klick und es fiel ihm sofort wieder ein. Jetzt wo ihm das eingefallen war, erinnerte er sich auch an die Größe und die Statur des jungen Mannes, der direkt vor ihm am Schultor herumlungerte. Sofort nahm er sich das Handy, das er seinem Augenzeugen abgenommen hatte und sah sich erneut das von ihm aufgenommene Video an, in der drei junge Männer, von denen einer genau dieselbe Jacke anhatte und auch die passende Größe hatte wie einer von ihnen, die auf einen älteren Mann einprügelten bis er gestorben war.

Kurt Kralle wurde sich nun endgültig sicher. Dieser großgewachsener junger Mann, war einer von den drei Eindreschern und Mördern des Mannes gewesen. Er entschied sich dabei ganz gelassen zu bleiben und sich nichts anmerken zu lassen, während er sich dem Jungen vor dem Schultor näherte.

Nun wurde auch Stonefist auf ihn aufmerksam und starrte ihn mit Blicken an, die folgendes sagen würden, wenn sie sprechen könnten „*Wer bist du, du Penner?*"

Stonefist stellte sich Kerzengerade vor Kurt Kralle hin und protzte sich auf. Er war fast so groß wie Kurt Kralle gewesen, der von der Größe und der Statur des jungen Mannes, der sich vor ihm präsentierte als wäre er der amtierende WWE Champion gewesen, umso mehr beeindruckt gewesen war, als er direkt vor ihm gestanden hatte.

Kurt Kralle blieb weiterhin cool und gelassen und ließ sich nicht anmerken, dass er ein Polizist gewesen war.

>>Kann ich Ihnen helfen?<<

fragte ihn Stonefist mit einer ernsten Miene.

Kurt Kralle antwortete mit einem leichten Lächeln:

>>Ja, vielleicht. Ich suche nämlich jemanden.<<

>>Und wen suchen Sie, wenn ich fragen darf?<<

fragte Stonefist ganz frech, näherte sich einen Schritt zu ihm und protzte sich noch mehr auf.

Kurt Kralle sah kopfschüttelnd und lachend auf den Fußboden, bevor er antwortete:

>>Du bist wohl ein ganz harter Kerl, was?<<

Er fing langsam an Stonefist auf die Nerven zu gehen.

>>Jetzt sagen Sie mir schon was Sie möchten Mann!<<

Seine Stimme wurde dabei lauter, sodass Kurt Kralle mit erhobenen Händen einen Schritt nach Hinten ausgewichen war und sagte:

>>Wow, ganz langsam Champion! Ich möchte keinen Ärger machen.<<

>>Dann sollten Sie mir schnell sagen, was Sie möchten! Oder sind Sie vielleicht ein Verrückter Penner, der mir nur auf den Sack gehen will?<<

Kurt Kralle musste sich selbst eingestehen, dass der junge Mann vor ihm nicht nur so ausgesehen hatte, sondern auch tatsächlich ein taffer Typ gewesen war. Er wollte ihn nicht länger warten lassen und machte ihm endlich klar, wieso er ihn angesprochen hatte:

>>Also, um ganz ehrlich zu sein mein lieber Herkules,...ich bin wegen die hier.<<

Stonefist war verwirrt und seinem aggressivem Gesichtsausdruck kam noch ein fragender hinzu:

173

>>Was wollen Sie damit sagen?<<
wollte er mit ruhiger Stimme wissen.
>>Wo hast du dich gestern am Abend gegen neunzehn Uhr aufgehalten?<<
fragte ihn Kurt Kralle direkt und die Strenge in seiner Stimme war nicht zu überhören.
Stonefist schluckte einmal kräftig, bekam kleine Schweißperlen auf seiner Stirn und ahnte bereits, was der seltsame Mann vor ihm wollte.
Ohne dabei seine Körperspannung zu verlieren sagte er folgendes:
>>Wer bist du Mann, dass du mir so eine Frage stellst? Ich komme aus Amerika und muss dir gar nichts sagen. Die ganze Welt liegt uns zu Füßen. Also, jetzt verpiss dich lieber ganz schnell!<<
Kurt Kralle konnte sich ein herzliches Lachen nicht verkneifen und kriegte sich kaum wieder ein. Stonefist verzog erneut eine verwirrte Miene und dachte sich, was das alles nur sollte. Er kam sich dabei ein wenig verarscht vor.
Kurt Kralle kamen schon fast die Tränen. Doch so langsam konnte er sich wieder beruhigen und atmete einige Male ein und aus, bevor er wieder richtig sprechen konnte:
>>Ach Junge, puh! Du bist ja ganz ein witziges Kerlchen. Denkst du tatsächlich, dass ihr Amerikaner allen anderen auf der Welt überlegen seid? Gut, dass die Welt euch hat, denn worüber sollten wir sonst so herzhaft lachen?<<
Stonefist war richtig wütend geworden und er würde ihm nur zu gerne eine verpassen, doch noch hatte sich zurück gehalten und forderte Kurt Kralle mit viel Aggression in seiner Stimme auf damit aufzuhören:
>>Sie sollten jetzt damit lieber aufhören!<<
Kurt Kralle lachte noch ein wenig, während er in seine Jacken-

tasche hineingegriffen und das Handy herausgeholt hatte, in dem das aufgenommene Video darauf zu sehen war. Plötzlich wurde er total ernst und wütend. Er packte Stonefist an seinem Nacken, hielt ihm das Handy vor sein Gesicht und spielte ihm das Video ab.

Der erschrockene Stonefist sah sich die Aufnahme an und ihm rutschte dabei fast das Herz in seine Hose. Den festen Griff von Kurt Kralle spürte er bei seinem muskulösen Körperbau kaum. Kurt Kralle fragte mit sehr viel Wut in seiner Stimme:

>>*Jetzt sage ich dir etwas. Du bist hier nicht in Amerika. Du bist in Österreich. Hier liegt dir niemand zu Füßen. Sieh her! Dieser mieser Mistkerl da auf dem Video. Das bist doch du, stimmt's?*<<

Stonefist wusste vor Schreck nicht was er darauf antworten sollte.

Kurt Kralle fragte weiter:

>>*Wer sind die anderen zwei Typen da? Sind das deine zwei Buddies? Kommen die etwa auch aus Amerika?*<<

Stonefist konnte immer noch nicht antworten. Kurt Kralle wurde nur noch wütender und deutlich lauter:

>>*Jetzt antworte doch?*<<

Er packte dabei den Nacken von Stonefist noch härter und drückte noch fester zu. Stonefist hatte erst in diesem Moment gespürt, dass der Mann, der ihn angepackt hatte, doch kräftiger war als er zunächst gedacht hatte und begann nun vor Schmerzen ein wenig zu zucken.

Anstatt auf seine Frage zu antworten, holte Stonefist kräftig aus und verpasste Kurt Kralle einen ordentlichen rechten Haken, der ihn auf der Stelle zu Boden befördert hatte. Ihm wurde sofort schwindelig und auch schwarz vor Augen. Während Kurt Kralle vollkommen benommen auf dem Boden gelegen hatte, ergriff Stonefist die Chance und lief davon.

175

Anschließend kontaktierte er seine beiden Freunde Fantasio und Gun per Handy und teilte ihnen mit, dass sie aufgeflogen wurden und sich somit schnell vom Acker machen sollen. Fantasio und Gun rannten ebenfalls sofort aus dem Schulgebäude hinaus und liefen davon.

Als Fantasio den immer noch am Boden liegenden Mann gesehen hatte, konnte er nicht widerstehen, ihm einen ordentlichen Fußtritt in die Rippen zu verpassen, woraufhin Kurt Kralle vor Schmerzen laut aufschreien musste.

Kurt Kralle zog sich am Boden wie ein Käfer zusammen während sein Mund sich mit Blut auffüllte und rang nach Luft. So langsam konnte er wieder klar sehen und wischte sich mit dem Rücken seines Daumens den blutverschmierten Mund ab, spuckte das angesammelte Blut in seinem Mund aus und griff sich gleichzeitig mit der anderen Hand auf die Stelle, an der ihn Fantasio getreten hatte. Als er sie berührte verzog er sein Gesicht vor Schmerzen und versuchte langsam wieder aufzustehen. Als er halbwegs wieder auf seinen Beinen stehen konnte, schlurfte er vielmehr zu seinem Auto als dass er ging. Weil er sich aufgrund des Trittes nicht vollkommen aufrichten konnte, musste er sich mit halb zur Seite geneigtem Oberkörper fortbewegen. Seufzer und sonstige Schmerzenslaute waren dabei nicht auszuschließen.

Endlich hatte er es bis zu seinem Challenger geschafft. Er setzte sich hinein und versuchte sich ein wenig auszuruhen. Er klappte den Sonnenschutz seines Wagens hinunter und sah sich im Spiegel an um sich zu vergewissern, wie schlimm der Zustand seines Gesichtes tatsächlich gewesen ist.

Als er die blutunterlaufenen Zähne und den angeschwollenen Unterkiefer gesehen hatte, dachte er sich nur -*Verdammt, hat der Typ einen Schlag drauf. Als hätte mich eine Abrissbirne getroffen.*-

Er klappte den Sonnenschutz wieder hoch und öffnete den Handschuhfach um sich eine Packung Taschentücher herauszuholen. Damit wischte er sich vorsichtig das Blut vom Gesicht ab. Danach startete er das Auto und fuhr auf dem direktem Wege in ein Krankenhaus um sich seine Rippen ansehen zu lassen. Diesmal verzichtete er auf die Musik und hoffte nur, dass er keine gebrochenen Rippen hatte.

In der Zwischenzeit hatten sich Stonefist und seine Freunde Fantasio und Gun an einem nahegelegen Spielplatz getroffen. Stonefist hatte ihnen bereits über seine Begegnung mit dem Mann, der immer noch im Besitz der Videoaufnahme gewesen war, berichtet. Fantasio war sehr wütend auf ihn gewesen, weil er nicht daran gedacht hatte ihm das Handy wegzunehmen oder es ganz einfach kaputt zu machen. Stonefist hatte ihm klar machen wollen, dass er in diesem Moment, gefüllt mit Panik, nicht daran denken konnte. Er wollte so schnell wie möglich weg von ihm sein. Auf die Frage, ob der Typ ein Bulle war oder nicht, konnte Stonefist auch nicht mit Sicherheit antworten, aber er ging ganz davon aus, dass er ein Bulle sein könnte. Er hätte es ihm nicht gesagt, klärte er seine Freunde auf.

Fantasio war wütender den je gewesen. Er war vollkommen am Ausrasten und wusste nicht, was sie jetzt tun sollten. Sie waren aufgeflogen und hatten das Beweisvideo nicht, aber dafür möglicherweise einen Polizisten im Dienst, den sie zusammengeschlagen hatten.

Wie sollten sie da nur wieder herauskommen?

Sie überlegten alle, vor allem Fantasio, ganz intensiv darüber nach, was sie jetzt tun könnten, aber es wollte keinem von ihnen etwas einfallen.

>>*Wenn der Typ tatsächlich ein Bulle sein sollte,...*<<

sagte Fantasio ganz aufgeregt:

>>*...dann sind sie bestimmt schon längst auf der Suche nach uns.*<<

Doch dann, einige Sekunden später, war ihm folgendes eingefallen:

>>*Lasst uns schnell zu Black Max gehen. Er wird vielleicht wissen, was zu tun ist.*<<

So machten sich die drei Rüpel ganz schnell auf den Weg zu der Wohnung des Onkels von Fantasio.

Hermann Bichler und seine zwei jungen Gäste befanden sich in seiner Wohnung. Die ganze Zeit über dachte er immer noch, dass sie die Schule wegen des Verlustes ihrer Eltern, die durch einen Autounfall ums Leben gekommen waren, vernachlässigten. Dafür hatte er Verständnis und wusste, dass die beiden Brüder noch etwas Zeit brauchen würden um wieder ihren gewohnten Alltag aufnehmen zu können.
Raphael war wieder eingeschlafen, nachdem er gefrühstückt hatte. Hermann Bichler und Maximilian saßen vor dem Fernseher und der alte Mann konnte einfach nicht aufhören von Sender zu Sender umzuschalten. Maximilian war davon genervt gewesen, aber noch hatte er seine Geduld bewahrt.
Das ging schon seit Minuten so und Hermann konnte sich einfach nicht entscheiden, welchen Sender er ansehen sollte. Er hatte auch Maximilian gar nicht gefragt, was er gerne ansehen würde. Hermann hatte eben noch nie Gäste gehabt und lebte auch sonst immer alleine, sodass seine Manieren beziehungsweise seine Gastfreundschaft nicht zu einhundert Prozent in Takt gewesen waren. Bisher gab es nur ihn und nur ihn allein. Obwohl er einen jüngeren Bruder hatte. Doch seine Beziehung zu ihm und zu seiner Frau war nicht besonders berauschend gewesen, weswegen sie den Kontakt miteinander vermieden

hatten. Lediglich sein einziger Neffe, Fabian, kam ihn hin und wieder besuchen. Sonst wollte niemand etwas von ihm wissen. Und er wollte auch von anderen nichts wissen. Er wollte sich mit niemandem treffen und hatte keinerlei Interessen daran neue Freundschaften zu knüpfen oder sonst irgendwelche Menschen kennenzulernen. Er war eben ein alter Mann gewesen, der einfach nur seine Ruhe haben wollte. Er wollte andere in Ruhe lassen und wollte ebenso von anderen in Ruhe gelassen werden. Das war wohl nicht zu viel verlangt, dachte er sich immer. So ganz nach dem Motto „Leben und leben lasen."
So hielt Hermann in der einen Hand die Fernbedienung mit der er seelenruhig zwischen den Sendern schaltete und in der anderen Hand hielt er seine Bierdose ganz fest umklammert. Er hatte gerade einen Schluck davon nehmen wollen und musste das Bier aus seinem Mund herausspucken als Maximilian es nicht mehr ausgehalten und ihn angebrüllt hatte:
>>*Jetzt bleib doch endlich bei einem beschissenen Sender stehen verdammt noch einmal!*<<
So sehr hatte ihn nicht einmal sein Vater angebrüllt als er sein Auto zu Schrott gefahren hatte, nachdem er seine Führerscheinprüfung nach dem dritten Versuch endlich geschafft hatte.
Er wischte sich mit seiner Innenhand das Bier von seinem Bart ab und wandte sich, dem außer sich geratenem, Maximilian zu:
>>*Also mein Junge, das hätte nun wirklich nicht sein müssen.*<<
Maximilian warf ihm böse Blicke zu und sagte:
>>*Doch alter Mann, das musste sein! Du zappst hier seit Minuten herum und das geht mir völlig auf den Zeiger.*<<
Hermann war ganz überrascht von dem Jungen gewesen, der erst noch am vergangenen Tag eher schüchtern und zurückhaltend wirkte, sich jetzt jedoch wie eine wild gewordene

Bestie auf ihn hinaufblickte und ihn laut anschnaufte als hätte er einen 100 KM Lauf hinter sich. Er war nicht wiederzuerkennen gewesen.

Und durch die Anspannung merkte keiner von ihnen, dass sie bei den Nachrichten Halt gemacht hatten, die über den grausamen Mord von Maximilian's Eltern berichtete.

Mit ruhiger Stimme sagte Hermann:

>>*Hier, sieh an was du möchtest*<<

und übergab Maximilian die Fernbedienung. Maximilian riss sie regelrecht aus seiner Hand und schaltete den Zeichentrickkanal ein. Hermann stand auf und ging zu dem Esstisch um sich eine Zigarette zusammenzurollen.

Nachdem er sich die Röntgenaufnahmen angesehen hatte, hatte der behandelnde Arzt, Kurt Kralle versichert, dass er keine gebrochenen Rippen, aber dafür eine üble Prellung davon getragen hatte. Seine Kugelsichereweste, die er unter seiner Kleidung trug, hatte das Schlimmste verhindert.

Nachdem er mit einer schmerzlindernden Salbe eingeschmiert und die Wunde bandagiert worden war durfte er das Krankenhaus sofort wieder verlassen. Auch sein Unterkiefer wurde behandelt und auch hier hatte der Arzt ihm versichert, dass er nicht gebrochen wäre und die Schwellung sich nach wenigen Tagen zurücklegen würde.

Mit dieser erfreulichen Nachricht hatte er sich wieder hinter das Steuer gesetzt und war erst einmal unterwegs nach Hause gewesen um sich ein wenig hinzulegen und auszuruhen.

Doch schon bald würde er sich, nachdem er sich wieder gut erholte hatte, die Jungs, die ihn so zugerichtet hatten, schnappen und ihnen Manieren beibringen.

So fuhr er, diesmal wieder mit Musik, nach Hause. Auf seiner Playlist wurde „World Gone Mad" von The Phantoms abgespielt.

Fantasio, Stonefist und Gun waren bereits bei seinem Onkel Hermann Bichler angekommen und wie Ernst ihre Lage gewesen war, konnte Maximilian ihnen direkt von den Gesichtern ablesen.

Fantasio hatte ihm alles berichtet. Er berichtete sowohl über den unbekannten Mann mit der Videoaufnahme, der ihrer Befürchtung nach ein Bulle gewesen war, als auch über die neuen Rekruten, die sie in der Schule für ihr Team gewinnen konnten.

Fantasio machte Maximilian auch klar, dass weder er noch seine Freunde eine Idee hatten, wie es nun weitergehen soll.

Doch ihr neuester Freund, der in diesem Augenblick zum offiziellen Anführer der Bande geworden war und sich Black Max nannte, hatte sehr wohl einen Einfall gehabt.

Er verlangte von Fantasio und den anderen, dass sie auf der Stelle alle Rekruten, die sie für „FREEDOM" angeworben hatten, versammeln und zu dem Ort, den sie schon vorher zusammen ausgesucht hatten, bringen sollten, an dem sie ihr geheimes Projekt endlich zum Leben erwecken sollten.

Nachdem sich Fantasio, Stonefist und Gun sofort auf den Weg gemacht hatten um das gesamte Team zusammenzubringen, stand Maximilian ganz alleine mit finsterer Miene vor der Eingangstür und rief ganz laut die Faust nach oben gestreckt:

>>*MÖGE DIE REBELLION BEGINNEN!*<<

In diesem Augenblick schrie Hermann Bichler aus dem Wohnzimmer zu ihm hinüber:

>>*Heeeyyy Junge! Jetzt schrei hier doch nicht wie ein Verrückter herum oder willst du, dass die Nachbarn sich beschweren? Und mach die Tür zu! Es zieht.*<<

Danach sagte er zu sich selbst:

>>*Was ist nur bloß mit diesen Kindern von heute los?*<<

Maximilian machte die Tür zu, aber verharrte in seiner finster drein schauenden Position.

181

KAPITEL 10

DIE VERSAMMLUNG

Es war bereits am frühen Abend als sich eine Menge an Kindern an dem geheimen Treffpunkt versammelt hatten. Dabei handelte es sich um nichts anderes als das Erholungsgebiet Wienerberg im zehnten Wiener Gemeindebezirk. Maximilian und seine Freunde kamen früher oft hierher um Fahrrad zu fahren oder um Basketball zu spielen. Es war eine große Anlage gewesen, wo sie ungestört die Versammlung abhalten konnten.

Die Gruppe, die nur aus männlichen Kindern bestand und die alle an diesem Ort zusammengekommen waren, war weder groß noch klein. Sie bestand aus bis zu Zwanzig Mitgliedern verschiedener Altersgruppen.

Das jüngste Mitglied war gerade mal zehn Jahre alt und das älteste sechzehn Jahre alt gewesen.

Als Maximilian sie alle vor sich stehen sah, war er in diesem Moment mit Stolz erfüllt gewesen. Er konnte es selber kaum fassen, dass er das alles zustande gebracht hatte.

All diese Kinder waren nur seinetwegen und wegen seiner Vision „FREEDOM" hier gewesen. Sie hatten sich, wenn auch manche dazu gezwungen wurden, bereit erklärt mit ihm zu kämpfen.

So stand er direkt vor ihnen mit seinem Baseballschläger in der Hand, die ihm schon zuvor als Mordwaffe gedient hatte, und ließ genüsslich und stolz seine Blicke über seine neuen Rekruten, die in diesem Moment durcheinander redeten und dadurch einen unverständlichen Lärm an Gerede erzeugten, schweifen. Fantasio und Stonefist standen rechts hinter ihm während Gun links hinter ihm gestanden hatte.

Raphael hatte er zu Hause bei Hermann Bichler gelassen. Er war einfach noch viel zu jung gewesen um hierbei mitmachen zu können.

Die Sonne strahlte noch sehr hell am Himmel und eine leichte Brise an Wind zog über ihre Köpfe hinweg. Es war ein schöner Tag gewesen um eine Gruppe von Kindern, die jedoch in diesem Moment für Maximilian erwachsen genug vorgekommen waren, von den eigenen Zielen und davon wofür man stand zu überzeugen.

So warf er einen Blick nach rechts zu Fantasio und Stonefist und danach richtete er seine Blicke nach links zu Gun um ihnen damit zu signalisieren, dass er jetzt bereit war mit seiner Rede zu beginnen.

So erhob er langsam den Baseballschläger über seinen Kopf und sowie dessen stumpfes Ende in die Höhe gestreckt worden war, hörten plötzlich alle Kinder nach und nach auf durcheinander zu reden. Ihre Stimmen wurden immer leiser, sodass am Ende eine völlige Stille hinterher gefolgt hatte.

All ihre Blicke waren auf Maximilian fixiert gewesen und sie alle fragten sich, was er jetzt wohl zu ihnen sagen wollen würde.

Maximilian verharrte noch eine Weile in seiner Position und hielt weiterhin den Baseballschläger hoch über seinem Kopf gestreckt bis er ihn dann langsam wieder hinab setzte und sich daran mit beiden Händen stütze.

Er hatte so etwas noch niemals zuvor gemacht, aber er hatte dafür viele Filme gesehen, in denen große Anführer große Reden gehalten hatten. Und Maximilian nahm sie als Beispiele und orientierte sich nach ihnen. Das machte es ihm einfacher vor diesen Kindern zu stehen und zu ihnen zu sprechen.

Denn um seinen Plan starten und auch tatsächlich durchziehen zu können, musste er es schaffen all diese Kinder, die jetzt ihre gesamte Aufmerksamkeit ihm gewidmet hatten und ganz gespannt darauf warteten was er ihnen zu sagen hatte, von „FREEDOM" zu überzeugen.

Er holte einmal tief Luft und startete seine Rede:

>>*Einige von euch kennen mich bereits aus der Schule. Für all die anderen, die mich nicht kennen, die nicht wissen wer ich bin, werde ich mich vorstellen. Ich bin Black Max und das sind meine Freunde Fantasio, Stonefist und Gun. Auch die dürften einigen von euch bekannt sein. Sie haben euch bereits den Grund unserer Versammlung hier gesagt, aber ich werde noch ein wenig tiefer ins Detail gehen und euch zur Gänze aufklären.*

Bevor ich damit beginne, möchte ich mich jetzt schon bei jedem einzelnen von euch dafür bedanken, dass ihr gekommen seid. Das bedeutet mir sehr viel. Und an dieser Stelle möchte ich mich auch gleich bei meinen drei Freunden hier, Fantasio, Stonefist und Gun sehr bedanken, dass sie mich unterstützen und all das hier zustande gebracht haben.

Ohne sie wäre mir das wohl nicht so schnell oder womöglich gar nicht gelungen.

Und nun kommen wir zum eigentlichen Grund unseres Treffens hier.

Da ihr die Erfahrungen selber durchgemacht habt, wisst ihr genau wovon ich jetzt gleich sprechen werde und ihr werdet mir auch ganz bestimmt dabei zustimmen.

Es geht um die Erwachsenen.

Die Erwachsenen kontrollieren uns schon unser ganzes Leben lang. Sie behandeln uns wie ihre Sklaven indem sie uns ihre Gesetze und Regeln ständig aufzwingen. Sie sagen uns was wir tun sollen. Sie sagen uns wann und was wir essen sollen. Sie sagen uns was wir anziehen sollen. Sie sagen uns wie lange wir draußen spielen dürfen. Sie sagen uns wann wir schlafen gehen sollen. Sie sagen uns ständig wie wir uns zu verhalten haben.

Sie können es einfach nicht lassen.

Tu dies! Tu das! Tu jenes! Lass das! Mach das nicht! Nein, du bist nicht alt genug. Nein, du tust was ich sage. Nein, das werden wir jetzt nicht machen. Hör jetzt zu spielen auf und räum' dein Zimmer auf. Und, und, und.

Ich räume mein Zimmer dann auf, wann ich gerade Lust dazu habe verdammt noch einmal!

Die Erwachsenen sind Kontrollfreaks, die nichts anderes tun als uns ständig herumzukommandieren. Sie erlauben sich die Frechheit über uns und unser Leben zu bestimmen.

Und ich sage euch, damit muss Schluss sein.

Und zwar ein für allemal.

Wir sind weder Sklaven noch Roboter oder sonst irgendetwas, die sie einfach nach belieben behandeln können wie es ihnen gerade so passt.

Und sie kommen damit nur deshalb durch, weil jeder von uns das so hinnimmt. Weil keiner sich dagegen wehrt. Weil keiner aufsteht und sagt, „Jetzt ist genug!“.

Und ich sage euch meine Brüder! Jetzt ist wirklich genug!

Jetzt ist die Zeit gekommen, aufzustehen und dagegen etwas zu unternehmen. Jetzt ist die Zeit gekommen dagegen zu protestieren. Jetzt ist die Zeit gekommen dagegen anzu-kämpfen.

Wir sind menschliche Wesen und auch wir haben das Recht auf ein freies Leben verdammt! Ein Recht darauf freie Entschei-dungen zu treffen!

Was ist mit der Meinungsfreiheit über das alle sprechen?

Das gilt wohl nicht für Kinder.

Sobald wir unsere Meinungen frei äußern, werden wir dafür bestraft und/oder angeschrien. Und man nimmt uns damit nicht

185

ernst.

Wenn ich auf etwas keine Lust habe, etwas nicht machen möchte, dann soll man mich auch nicht dazu zwingen. Doch ich werde dazu gezwungen.

Wir alle werden dazu gezwungen.

Und wir machen es, ob es uns gefällt oder nicht. Wir machen es, weil wir nicht angeschrien werden möchten. Wir machen es, weil wir nicht geschlagen werden möchten. Wir machen es, weil wir nicht bestraft werden möchten.

Wir haben einfach keine andere Wahl als die Tyrannei der Erwachsenen hinzunehmen.

Sie zwingen uns dazu ihre Gesetze und Regeln zu befolgen. Sie zwingen uns nach ihrer Pfeife zu tanzen.

Denn wer das nicht tut, dem Gnade Gott.

Aber Hauptsache sie ignorieren unsere Wünsche und Anregungen. Sie ignorieren uns, wenn wir sie über die Wahrheit einer Sache aufklären möchten um unsere Unschuld zu beweisen und ihnen klar zu machen, dass wir im recht sind, aber sie hören uns einfach nicht zu.

Was machen Sie?

Sie verbieten uns den Mund. Befehlen uns nicht zu „lügen".

Sie befehlen uns ihnen nicht zu widersprechen.

Und am Ende sind wir schuldig, obwohl wir es nicht sind.

Ich frage euch meine Brüder!

Ist das Gerechtigkeit?

Ist das das Leben, das ihr haben möchtet?

Wollt ihr weiter so leben oder wollt ihr endlich etwas dagegen unternehmen?

Also ich kann euch sagen, was ich möchte.

Ich möchte definitiv nicht mehr so weiter leben.

Ich möchte meine Rechte und meine Freiheiten haben.

Und ich werde genau für diese Rechte und Freiheiten kämpfen.

186

Genauso auch meine Freunde hier hinter mir.
Und ich wünsche mir, dass ihr mit uns kämpft.
Ich wünsche mir, dass wir alle, Seite an Seite für unsere Rechte
und Freiheiten kämpfen.
Ich wünsche, dass wir eine Einheit bilden und der Tyrannei der
Erwachsenen ein Ende setzen.
Denn nur gemeinsam sind wir stark.
Nur gemeinsam können wir sie in die Knie zwingen.
Nur gemeinsam können wir sie besiegen.
Nur gemeinsam können wir unsere Rechte und Freiheiten, die
uns zustehen, holen.
Und so meine Brüder, stehe ich vor euch und frage euch, was
ihr möchtet?
Seid ihr bereit, mit mir und meinen drei Freunden hier, Seite
an Seite zu kämpfen?
Seid ihr bereit euch das zu holen, was euch ohnehin schon
zusteht?
Oder wollt ihr mit eurem jämmerlichen und elendigen Leben
als Sklaven weitermachen und euch weiter tyrannisieren und
kontrollieren lassen?<<
Seine gesamte Rede lang waren alle Kinder ganz still und
hörten ihm mit furcht, aber auch erstaunt und fasziniert zu.
Keiner von ihnen traute sich zu antworten.
Viele von ihnen machten den Eindruck, dass sie gar nicht erst
verstanden hatten, wovon er da minutenlang gesprochen hatte.
Und dann meldete sich ein kleiner Junge zu Wort und wollte
eines wissen. Er hielt dabei eine Spielkarte über sein Kopf
gestreckt:
>>Werde ich dann endlich zu einem großen Duellmeister
werden?<<
Maximilian wusste nicht, wovon der kleine Junge gesprochen
hatte und warf fragende Blick zu Fantasio zu, der mit einem

leichten Kopfnicken das Zeichen gegeben hatte, dem Jungen zuzustimmen. Kopfschüttelnd wandte Maximilian seine Blicke wieder dem Jungen zu, der gespannt eine Antwort auf seine Frage erwartete.

Mit wenig Begeisterung antwortete er:

>>*Ja, ja du wirst dann am Ende zu einem großen Duellmeister werden.*<<

Der kleine nahm seine Hand, in der er die Spielkarte festhielt, wieder herunter, dachte ein wenig nach und jubelte plötzlich, ganz wie von Sinnen, los und rief:

>>*Ja, ich werde ein Duellmeister. Genau wie Yugi Muto. Hoch lebe Black Max!*<<

Und dann jubelte plötzlich die gesamte Menge los und alle stimmten Maximilian zu. Das war genau die Reaktion gewesen, die er sich erhofft hatte.

Das war die Zustimmung, dass sie alle dabei sein wollten. Maximilian warf stolze Blicke zu seinen Freunden, die jeweils links und rechts neben ihm gestanden hatten und sie nickten ihm verständnisvoll zu.

Maximilian war sowohl sehr froh darüber, dass sie alle dabei sein wollten, doch zugleich dachte er sich insgeheim, wie schnell sie alle zugesagt hatten und das ohne eine einzige Frage das Thema betreffend zu stellen. Keiner von ihnen machte sich wohl Gedanken über die Konsequenzen, die mit Sicherheit daraus entstehen würden. Sie gehorchten einfach wie die Schafe dem Hirten, der ihnen sagte, wo sie entlang gehen sollen. Das war zwar beängstigend, aber auch sehr zum Vorteil von Maximilian.

Als nächster Schritt war die Umsetzung des Plans dran gewesen. Maximilian wollte ihnen allen seine Strategie erklären, die er sich für „FREEDOM" überlegt hatte.

Also mischte er sich in die Gruppe hinein und klärte jeden von

188

ihnen über die einzelnen Schritte auf und teilte jedem eine wichtige Aufgabe zu.

Denn schon am nächsten Tag wollte er damit los starten und es durfte absolut nichts daneben gehen.

Der schwer angeschlagene Inspektor, hatte es sich bereits lange genug zu Haue gemütlich gemacht, dachte er sich. Daher hatte er beschlossen sich sofort wieder an die Arbeit zu machen. Denn eine längere Auszeit konnte er sich nicht leisten, da sowohl der Mörder von den Thurner's als auch die drei jungen Burschen, die den etwas älteren Supermarktangestellten auf dem Gewissen hatten, immer noch frei herumliefen. Und solange sie das taten, solange konnte Kurt Kralle keine Auszeit nehmen. Er musste weitermachen und er musste sie alle fassen. Und das so schnell wie möglich.

Er holte sich sein kleines Notizbuch heraus und schlug die Seite auf, in der er die Namen der jeweiligen Freunde von Maximilian notiert hatte.

Er ging sie Zeile für Zeile langsam mit seinem Finger durch und überlegte sich bei wem er zuerst mit der Befragung beginnen sollte.

Dann kam er darauf, dass er es sich auf dieser Weise viel zu kompliziert machen würde und beschloss die Namen von oben nach unten abzuarbeiten. Also begann er mit seiner ersten Befragung bei dem Schüler namens Simon Hochgatterer.

Schon als er sich hingelegt hatte um sich ein wenig auszu-ruhen, hatte er nebenbei die Adressen von den fünf Schülern ausfindig gemacht, deren Namen er vom Klassenvorstand der Kinder, Florian Korn, bekommen hatte.

Sich quälend zog er langsam seine Lederjacke an und machte sich auf den Weg zu der ersten Adresse.

Ohne Musik in seinem Dodge Challenger würde er sich noch

kränklicher vorkommen, daher beschloss er sich bei guter Laune zu halten und schaltete auf seiner Playlist, die er als Justice Mix Vol. 1 betitelt hatte, „Take The World" von The Phantoms ein, trat auf's Gas und verzog dabei vor Schmerzen sein Gesicht.

Simon saß neben seinem Vater während seine Mutter mit drei Tassen Kaffee das Wohnzimmer betreten hatte und eine davon ihrem Gast, der direkt gegenüber gesessen hatte, übergeben hatte.
Simon wollte nichts trinken während seiner Befragung, die der Inspektor Kurt Kralle mit ihm vornehmen wollte.
Trotz des üblen Aussehens des Inspektors, die er durch einen Angriff davon getragen hatte, war er nicht angespannt oder nervös gewesen, sondern wirkte sehr ruhig und machte einen positiven Eindruck.
Er hatte ein leichtes Lächeln aufgesetzt, nicht etwa weil er das entstellte Gesicht des Inspektors lustig gefunden hatte dessen untere Hälfte komplett bandagiert gewesen war, sondern, weil er freundlich ihm gegenüber wirken wollte und wartete somit geduldig darauf bis der Inspektor endlich mit seiner Befragung anfing.
Simon war eben ein netter und feiner junger Mann, der gut er-zogen worden war.
Kurt Kralle hob vorsichtig und langsam die Tasse hoch und machte einen kleinen Schluck von seinem Kaffee. Danach stellte er sie wieder am Tisch vor ihm ab, zückte sein kleines Notizbuch heraus und stellte seine erste Frage:
>>*Du gehst mit Maximilian in die selbe Klasse? Ist das richtig?*<<
Ohne zu zögern und zu überlegen gab ihm Simon eine klare Antwort:

>>*Ja, das ist richtig.*<<
Kurt Kralle nickte ein paar mal langsam mit seinem Kopf und
stellte dann seine nächste Frage:
>>*Ich habe hier...*>>
er hielt sein kleines Notizbuch vor zeigte mit dem Finger auf
die Namen als er sie nacheinander aufgezählt hatte:
>>*...noch weitere Namen stehen. Siehst du? Gleich hier!
Lorenz Schmied, Tibor Dunai, Ömer Celik und Sandra
Schmerold. Geht ihr alle in die selbe Klasse?*<<
Auch hier musste Simon nicht lange überlegen und antwortete
sofort auf die zweite Frage:
>>*Nein, nicht so ganz. Also Tibor und Sandra sind noch in der
selben Klasse wie ich und Lorenz und Ömer sind in der Neben-
klasse.*<<
Auch hier nickte der Inspektor verständnisvoll und machte
einen weiteren Schluck von seinem Kaffee und setzte seine
Befragung fort:
>>*Aber ihr alle kennt Maximilian?*<<
Hier musste Simon seine beiden Mundwinkel leicht nach unten
ziehen, weil ihm die Frage seltsam vorgekommen war, antwortete aber dennoch schnell darauf:
>>*Ja, wir kennen alle Maximilian. Ich meine, wir gehen ja
auch in die selbe Klasse, also Sandra, Tibor, er und ich. Und
unsere zwei anderen Freunde Lorenz und Ömer kennen ihn
auch, da wir alle schon seit wir noch kleine Kinder waren, zusammen gespielt hatten und so.*<<
Kurt Kralle machte sich einige Notizen in seinem Notizbuch.
Simon versuchte neugierig einen Blick davon zu erhaschen,
zog jedoch seinen Kopf ganz schnell wieder zurück als der
Inspektor fertig geschrieben hatte. Und sofort stellte er seine
nächste Frage:
>>*Wie habt ihr alle reagiert, als ihr von dem Tod eures*

191

Freundes erfahren hattet?<<

An dieser Stelle musste Simon einmal tief einatmen und das Bedauern war ihm dabei ins Gesicht gemeißelt gewesen.

Er atmete wieder aus und antwortete mit einer traurigen Stimme:

>>Na ja, also. Als unser Klassenvorstand, Herr Korn, es uns heute mitgeteilt hatte, waren wir alle geschockt gewesen. Wir haben uns alle nur in der Klasse gegenseitig fragende und geschockte Blicke zugeworfen. Vor allem Tibor, Sandra und ich. Es hat uns am Meisten getroffen. Das ist wirklich sehr schrecklich. Wir wussten nicht, was wir jetzt tun sollen. Sandra brach sofort in Tränen aus und verließ die Klasse auf der Stelle. Herr Korn hatte Verständnis dafür und ließ sie gehen.<<

Seine Eltern fühlten mit und sein Vater legte ihm tröstend die Hand auf seine Schulter.

Auch hier machte sich der Inspektor einige kleine Notizen und fuhr anschließend mit seiner Befragung fort:

>>Wieso hat es Sandra so sehr mitgenommen?<<

Ohne lange zu überlegen antwortete Simon:

>>Ja, also. Sandra und Maximilian waren noch bis vor Kurzem noch ein Paar gewesen und sie kannte seine Eltern daher sehr gut. Deswegen dürfte sie das umso härter getroffen haben.<<

Kurt Kralle machte einen weiteren Schluck von seinem Kaffee, notierte sich wieder einiges und stellte seine nächste Frage:

>>So, so! Sie waren also mal zusammen. Verstehe. Denkst du sie könnte wissen, wo Maximilian sein könnte?<<

Simon sah seine Eltern an, überlegte ein wenig und antwortete schließlich auf die Frage des Inspektors:

>>Um ehrlich zu sein. Ich weiß es nicht...Also, gleich nachdem wir Schulschluss hatten, hatten wir versucht Maximilian

telefonisch zu erreichen, doch sein Handy war abgedreht gewesen. Keiner von uns, auch Sandra nicht, konnten ihn erreichen.<<

Kurt Kralle starrte Simon an als würde er ihm mit seinen Blicken zu verstehen geben, dass er ihm alles erzählen soll, was er weiß. Daher fühlte sich Simon dazu gezwungen und erzählte weiter:

>>Also, vor Kurzem erst waren wir bei ihm zu Hause und wollten mit ihm über eine Sache sprechen, aber er ließ uns nicht hinein und wollte, dass wir wieder gehen und ihn in Ruhe lassen.<<

Kurt Kralle wurde neugierig:

>>Wann genau, wart ihr bei ihm?<<

Simon antwortete sofort:

>>Ähm, vor zwei Tagen.<<

Kurt Kralle notierte sich die Aussage von Simon und fragte weiter:

>>Wer war denn alles dabei?<<

>>Ja, also, Tibor, Lorenz, Ömer und ich. Also wir alle bis auf Sandra. Sie war nicht dabei gewesen.<<

Sagte ihm Simon. Kurt Kralle machte einen weiteren Schluck von seinem Kaffee und machte mit der Befragung weiter:

>>Und, was wolltet ihr so dringend mit ihm sprechen? Und wieso wollte er nicht mit euch darüber reden?<<

An dieser Stelle musste Simon kräftig schlucken und die ersten Schweißtropfen machten sich auf seiner Stirn erkennbar. Er warf seinen Eltern erneut kurze Blicke zu, atmete einmal tief und fest und gab dem Inspektor schließlich eine Antwort:

>>Also, es war so...Nun ja, wie soll ich das bloß nur sagen?...Vor einigen Tagen hatte Maximilian eine Idee, die er gemeinsam mit uns durchziehen wollte. Doch wir waren alle dagegen, woraufhin er mit uns zu Streiten angefangen und

beschlossen hatte nicht mehr länger mit uns befreundet zu bleiben.<<

Kurt Kralle und auch Simon's Eltern hörten ihm aufmerksam zu, während er weiter erzählte:

>>Wissen Sie, Maximilian war schon immer der härteste von uns allen gewesen. Er ließ sich von niemandem, ganz besonders von Erwachsenen, nichts sagen. Er wollte schon immer seinen eigenen Willen durchsetzen. Und in letzter Zeit wurde dieser Drang bei ihm viel schlimmer. Er geriet immer mehr außer Kontrolle. Er begann mit Herrn Korn immer zu streiten an und beschimpfte ihn auch noch. Manchmal, wenn wir ihn zu Hause besucht hatten, bekamen wir auch mit wie er sogar seine Eltern beschimpfte und mit ihnen nicht klar gekommen war. Er hatte genug von ihnen ständig herumkommandiert zu werden. Er sah sich selbst nicht mehr als Kind, sondern als ein Erwachsener und genau so wollte er auch von allen behandelt werden. Er wollte ernst genommen werden. Und damit das auch wirklich funktionieren sollte, hatte er sich einen Plan ausgedacht.<<

>>Was für einen Plan?<<

wollte Kurt Kralle wissen, während er einen weiteren Schluck von seinem Kaffee machte.

Simon klärte ihn auf:

>>Er wollte einen Krieg gegen die Erwachsenen führen. Er war wahnsinnig geworden.<<

Seine Eltern machten dabei ganz große Augen und waren schockiert darüber gewesen, was ihr Sohn über einen seiner Freunde behauptet hatte. Kurt Kralle blieb eher gelassen und wollte mehr wissen. Also erzähle Simon auch mehr:

>>Er wollte sämtliche Kinder, uns eingeschlossen, versammeln und dazu auffordern uns gegen die Erwachsenen zu stellen und sie in die Knie zwingen um nur die selben Rechte erhalten

194

zu können, die für Erwachsene gelten. Er wollte die Kinder
damit von der Herrschaft der Erwachsenen befreien und damit
in die Geschichte eingehen.<<
Seine Eltern schüttelten entsetzt ihre Köpfe und ihnen wurde
dabei klar, wie wenig sie Maximilian gekannt hatten. Sie waren
froh darüber gewesen, dass ihr Sohn Simon sich von ihm nicht
zu dieser schrecklichen Tat überreden hat lassen.
>>Dein Lehrer, Herr Korn, erzählte mir ähnliches darüber.>>
sagte Kurt Kralle.
Simon erzählte weiter:
>>Ja, und an jenem Tag eben, wollten wir ihn zu Hause be-
suchen um ihm diese Sache ein weiteres Mal auszureden, doch
er blitzte uns einfach ab und wollte nicht darüber reden. Und
dann gingen wir einfach wieder.<<
Kurt Kralle machte sich weitere Notizen und wollte folgendes
wissen:
>>Waren seine Eltern an diesem Tag anwesend?<<
Simon überlegte ein wenig und antwortete anschließend
während er sein Kopf schüttelte:
>>Nein, ich denke nicht. Also wir haben sie weder gesehen
noch gehört. Auch seinen jüngeren Bruder Raphael konnten
wir nicht sehen. Er schien alleine zu sein.<<
Kurt Kralle nickte mit dem Kopf und sagte:
>>Verstehe.<<
>>Denken Sie, er hat seine Eltern ermordet?<<
stellte Simon die Frage, die seine Eltern zutiefst schockiert
hatte. Kurt Kralle blieb auch hier ganz gelassen und antwortete:
>>Nun ja, mein Junge. Nach all dem, was ich bisher gehört
habe, kann ich das nicht gänzlich ausschließen. Es ist gut
möglich, dass er seine Eltern umgebracht hat und danach mit
seinem jüngeren Bruder untergetaucht ist. Doch noch kann ich
mit Sicherheit nichts sagen. Ich muss da noch weiter daran

forschen.<<
Simon starrte auf den Boden und nickte langsam.
>>Und wie wollen Sie nun voran gehen?<<
wollte Simon's Vater vom Inspektor wissen, der ihm sofort
antwortete:
*>>Ich würde sagen, dass ich als nächstes doch seine
ehemalige Freundin Sandra Schmerold besuchen werde.
Vielleicht kann sie etwas Licht ins Dunkel bringen.<<*
Simon's Vater nickte nachdenklich und sagte:
*>>Ich hoffe nur, Sie können die Sache so schnelle wie möglich
aufdecken.<<*
>>Ich gebe mein Bestes Herr Hochgatterer.<<
gab ihm Kurt Kralle mit einem Lächeln zu verstehen bei dem
er vor Schmerzen sein Gesicht gleich wieder verzogen und an
sein Unterkiefer fassen musste.
>>Aua, ich hatte vergessen, dass ich nicht Lachen darf.<<
gab er ihnen zu verstehen während er sein Unterkiefer leicht
mit der Hand gerieben hatte.
>>Darf ich fragen, was vorgefallen ist?<<
wollte Frau Hochgatterer neugierig wissen.
*>>So ein Halbstarker, den ich wegen Mordes verdächtige, hat
mich überraschenderweise erwischt als ich ihn zu dem
Verbrechen, in der er möglicherweise verwickelt ist, befragte.
Ein sehr frecher Bengel.<<*
sagte Kurt Kralle und stillte damit die Neugierde von Simon's
Mutter, die daraufhin folgendes sagte voller Begeisterung:
*>>Also ich habe sehr großen Respekt vor Polizisten wie Ihnen,
die tagtäglich ihr Leben riskieren. Gott möge Sie und Ihre
Kollegen beschützen!<<*
Ihre Bewunderung und das regelrechte Schwärmen war ihrem
Ehemann nicht entgangen, der ihr in diesem Moment Blicke
zugeworfen hatte, die seine Eifersucht zum Ausdruck gebracht

hatten, doch sie ignorierte ihn einfach und lächelte weiterhin dem Inspektor zu.

>>Vielen Dank Frau Hochgatterer!<<

bedankte sich der Inspektor und wollte zum Schluss noch eine Frage an Simon stellen:

>>Wenn wir schon davon reden. Simon, der Junge, der dafür gesorgt hatte, dass ich so aussehe, ging zur selben Schule wie du. Kennst du ihn vielleicht?<<

Die Eltern von Simon waren ein weiteres Mal geschockt gewesen. Simon wurde nervös und fragte:

>>Keine Ahnung! Wie hatte er denn ausgesehen?<<

Kurt Kralle begann ihn zu beschreiben:

>>Also, der wirkte für sein Alter recht groß und war nur einen Kopf kleiner als ich. Er war trainiert und hatte einen muskulösen Körper. Er sagte, dass er aus den USA stammen würde. Hat einen verdammt fiesen Haken drauf der Bursche.<<

Simon wusste ganz genau wer den Inspektor so über zugerichtet hatte und antwortete ihm wie folgt:

>>Ja, ich kenne ihn. Er geht in die selbe Schule wie ich und ist eine Klasse höher. Er wird von allen Stonefist genannt.<<

An dieser Stelle wurde dem Inspektor klar, wieso er so genannt wurde. Simon erzählte weiter:

>>Er hat noch zwei weitere Freunde, die genauso Schläger-typen sind wie er. Sie nennen sich Fantasio und Gun. Denen sollte man wirklich aus dem Weg gehen. Tut mir Leid, dass Stonefist Sie erwischt hat!<<

>>Ach, halb so wild. Ich hatte schon schlimmere Erfahrungen gemacht, aber danke dir!<<

sagte Kurt Kralle und jetzt hatte er absolut keine Zweifel daran, dass die drei Schlägertypen auf dem Video, genau die waren, die mit Simon zur selben Schule gingen und von denen einer ihm einen Schlag ins Gesicht und der andere, von dem er bis zu diesem Zeitpunkt nicht wusste, wer er gewesen war, ihm in die Rippen getreten hatte.

Zum Abschluss bedankte er sich bei Simon für seinen Mut und auch seinen Eltern sprach er einen Dank für ihre Gastfreundschaft aus, bevor er sich verabschiedet hatte und direkt zu seinem nächsten Ziel gefahren war.

Unterwegs dachte er über die drei Rüpel nach, die sich laut Simon Fantasio, Stonefist und Gun nannten. Jetzt wo er wusste, wer sie waren, würde er sie schnell ausfindig machen und sie endlich für den brutalen Mord an dem Supermarktangestellten verhaften. Doch zuerst wollte er sich um den Fall von Maximilian und seinen Eltern kümmern und konzentrierte sich vorerst nur darauf.

So fuhr er mit dem Musiktitel „Mark" von Shahmen im Hintergrund los und wusste, dass er sich seinem Ziel, beide Fälle in Kürze zu knacken, immer mehr näherte.

Es war bereits schon spätabends gewesen als Inspektor Kurt Kralle bei Sandra angekommen war um sie über Maximilian zu befragen. Er hoffte, dass auch sie ihm ein paar Hinweise mehr geben könnte, sodass er sowohl Maximilian als auch seinen jüngeren Bruder Raphael so schnell wie möglich finden konnte. Wobei er jedoch, nach all dem was er gehört hatte, nicht ausschließen konnte, dass vielleicht Maximilian doch der Mörder seiner Eltern sein könnte. Andererseits hätte man zwei Kinder, die Ziellos um die Straßen ziehen, bereits längst finden müssen. Er war sich noch nicht so ganz sicher, welche Theorie er mehr in Erwägung ziehen sollte und wusste, dass irgendetwas an dieser Geschichte faul gewesen war und er konnte den Gestank dieser Fäulnis schon ziemlich gut riechen. Umso mehr hoffte er, dass Sandra Schmerold für etwas frischen Wind sorgen konnte und fing mit seiner ersten Frage an, während er auch hier eine Tasse Kaffee und dazu noch ein Stück Marmor-Gugelhupf dazu bekommen hatte:

>>Wie lange warst du mit Maximilian zusammen?<<

Sandra überlegte ein wenig und schaute dabei in die Luft:

>>Etwas mehr als einen Jahr.<<

Sie hatte ein trauriges Gesicht aufgesetzt und auch in ihrer Stimme war diese Traurigkeit zu hören. Auch Sandra's Eltern ließen sie dabei keine Sekunde alleine und standen ihr zur Seite. Ihre Mutter hielt die gesamte Zeit über ihre Hand fest und tröstete sie. Kurt Kralle hatte sofort erkannt, dass der plötzliche Tod von den Eltern ihres Ex-Freundes, sie sehr schwer getroffen hatte.doch er musste an seine Arbeit denken und machte daher mit seiner Befragung einfach weiter:

>>Wieso habt ihr euch getrennt?<<

wollte er wissen während er ein kleines Stück von dem Marmor-Gugelhupf in seinen Mund hineinstopfte und anschließend seine Finger geleckt hatte.

Sandra's Mutter hatte ihm zwar auch eine Gabel dazu gegeben, doch er bevorzugte es den Kuchen mit der Hand zu essen.

Erneut mit einer traurig klingenden Stimme gab ihm Sandra eine Antwort auf seine Frage:

>>In letzter Zeit war er wie ausgetauscht gewesen. Er war nicht mehr er selbst. Immerzu hatte er irgendwelche Streitereien angefangen und wurde immer unerträglicher. Er begann alle anderen noch mehr zu beleidigen als er es früher schon getan hatte. Und da war noch...diese eine Sache...die wo er ununterbrochen davon geredet hatte.<<

Sandra hielt inne.

Kurt Kralle wollte nicht länger warten, obwohl er schon sehr gut ahnen konnte, was sie als nächstes sagen würde:

>>Welche Sache? Wovon hatte er ununterbrochen geredet Sandra?<<

Sandra hatte ihre Blicke zu ihm gewandt:

>>*Dass er ein Krieg gegen die Erwachsenen führen möchte...Er wollte gegen sie und ihre Gesetze und Regeln rebellieren. Er war richtig besessen davon geworden. Und das machte mir Angst. Ich konnte nicht länger mit ihm zusammen sein. Ich meine, wir sind doch noch Kinder und da fängt er so plötzlich, aus heiterem Himmel an so etwas zur Sprache zu bringen. Ich hatte zwar versucht es ihm auszureden und wollte, dass er wieder der alte wird, aber er wollte nicht zurück. Er hatte es bereits fest beschlossen und wollte diese Sache unbedingt durchziehen. Er war so voller Hass und Wut.<<*

Die ersten tränen machten sich in ihren Augen bereits bemerkbar als sie sich flehend dem Inspektor zuwandte:

>>*Ich bitte Sie Inspektor Kralle! Finden Sie ihn! Finden Sie ihn so schnell wie möglich und bringen Sie ihn wieder zur Vernunft. Eigentlich ist er gar nicht so ein übler Junge. Er macht nur eine schwierige Phase mit sich selbst durch. Bitte finden Sie ihn und sorgen Sie dafür, dass er wieder ganz der alte wird und zu seinen Freunden zurückkehrt!<<*

Die erste Träne kullerte ihr bereits über die Wange.

Kurt Kralle saß nachdenklich vor ihr und nickte ihr verständnisvoll zu bevor er folgendes zu ihr sagte:

>>*Ich kann dir versprechen, dass ich alles erdenkliche, was in meiner Macht steht, tun werde um deinen Freund Maximilian und auch seinen jüngeren Bruder so schnell wie möglich zu finden, aber dazu benötige ich auch deine Hilfe Sandra.<<*

Sandra's Gesicht zeigte von der einen Sekunde zur nächsten anstatt Trauer eine große Verblüffung, da sie sich in diesem Moment dachte, wie sie dem Inspektor bloß helfen könnte. Doch schon sehr schnell verwandelte sich diesmal ihre Verblüffung in Enttäuschung als ihr klar wurde, dass sie ihm doch nicht damit weiterhelfen konnte, nachdem sie sich seine

Frage angehört hatte, ob sie vielleicht wüsste, wo Maximilian sich aufhalten könnte. Sandra wusste es nicht. Obwohl sie für schon so lange zusammen gewesen waren, hatte Maximilian ihr nie von einem Ort erzählt, den er als einen geheimen Ort bezeichnet hatte oder sonst irgendetwas in dieser Richtung. So viel sie wusste, hatte er gar keinen Rückzugsort. Und genau das hatte sie den Inspektor, der voller Hoffnung auf einen weiteren Hinweis gewartet, jedoch gleich wieder im Dunkeln tappte, wissen lassen.

Er war voller Zuversicht gewesen, dass wenn Maximilian tatsächlich der Mörder seiner Eltern sein sollte, dass er sich womöglich dort zurückgezogen und versteckt hatte, verschwieg es jedoch Sandra zu sagen, dass er ihren Ex-Freund als Mörder seiner Eltern verdächtigte um sie nicht noch mehr damit zu belasten und sie umso trauriger zu machen.

Sandra war auch, zu seinem Glück, gar nicht auf die Idee gekommen nachzufragen, wieso er den Rückzugsort von Maximilian wissen wollte, wo er doch davon ausgegangen gewesen war, dass er und sein Bruder Raphael eventuell von dem Mörder entführt gewesen sein konnten.

In diesem Fall konnten sie sich überall aufhalten. Sogar außer Landes.

Doch Sandra's Gedanken waren viel zu zerstäubt gewesen um klar nachdenken zu können.

Das war alles einfach viel zu viel für sie gewesen. Zuerst die Trennung von Maximilian, dann der Tod seiner Eltern und jetzt auch noch das spurlose Verschwinden von ihm und seinem Bruder. Das alles war einfach viel zu schrecklich für sie gewesen.

Kurt Kralle wollte Sandra und ihre Familie nicht noch länger damit belasten und verabschiedete sich, nachdem er den Rest seines Kaffee's auf ex ausgetrunken und noch ein Stück vom

Marmor-Gugelhupf in sich hineingewürgt hatte.

Zurück in seinem Auto dachte er ein wenig darüber nach und war nicht besonders froh darüber gewesen, dass er hier nicht weiterkommen konnte, doch er war optimistisch, da er noch weitere Freunde von Maximilian hatte, die er befragen wollte. Und er ging davon aus, dass mindestens einer von ihnen ihm weiterhelfen könnte. Doch da es bereits sehr spät geworden war, hatte er seine Befragungen auf den nächsten Tag verschoben.

Jetzt hieß es für ihn, ab nach Hause und schlemmen bis zum Abwinken.

So spielte er auf seiner Playlist „Go 'Head" von Rocstrong und fuhr mit seinem Dodge Challenger die Straße herunter und hinterließ einen dichten Rauch, den seine Reifen verursachten.

KAPITEL 11

MÖGE DIE REBELLION BEGINNEN

Der große Tag war nun endlich angebrochen. Der Tag an dem die Kinder für ihre Freiheit kämpfen wollten. Der Tag an dem Maximilian als Black Max in die Geschichte eingehen wollte. Der Tag an dem das Projekt „FREEDOM" jeden Erwachsenen auf der Welt zur Einsicht bringen sollte, dass Kinder genauso frei leben dürfen wie Erwachsene.

Maximilian war stolz auf sich gewesen, weil er es bereits schon so weit gebracht hatte. Er hatte sich ganz alleine eine Idee ausgedacht an die er bis zum Schluss geglaubt hatte und sich anschließend sogar eine eigene Armee aufgebaut.

Das sollte ihm erst einmal einer nachmachen.

Nur zu gern würde er all die Gesichter seiner ehemaligen Freunde sehen, die weder an ihn noch an seine Idee geglaubt hatten.

Er war sich ganz sicher gewesen, dass jeder einzelne von ihnen vor lauter Scham am Boden versinken würde.

So stand Maximilian also voller Stolz und mit dem Herzen eines Löwen vollkommen in Schwarz gekleidet und seinem frisch polierten Baseballschläger in seiner Hand vor seiner ehemaligen Schule und warf einen letzten hasserfüllten Blick darauf.

Er hatte bereits alle seine Mitstreiter darüber aufgeklärt was sie zu tun hatten. Sie kannten alle den genauen Ablauf des Plans und wussten wofür sie kämpfen sollten.

Und mit dieser Einstellung hatten sie auch ihre jeweiligen Positionen einbezogen und warteten darauf bis Black Max ihnen den Befehl gab, sodass sie mit der Rebellion los starten konnten.

Einige dieser Kinder befanden sich in ihren Klassen in der Schule. Der Rest befand sich sowohl am Stephansplatz als auch in dessen naheliegender Umgebung. Denn am Ende, so war der Ablauf des Plans, sollten sie sich alle am Stephansplatz direkt vor dem Stephansdom treffen und ihren Kampf dort zu Ende austragen.

Doch bevor der Kampf beendet werden konnte, musste er erst einmal beginnen.

Und dafür sollte sich kein anderer als Maximilian Thurner, der sich den Spitznamen Black Mask verpasst hatte, persönlich darum kümmern.

Er legte den Baseballschläger auf seine Schulter und marschierte schon fast wie ein richtiger Anführer gelassen und zielstrebig in das Schulgebäude hinein.

Er strotzte dabei vor Selbstvertrauen und war sich seiner Sache vollkommen sicher gewesen.

Er ging langsam die Stufen des Schulgebäudes hinauf bis in das zweite Stockwerk.

Denn dort befand sich der Raum des eigenen Radiosenders der Schule in der die Schüler zu jeder großen Pause ihre selbsterstellten Radiobeiträge vortragen durften.

Als Black Max die Tür zu dem Raum öffnete, befanden sich bereits zwei Schülerinnen und ein Schüler aus der zweiten Klasse drinnen, die sich auf ihre nächste Sendung des Schülerradios vorbereiteten.

Zuerst hatten sie nicht mitbekommen, dass ein ungebetener Gast den Raum betreten hatte, doch je näher Black Max gekommen war umso schneller wurde er von den drei völlig geschockten Kindern wahr genommen.

Sie hatten weder geschrien noch irgendwelche hastigen Bewegungen gemacht. Sie standen einfach ganz still da und sahen erstaunt den Jungen an, der sich ihnen gegenüber als Black

Max vorgestellt hatte.

Noch bevor einer von ihnen etwas sagen konnte, forderte er sie dazu auf seinen Anweisungen Folge zu leisten, da er sie sonst mit seinem Baseballschläger, den er Little Max nannte, zu Tode prügeln würde.

Der Junge und die zwei Mädchen waren völlig schockiert gewesen und wussten nicht, was sie tun sollten. Alles was sie in diesem Moment verspüren konnten war pure Angst.

Ihnen blieb nichts anderes übrig als ihm zu gehorchen und genau das zu tun was er von ihnen verlangte.

So mussten sie ganze acht Minuten weiter zittern. Denn die große Pause, die ganze zehn Minuten dauerte, sollte in acht Minuten beginnen.

Doch die acht Minuten kamen den drei geschockten Kindern wie acht Stunden vor.

Damit sie nicht vor Angst umfallen sollten, erlaubte ihnen Black Max, dass sie sich hinsetzen dürfen während er es bevorzugt hatte zu stehen und sie mit eiskalten Blicken anstarrte.

Inspektor Kurt Kralle war an diesem Morgen etwas später als sonst aufgestanden, da er aufgrund seines gesundheitlichen Zustandes und den damit verbundenen Schmerzen durch die Prügelattacke, die er vor Kurzem über sich ergehen lassen musste, nicht in der Lage gewesen war, den Tag wie gewohnt beginnen zu können.

Somit verzichtete er auf den Morgensport und bereitete sich ein wenig Frühstück vor, nachdem er eine kalte Dusche genommen hatte.

In zwei Tagen hätte er seinen nächsten Kontrolltermin im Krankenhaus haben sollen. Der Arzt wollte nachsehen, wie seine Wunden sowohl am Unterkiefer als auch seitlich an den

Rippen, verheilt worden sind. Wenn es nach Kurt Kralle ginge, waren sie bisher noch kein Bisschen verheilt gewesen. Er war sich sicher gewesen, dass er sich auf jeden Fall, nachdem er die Morde an den Thurner's und den Mord an dem Supermarkt-angestellten aufgeklärt hatte, einen schönen und langen Urlaub genehmigen werden würde.

Doch vom Urlaub war er noch weit entfernt gewesen. So saß er ganz alleine in seiner Küche und kaute langsam und vorsichtig an seinem gegrillten Käsetoast und kniff bei jedem Bissen seine beiden Augen zusammen, da sein Unterkiefer dabei jedes Mal schmerzte und auch noch unerträgliche Knackgeräusche verursachte, die bei ihm leichte Zuckungen verursachten.

Das Essen hatte ihm noch niemals zuvor derartige Schmerzen bereitet. -*Verflucht sei's du verdammter Ami Junge!*- sagte er sich bei jedem Bissen immer wieder in seinen Gedanken und schickte ihm sonstige Flüche zu.

Nichts ahnend befanden sich sämtliche Schülerinnen und Schüler sowie alle Lehrerinnen und Lehrer in ihren Klassen-räumen beziehungsweise im Lehrerzimmer und folgten wie gewohnt ihrem täglichen Ablauf.

Auch der Schulwart ging seinen Diensten nach und war dabei die Schulflure mit seinem Wischmop zu reinigen. Er fuhr den Wischmop schon fast rhythmisch von rechts nach links und dann wieder von links nach rechts langsam hin und her und wirkte dabei als würde er mit ihm tanzen.

Sie alle hatten keine Ahnung davon welch eine schreckliche Wendung der Tag zwei Minuten später nehmen würde.

Denn so viel Zeit waren bis zu der großen Pause noch ge-blieben.

Die letzten zwei Minuten, die von vielen von ihnen das Leben drastisch ändern sollte. Die zwei Minuten, die Maximilian davon trennten, mit seiner Rebellion zu beginnen und die Stadt Wien in den Chaos zu stürzen. Die letzten zwei Minuten bis es hieß „FREEDOM".

Black Max hatte seine Augen immer noch nicht von den zwei immer noch erschrockenen Schülerinnen und dem ebenso erschrockenen Schüler abgewendet.
Immer noch warteten sie, am ganzen Körper zitternd, auf den nächstes Schritt von Black Max, dessen Baseballschläger mit dem Namen Little Max auf seiner Schulter ruhte.
Er sah auf die Wanduhr und verfolgte die Sekunden genau. Denn er wollte punktgenau mit seiner Aktion starten. Als die Uhr an der Wand gezeigt hatte, dass nur noch sechzig Sekunden bis zur Glocke verblieben waren, die zu der großen Pause einläuten sollte, hatte sich Black Max mit langsamen Schritten, bei denen er sehr selbstbewusst und locker gewirkt hatte, zum Radiopult begeben.
Er forderte die drei Schüler auf sich direkt vor ihm zu platzieren, sodass er sie auch alle schön im Blickfeld haben konnte. Er wollte ja nicht, dass einer von ihnen sich aus dem Raum hinausschleicht oder ihn von hinten attackiert.
Da er selber schon ein paar mal die Schüler in den großen Pause unterhalten hatte, wusste er bereits ganz gut, wie man mit den Gerätschaften und dem Radiopult umgehen muss.
Er stellte Little Max zwischen seinen Beinen ab, setzte sich die dicken Kopfhörer auf, richtete sich das Mikrofon zurecht und hielt sich bis zur letzten Sekunde bereit. Noch bevor die Pausenglocke läuten sollte, wollte er er seine Ansprache halten und anschließend zu der großen Rebellion aufrufen.
Er blickte ein letztes Mal auf die Wanduhr und konnte sehen, dass nur noch zehn Sekunden verblieben waren.
Er hielt sein Zeigerfinger über dem Knopf für den Lautsprecher

und wartete noch wenige Sekunden bis er drauf drückte. Und als noch genau fünf Sekunden bis zu der großen Pause waren, drückte er endlich auf den Knopf und nach einem kurzen Rauschen, die aus den Lautsprechern, die sich in den einzelnen Klassenräumen, aber auch auf den Schulfluren befunden hatten, ertönte seine kalte und selbstbewusste Stimme, die folgendes befohlen hatte:

>>*Angriff!*<<

Und kurz danach läutete auch schon die Pausenglocke und mit ihr gemeinsam konnten Black Max und auch die drei Schüler, hören welch ein Krawall und Chaos sich im gesamten Schulgebäude getan hatte. Während das Gesicht von Black Max mit einem leichten und schiefen Lächeln verziert worden war, wurden die Gesichter der drei Schüler umso bleicher.

Denn sofort nach seinem Aufruf hatten die Kinder, die zu Black Max gehörten, angefangen im gesamten Schulgebäude, wie geplant, zu randalieren.

Sie griffen die Lehrer an. Sie warfen sämtliche Tische, Stühle und auch die Mistkübel um. Sie schmissen mit ihren Büchern und Heften herum. Sie zerbrachen Fensterscheiben.

Während im gesamten Schulgebäude das reinste Chaos herrschte, mischte auch Black Max sich darunter und wirkte dabei immer noch ruhig und wahrte die Kontrolle über sich selbst. Er genoss den Anblick, der sich vor seinen Augen abspielte. All die Lehrer, die mit zerfetzter Bekleidung, aber auch teilweise mit schweren Verletzungen ruckartig aus den Klassenzimmer hinaus flüchteten und auf der Straße um Hilfe schrien.

All die eingeschlagenen Schulfenster, deren Scherben auf dem Boden eine Art Mosaik bildeten.

All das Blut, das die Schulflure, die noch eben frisch aufgewischt worden waren, bedeckten.

Waschbecken waren aus den Wänden herausgerissen gewesen.
Wände waren vollkommen beschmiert. Auf manchen konnte
man Black Max oder auch FREEDOM lesen. Sämtliche
Wasserhähne waren bis zum Anschlag aufgedreht gewesen,
sodass die Schule überschwemmt gewesen war.
All das ließ das dunkle Herz von Maximilian aufleuchten.
Denn sein Plan schien zu funktionieren.
Auch er hatte eine persönliche Rechnung mit seinem Klassen-
vorstand offen. So ging er in Richtung seiner Klasse, Little
Max auf seiner Schulter ruhend, und betrat sie wie ein Henker,
der gekommen war um sich sein nächstes Opfer zu holen.
Und genau so war es auch gewesen.
Denn sein Opfer sollte kein geringerer als Herr Korn werden
auf den einige Schüler bereits einprügelten. Alle anderen, die
nichts von dieser schrecklichen Tat gewusst hatten, darunter
auch Simon, Tibor und Sandra, waren mit Angst und
Schrecken davon geflüchtet.
Als Herr Korn Maximilian vor sich stehen sah, so ganz in
Schwarz gehüllt und mit seinem Baseballschläger auf seiner
Schulter, wusste er ganz genau, dass er hinter all dieser Tat
stecken würde.
Er flehte Maximilian an, dass er damit Schluss machen und die
Kinder von ihm lösen sollte, doch Maximilian dachte nicht
daran. Stattdessen kam ihm Maximilian näher, holte einen
großen Schwung mit seinem Baseballschläger und schlug
damit dem Herrn Korn mitten in sein Gesicht, der seinem
ehemaligen Schüler, noch Sekunden vor dem Schlag, total
verängstigt und verkrümmt in die Augen gesehen hatte, bevor
ihm Schwarz vor den Augen geworden und er tot umgefallen
war.
Ohne auch nur mit der Wimper zu zucken blickte Maximilian
auf seinen ehemaligen Lehrer herab und verließ den Klassen-

raum ohne etwas zu sagen.
Denn jetzt war der nächste Schritt an der Reihe gewesen.
Jetzt wollten sie in der Stadt für Chaos und Unruhe sorgen.
Und noch bevor die Polizei an der Schule, die auch teilweise
brannte, angekommen war, waren Black Max und seine An-
hänger bereits über alle Berge gewesen. Sie hatten eine vollkommen verwüstete Schule, sehr geschockte Schüler und
schwer verletzte Lehrer hinter sich gelassen.

Auch Inspektor Kurt Kralle wurde bereits alarmiert und als er
hörte, dass es sich genau um die selbe Schule gehandelt hatte,
die er erst vor Kurzem besucht hatte, konnte er sich bereits
ausmalen, wer hinter dieser schrecklichen Tat stecken könnte.
Für ihn war es klar gewesen. Das musste das Werk von den
drei Rebellen die sich Fantasio, Stonefist und Gun nannten und
auch bestimmt auch den Supermarktangestellten auf offener
Straße getötet hatten.
Sofort hatte er sich aufgerappelt und machte sich mit Vollgas
auf den Weg zu der Schule, die sich womöglich nicht mehr so
schnell von ihren Wunden erholen werden würde, die ihr eiskalt zugefügt worden waren.

Alle, die es noch irgendwie schaffen konnten, lebendig aus
diesem Horror herauszukommen, standen nun draußen und
beobachteten das Schulgebäude, wie es brannte. Einige der
rebellierenden Schüler hatten Brandflaschen, die man auch
unter dem Begriff Molowcocktail kannte, an die Schuldecke
und an die Wände geworfen, die sie in ihren Schultaschen in
die Schule geschmuggelt hatten. So konnte die obere Hälfte der
Schule brennen während die untere Hälfte überschwemmt
worden war.
Viele von den Überlebenden, sowohl Schüler als auch Lehrer,

konnten bei diesem schrecklichen Anblick ihre Tränen nicht zurückhalten. Einige hatten sich umarmt um sich gegenseitigen Trost zu spenden. So auch hatten sich die fünf Freunde, Simon, Tibor, Lorenz, Ömer und Sandra zusammengetan und hielten sich fest an den Händen. Noch wussten sie nicht, dass ihr Klassenvorstand von ihrem ehemaligen Freund brutal niedergeschlagen und umgebracht worden war.

Auch Passanten auf der Straße, aber auch aus den Nachbargebäuden hatten sich bereits vor der Schule versammelt und konnten das grausame Schauspiel, das sich vor ihren Augen abgespielt hatte, mit schockierenden Ausdrücken in ihren Gesichtern beobachten.

Nach einiger Zeit war die Feuerwehr bereits eingetroffen, während die Polizei ihr dicht dahinter gefolgt gewesen war. Auch die Rettung war bereits vor Ort.

Mit vereinten Kräften versuchten sie das Chaos zu beseitigen und dem Schrecken ein Ende zu setzen.

Einige Minuten später waren auch schon sämtliche Presse- und Fernsehteams eingetroffen gewesen und berichteten sofort Live vor Ort über das schreckliche Geschehen.

Vor noch wenigen Minuten waren die Augenzeugen dieses furchtbaren Ereignisses schockiert gewesen und einige Minuten später war es die ganze Stadt, die schockiert und verängstigt die Nachrichten verfolgte. Es liefen auch schon Gerüchte umher, dass es sich dabei möglicherweise um einen Terroranschlag handeln könnte. Andere wiederum dachten, es wäre ein technisches Gebrechen, das für diese grausamen Bilder gesorgt hatte.

Noch wussten nicht alle was genau vorgefallen gewesen war und wieso es überhaupt erst passiert ist, aber sie sollten es schon bald erfahren. Denn Black Max und seine Gefolgsleute an Kindern und Jugendlichen waren bereits in der Inneren

Stadt angetroffen und marschierten mit festen Schritten zum Stephansplatz zu.

Und auch unterwegs konnten sie es nicht sein lassen, den einen oder anderen Erwachsenen niederzuschlagen. Sie schienen unaufhaltbar zu sein und genau das machte Maximilian noch selbstbewusster und noch siegessicherer. Er war sehr glücklich darüber, wie einfach das alles funktioniert hatte.

Er war sich sicher, dass wenn bis jetzt sie niemand aufhalten konnte, dass es auch jetzt keiner schaffen würde sie aufzuhalten. Sie würden einfach jeden niedertrampeln, der sich ihnen in den Weg stellen würde.

Doch Hochmut kommt ja bekanntlich noch vor dem Fall.

Diese Erfahrung sollten sie auch schon sehr bald machen.

Hermann Bichler saß gemeinsam mit Raphael vor dem Fernseher und er war wiedereinmal fleißig dabei gewesen die Sender von oben bis unten durchzuschalten.

Anders wie bei seinem älteren Bruder, störte es Raphael überhaupt nicht, dass der alte Mann sich nicht für einen Sender entscheiden konnte.

Während er so gelangweilt vor sich hin schaltete, blieb er bei einem Nachrichtensender stehen, der viele Einsatzfahrzeuge, eine große Menschenmenge und dahinter ein brennendes Gebäude zeigte.

Sofort sagte er:

>>*Ach du Schande! Was ist denn da los?*<<

Als er im unteren Banner lesen konnte um was es sich dabei handelte, stockte ihm der Atem. Er wusste nun, dass die Schule am brennen gewesen war, die sein Neffe Fabian, aber auch sein neuer Gast Maximilian besuchten.

Er warf einen kurzen und schockierenden Blick zu Raphael, der nicht wusste, worum es im Fernseher ging und starrte erneut zurück auf den Bildschirm.

Er hatte ein mulmiges Gefühl dabei und konnte bereits ahnen, dass sein Neffe etwas damit zu tun haben könnte.

Ihm war schon immer klar gewesen, dass Fabian ein schlimmer Finger gewesen war, aber, dass er soweit gehen könnte, hätte er sich nicht gedacht.

Also drehte er sich eine Zigarette zurecht, holte sich eine Dose Bier aus dem Kühlschrank und eine kleine Limonade für Raphael und verfolgte weiterhin verblüfft die Nachrichten um mehr darüber zu erfahren.

Black Max, Fantasio, Stonefist und Gun standen alle am Stephansplatz direkt vor dem Stephansdom. Ihre Armee an weiteren Kindern, jeder von ihnen mit Schlagstock ähnlichen Stäben in der Hand, von denen einige früher einmal als Besenstiele gedient hatten, stand dicht hinter ihnen.

Alle anderen Menschen am Stephansplatz hatten keine Ahnung darüber, was die Menge an Kindern vor hatte und wieso sie sich versammelt hatten. Einigen war das sogar egal gewesen, sodass sie sie gar nicht beachteten und einfach weiter gegangen sind.

Es war ein schönes, frühlingshaftes Wetter gewesen, sodass ein leichter Wind über den Stephansplatz zog und die Sonne am leicht bewölkten Himmel schien.

Black Max machte einen Schritt nach vorne um sich von der Masse hinter sich erheben zu können und drehte sich einmal um die eigene Achse während er seine kalten und selbst-sicheren Blicke über den Platz schweifen ließ.

Dann blieb er, seine Augen der Armee von Kindern, gerichtet stehen und starrte sie eine gute Minute lang an.

Langsam erhob er Little Max und hielt ihn über seinem Kopf während er einige Worte zu ihnen gesprochen hatte.

Mit viel Leidenschaft in seiner Stimme motivierte er sie alle: *>>Wir haben es nun soweit gebracht. Und das alles in nur kürzester Zeit. Die Schule hat zuerst dran glauben müssen. Jetzt muss die ganze Stadt daran glauben. Wir müssen weitermachen und dürfen nicht aufhören bis es jeder von ihnen verstanden hat. Denn unsere Zeit, die Zeit der Kinder ist nun angebrochen. Wir starten diese Rebellion, damit wir uns, aber auch den Generationen nach uns, viel bessere Leben bescheren können. Wenn wir jetzt nicht damit angefangen hätten, hätte das wohl sonst niemand gemacht. Wir können uns nicht auf die anderen verlassen. Wir müssen es selbst in die Hand nehmen. Denn nichts im Leben bekommt man geschenkt. Man muss selber dafür kämpfen. Man muss selber dafür vieles riskieren und auf's Spiel setzen. Keiner sonst gibt euch die Freiheit, die euch zusteht. Ihr müsst, wir müssen, dafür kämpfen. Wir allein sind davon verantwortlich...Unser Kampf „FREEDOM" hat erfolgreich gestartet und wird noch erfolgreicher beendet werden.<<*

Nachdem er mit seinen abschließenden Worten an seine Mitstreiter fertig geworden war, hoben alle ihre Stöcke in die Höhe und jubelten ihm zu. Den Lärm, der dadurch verursacht worden war, konnte man wahrscheinlich bis zu der Wiener Staatsoper hören. So laut und motiviert waren sie.

Black Max senkte zuerst seinen Baseballschläger herunter und nach ihm all die anderen. Er warf einen Blick zu Fantasio, der ihm zunickte und ein Megafon überreichte. Noch bis vor wenigen Monaten war er damit auf seinem Fahrrad durch die Stadt gerast und rief den Passanten immer wieder Sprüche zu wie „Verpiss dich aus meinem Weg!" oder „Macht Platz für den großen Fantasio!". Doch an diesem Tag sollte es Maximilian alias Black Max dazu dienen von allen erhört zu werden. Denn er hatte auch eine wichtige Botschaft für die

Stadt zu verkünden.

Und so hielt er das Megafon vor seinen Mund und sprach folgendes hinein:

>>*Wir, die ihr, wenn es nach euch gehen würde, immer als Kinder bezeichnen würdet...*<<

Plötzlich blieben noch mehr Passanten stehen um das Spektakel, das sich vor ihnen abgespielt hatte genauer zu beobachten.

>>*...haben es nun Leid, ständig von euch herumkommandiert zu werden. Wir haben es satt von euch herumgeschubst zu werden. Wir haben es satt, dass unsere Leben von euch bestimmt und kontrolliert werden.*

Ich sage es euch jetzt zum ersten und zum letzten Mal, hier und jetzt, dass es damit ein für allemal Schluss ist.

Von nun an werden alle dieselben Rechte haben dürfen, wie es bislang nur den Erwachsenen zugestanden hatte.

Von nun an, werden wir, die sogenannten Kinder, selber über unsere Leben bestimmen dürfen. Wir werden von nun an unsere Entscheidungen selber treffen und uns von keinem der Erwachsenen etwas gefallen oder sagen lassen.

Heeeyy Wien! Mach dich für eine neue Ära bereit! Mach dich für die Rebellion der Kinder bereit. Denn jetzt schlagen wir zurück.<<

Sein letzter Satz war auch zugleich das Kommando für den Angriff. So wie er das letzte Wort ausgesprochen hatte, so stürmten plötzlich alle Kinder mit erhobenen Stäben auf alle naheliegenden Läden, Lokale und was sich sonst noch alles dort befunden hatte, und schlugen alles kurz und klein. Sie schlugen alles kaputt und sorgten für einen großen Tumult unter der Passanten, die vollkommen verwirrt und erschrocken umher liefen, wie ein Haufen verrückt gewordener Hühner. Sie machten vor nichts und niemandem halt und zerstörten

215

alles, was ihnen über den Weg gelaufen war.

In nur wenigen Minuten war der Stephansplatz in ein Chaos der Zerstörung geworden. Alles flog hin und her. Stühle und Tische von den diversen Schanigärten, Bekleidung und Schuhe aus den eingeschlagenen Schaufenstern von Kleidungs- und Schuhgeschäften, Schmuck, Uhren, Handy's und vieles mehr wurden einfach so aus den jeweiligen Läden, die verwüstet worden waren, auf die Straßen geworfen.

Niemand traute sich die randalierenden Kinder aufzuhalten. Einige hatten sich beim Versuch schwere Verletzungen zugezogen. Viele von ihnen flüchteten vor Angst. Andere wiederum machten Videoaufnahmen mit ihren Smartphones.

Es war alles außer Kontrolle geraten.

Doch lange hatte es nicht gedauert bis die örtliche Polizei zur Stelle war. Als sie angekommen waren, konnten sie ihren Augen nicht trauen. Sie glaubten einfach nicht, was sich direkt vor ihren Augen abgespielt hatte.

Eine ganze Horde an wild gewordenen Kinder, die die gesamte Innere Stadt verwüsteten.

Zuerst wussten die Polizeibeamten der Stadt Wien nicht wie sie in so einem Fall reagieren sollten und versuchten es erst einmal auf die traditionelle Weise und gingen den Kindern dazwischen um sie aufzuhalten. Dabei scheuten sie sich nicht davor auch ein wenig Gewalt anzuwenden. Doch das schreckte die Kinder weder ab noch hielt es sie davor ab damit aufzuhören. Ganz im Gegenteil. Die Kinder wurden nur noch aggressiver und griffen die Polizeibeamten auch noch an. Für Fantasio, Stonefist und Gun war das ein gefundenes Fressen. Denn schon seit langem wollten sie eine ordentliche Schlägerei mit der Polizei haben. Jetzt war ihre Chance gekommen. So verpassten sie einem Polizisten nachdem anderen ordentliche Schläge und nutzten die Situation vollkommen aus.

Auch Black Max mischte sich mit Little Max in das Chaos hinein und auch er ließ sich nicht davon abhalten, dem einen oder anderen Polizisten einige ordentlich ausgeteilte Schläge zu verpassen.

Einige der Jugendlichen zündeten auch hier gleich mehrere Brandfalschen an und warfen sie auf alle möglichen Läden, die sofort unter großen Bränden standen.

Schwarzer Rauch überdeckte den gesamten Stephansplatz. Es stank und loderte überall.

Laute Schreie der Passanten, laut weinende Kinder, hektisch und laut sprechende Menschen. Das pure Chaos.

Die Polizeibeamten waren deutlich in der Unterzahl und auch überfordert gewesen. So verlangten sie auf der Stelle nach sofortiger Verstärkung.

In nur wenigen Minuten sollte am Stephansplatz eine komplette Polizeieinheit ankommen und ihre Kolleginnen und Kollegen unterstützen um diesen Wahnsinn und den Chaos aufzuhalten.

Von diesem Hilfeschrei der Polizei hatte auch Inspektor Kurt Kralle mitbekommen, der sich sofort in sein Dodge Challenger hineingesetzt und sich mit Vollgas in Richtung Innere Stadt begeben hatte. Dabei lief auf seiner Playlist mit dem Titel „Justice Mix Vol. 1" der Song „World Gone Mad" von The Phantoms.

Sandra und Simon hatten als einzige von der Gruppe, den Inspektor gekannt, da er sie einen Tag davor zu Hause besucht hatte. Sie hatten ihre restlichen drei Freunde über ihn aufgeklärt, damit sie auch auf dem neuesten Stand der Dinge sein konnten.

Als Sandra mitbekommen hatte, dass der Inspektor ganz schnell mit seinem Auto davon gefahren war, wusste sie, dass da etwas nicht stimmen konnte. Sie hatte auch bereits das Gefühl gehabt, dass es sich um Maximilian handeln könnte. Doch das Gefühl war kein gutes. Es bereitete ihr Sorgen, Übelkeit und Angst.

Sie erzählte ihren Freunden davon, die allesamt nicht wussten, wohin er wohl so schnell weggefahren war.

Dann kam sie auf die Idee, die Nachrichten einzuschalten, in der Hoffnung, dadurch etwas erfahren zu können.

Sie lief mit ihren Freunden in das nächste Gasthaus und bat mit zittriger und aufgeregter Stimme die Kellnerin darum, die Kanäle herum zuschalten.

Die Kellnerin machte dies auf der Stelle.

Gespannt warteten nun alle fünf Freunde darauf etwas zu entdecken. Auf vielen Sendern wurde bereits über die Schule berichtet, aber es gab noch nichts über den neuen Vorfall, zu dem Inspektor Kralle bestimmt, genau in diesem Moment, unterwegs war.

Ganz gespannt und fast schon zu Gott betend stand sie vor der Bartheke und hoffte, dass sie irgendetwas darüber erfahren würde.

Simon legte seine tröstende Hand auf ihre Schulter und machte ihr klar, dass ihre Freunde alle an ihrer Seite gewesen waren.

Und dann schrie sie die Kellnerin in ihrem aufgeregten Zustand an und sagte:

>>Hier! Da! Hören Sie auf umzuschalten!<<

Die Kellnerin musste leichte dabei zucken und warf ihr böse Blicke zu, die sie ignorierte. Denn Sandra hatte ihre Augen auf den Bildschirm des Fernsehgerätes gerichtet und sagte in einem sehr erschrockenem Tonfall:

>>Oh mein Gott!<<

Sofort richteten auch alle anderen ihre Blicke auf den Bildschirm und konnten nicht glauben was sie da gesehen hatten.

Der gesamte Stephansplatz brannte und war in den Chaos gestürzt gewesen.

Tatsächlich waren auch dort mittlerweile sämtliche Presse-
stellen vor Ort gewesen und berichteten, unter anderem auch
aus einem Hubschrauber, über die aktuellen Geschehnisse, die
sich mitten im ersten Wiener Gemeindebezirk zugetragen
hatten.

Nicht nur die gesamte Stadt, sondern das ganze Land war über
die schrecklichen Ereignisse, die sich an diesem furchtbaren
Tag zugetragen hatten, erschüttert gewesen.

Jeder ließ von seinen Tätigkeiten ab und verfolgte nur die
Nachrichten, die über einen schrecklichen Vorfall nach dem
anderen berichteten.

Sämtliche Reporter und Moderatoren, sowohl im Fernsehen als
auch im Radio, berichteten mit viel Schmerz und Trauer in
ihrer Stimme.

Einige Reporterinnen, aber auch sonstige Bürgerinnen, konnten
ihre Tränen nicht zurückhalten.

Sie alle mussten zusehen, wie eine ganze Stadt drohte unterzu-
gehen. Denn so kam es ihnen vor. Zuerst der Angriff auf eine
Mittelschule und jetzt ein ähnlicher Angriff auf den Stephansplatz. Viele dachten darüber, ob es dabei bleiben oder, ob ein
weiterer Anschlag irgendwo in der Stadt sich ereignen würde.

Sie waren alle Rat- und Hilflos gewesen.

In den Aufnahmen konnten die fünf Freunde zufällig ihren
alten Freund Maximilian sehen, der mit einem Baseballschläger auf einen Passanten einprügelte.

Sie konnten ihren Augen nicht glauben.

Und in diesem Moment wurde jedem von ihnen klar, dass das
Ganze das Werk von Maximilian gewesen ist. Auch der
Anschlag auf die Schule geht auf seine Rechnung, waren sie
sich dabei ganz sicher gewesen. Ihnen wurde klar, dass er es

geschafft hatte, seinen grausamen Plan doch noch in die Tat umzusetzen.

Und erst jetzt war Sandra klar geworden, dass die, ein wenig verstellte Stimme, die aus dem Lautsprecher in der Klasse, gekommen war, die Stimme von Maximilian gewesen war. Das schockierte sie nur noch umso mehr. Ihr wurde aschfahl im Gesicht und sie bekam ihren Mund nicht mehr zu. Ihre Augen waren dabei ganz weit aufgerissen und sie starrte so in die Leere. Auch die verzweifelten Versuche ihrer Freunde, sie wieder aus ihrer Schockstarre zurückzuholen, scheiterten. Sie reagierte nicht darauf.

Doch dann schüttete die Kellnerin ein Glas kaltes Wasser über ihr Gesicht und holte sie wieder zurück in die Realität.

Nach Luft schnappend, bedankte sich dafür zuerst und entschuldigte sich hinterher, dass sie sie kurz zuvor ange-schrien hatte.

Nachdem Sandra wieder zu sich gekommen war, überredete sie ihre Freunde, dass sie sich alle sofort zum Stephansplatz be-geben um Maximilian doch noch irgendwie aufzuhalten.

Die vier Jungs glaubten zwar nicht mehr daran, dass sie eine Chance dabei hätten und auch, dass es dort ziemlich gefährlich für sie werden würde, doch sie stimmten letztendlich ihrer gemeinsamen Freundin zu und machten sich sofort auf den Weg in die Innere Stadt.

Im Gegensatz zu ihren vier Freunden, war Sandra dabei voller Zuversicht und Hoffnung gewesen.

Sie war sich sicher, dass sie es schaffen würde, Maximilian zu überreden mit diesen schrecklichen Taten aufzuhören und sich zu stellen.

Sie hatte es bereits schon in der Vergangenheit oft geschafft Maximilian von einer Sache zu überzeugen und nicht aufge-geben für ihn zu kämpfen. Damals hatte es auch funktioniert. Wieso nicht jetzt auch?

KAPITEL 12

DAS ENDE ODER ERST DER ANFANG?

Als Inspektor Kurt Kralle mit seinem Challenger angerast kam,
mit einer Vollbremsung stehen geblieben und ausgestiegen
war, musste er erst einmal das Horrorszenario, dessen Zeuge er
werden musste, verdauen. Es war ein schrecklicher Anblick
gewesen. Ein Anblick ähnlich wie in einem Kriegsgebiet.
Er atmete einmal tief ein und aus bevor er folgendes zu sich
selbst sagte:
>>*Verfluchter Mist! Das glaube ich jetzt einfach nicht.*<<
Und fasste sich dabei mit einer Hand an die Stirn.
Überall umgeworfene Stühle, Tische und Sonnenschirme.
Zerbrochene Schaufenster und sonstige Glasscheiben.
Gebäuden aus denen meterhohe Flammen in den Himmel
empor stiegen und deren schwarzer Rauch alles unter sich
verdunkelte. Um Hilfe schreiende und wild durcheinander
laufende Menschen. Eine ganze Horde an Kindern, die mit
Stöcken, Stühlen, ja sogar mit diversen Geschenkartikeln, die
sie aus den verschiedensten Souvenirläden an sich genommen
hatten, bewaffnet waren und damit auf sämtliche Passanten und
auch auf Polizisten warfen beziehungsweise damit auf sie ein-
prügelten.
Es herrschte das reinste Chaos. Es war eine Anarchie. Es war
ein erbitternder Kampf zwischen Kindern und Erwachsenen.
So etwas hatte Kurt Kralle noch nie zuvor erlebt.
Er hatte erlebt, wie mehrere Schläger aufeinander vor einem
Lokal eingeprügelt hatten. Er hatte erlebt, wie Hooligans im
Fußballstadion aufeinander losgegangen waren. Er hatte erlebt,
wie Insassen einen Aufstand im Gefängnis verursacht hatten.
Doch keines davon war so gewaltig und angsteinflößend ge-

wesen, wie das brutale Ereignis, das sich direkt vor seinen weit aufgerissenen Augen abgespielt hatte.

Er wusste, dass er etwas unternehmen wusste, aber er wusste nicht, wo er am Besten anfangen sollte. Sollte er seinen Kolleginnen und Kollegen von der Polizei zur Hilfe eilen? Sollte er Passanten in Sicherheit bringen? Sollte er Dinge aus dem Weg räumen um die Straßen frei zu machen?

Ohne sich bis dahin entschlossen zu haben, was er wohl zuerst tun würde, lief er einfach in das Chaos hinein und tat einfach ganz spontan das, was er in dem Augenblick dachte, tun zu müssen. So tat er also von Allem ein wenig etwas. Er zerrte verletzte Passanten aus der Gefahrenzone. Er trat gegen am Boden liegende Stühle um den Weg frei zu machen. Er leistete bei einem etwas älteren Mann Erste Hilfe in dem er ihn Mund zu Mund beatmete. Dann traf er auf einen leicht verletzten Polizeibeamten, der sich hinter einem Auto, dessen Scheiben und auch die Karosserie bereits eingeschlagen worden waren, in Sicherheit gebracht hatte. Obwohl die bereits erwartete Verstärkung längst eingetroffen gewesen war, konnte die Polizei nichts gegen die randalierenden Kinder unternehmen. Als Inspektor Kralle den Grund dafür wissen wollte, antwortete ihm der Polizist, dass es sich bei den Angreifern noch um Kinder handeln würde und sie daher nicht wüssten, wie sie sie am Besten aufhalten könnten ohne sie dabei ernsthaft zu verletzen oder sonst irgendwie in Gefahr zu bringen.

Inspektor Kralle hatte zwar Verständnis für dieses Argument seines Kollegen, jedoch gab er ihm kopfschüttelnd zu verstehen, dass es sich hierbei um eine Ausnahme handeln würde. Damit nicht noch mehr Menschen, aber auch Polizisten verletzt und nicht noch mehr Schäden angerichtet werden können, gab er den Befehl, gegenüber den Kinder mehr Gewalt anzuwenden. Sie sollten dabei nicht auf sie schießen oder einfach nieder prügeln, sondern einfach sich mit mehr Beamten auf sie zu stürzen und etwas stärker anpacken um sie somit außer Gefecht setzen zu können. Schließlich waren das noch Kinder und weder stark genug sich dagegen wehren zu können noch hatten sie Schusswaffen oder sonstige gefährliche Waffen bei sich gehabt.

Somit hatte Inspektor Kurt Kralle seinen Kollegen davon überzeugt und ihm zugleich den Befehl erteilt, dass er alle seine Kolleginnen und Kollegen darüber informieren solle, sodass sie sich alle auskennen und wissen würden, wie sie nun vorangehen sollten.

Danach hatte er sich von ihm verabschiedet und sich noch tiefer in das Verderben begeben.

Als er sich duckend und die Hände vor seinem Gesicht und auch über seinem Kopf haltend versuchte zu schützen, sah er sich in dem Chaos ein wenig um, um zu erkennen was sich wo genau abgespielt hatte.

Als er so seine Blicke in dem Getümmel umherschweifen ließ, sah er den jungen durchtrainierten Mann, dem er fast eine gebrochene Unterkiefer zu verdanken hatte und lief direkt auf ihn zu.

Ohne zu zögern stürzte er sich auf ihn und klammerte sich an ihm fest. Stonefist versuchte sich loszulösen und zu befreien, aber es wollte ihm nicht so ganz gelingen. Kurt Kralle hatte ihn im Schwitzkasten und dachte nicht daran locker zu lassen. Er sagte ihm immer wieder, dass er nicht vorhatte ihn umzubringen, sondern einfach in Schach halten wollte, bis er sich ergeben und sich mit Handschellen abführen lassen würde. Doch Stonefist dachte nicht daran und versuchte sich weiterhin zu befreien.

In diesem Moment kam ihm auch schon sein Freund Black Max zur Hilfe und setzte dem Inspektor einen kräftigen Hieb auf seinen Rücken, sodass er mit qualvollen Schmerzen laut aufschreien und von Stonefist loslassen musste. So wie Stonefist wieder frei gekommen war, musste er erst einmal ordentlich husten und verzweifelt nach Luft schnappen bis er wieder zu sich kommen konnte.

Mit Schmerzen sich am Boden windend, konnte Kurt Kralle einen Blick auf seinen hinterhältigen Angreifer werfen. Er erkannte den Jungen sofort, weil er zuvor in dessen Wohnung, in der auch seine Eltern ermordet worden waren, ein Foto von ihm gesehen hatte.

Sofort sagte er mit fest zugebissenen Zähnen:

>>*Du bist doch dieser Maximilian.*<<

Maximilian sah ihn mit finsteren Blicken an und sagte:

>>*Nein, mein Name ist Black Max.*<<

>>*Ich denke, nachdem was ich in deiner Schule und auch hier erlebt habe, dass du deine Eltern umgebracht hast?*<<

Wollte der Inspektor von ihm wissen.

Er bevorzugte es zu schweigen und seine Blicke wurden dabei noch finsterer.

>>*Also stimmt es doch. Du bist der Mörder deiner Eltern.*<<

Stellte Inspektor Kurt Kralle nun fest.

Nun entschied sich Black Max doch noch zu antworten. Seine Stimme klang tief und kalt:

>>*Sie hatten es nicht anders verdient. Ich habe es für meine und für die Freiheit meines Bruders getan.*<<

Der Inspektor lag immer noch am Boden und hielt sich den Rücken mit einer Hand fest und versuchte gegen den Schmerz zu drücken um ihn ein wenig abzumildern, während er folgendes sagte:

>>*Darum geht es dir also? Um deine Freiheit? Ich weiß bereits darüber Bescheid. Ich hatte mit deinem Lehrer, dem Herrn Korn und auch mit deinen Freunden, Simon und Sandra*

darüber gesprochen. *Sie alle sagten dasselbe. Sie alle sagten,*
dass du nicht mehr nach den Regeln und Gesetzen der Er-
wachsenen leben möchtest. Und, dass du deine eigenen Ent-
scheidungen treffen möchtest.<<
Er atmete einmal vorsichtig ein und aus und sprach weiter:
>>Aber Junge, Herr Gott! Dafür hättest du nicht die ganze
Stadt zerstören müssen.<<
Er hustete ein paar Mal.
Black Max sagte ihm folgendes drauf:
>>Und wie das sein musste. Denn nur so könnt ihr Er-
wachsenen verstehen, wie ernst wir es damit meinen. Nur so
könnt ihr uns ernst nehmen. Es war schon immer so. Wer seine
Freiheit haben möchte, muss dafür kämpfen. Einen anderen
Weg gibt es nicht. Es bringt nichts darüber zu diskutieren und
irgendwelche Abmachungen zu treffen. Nein, man muss gleich
dafür kämpfen und holen was einem rechtmäßig zusteht.<<
Inspektor Kralle hustete erneut und sagte:
>>Du lieber Junge. Du bist doch wahnsinnig.<<
An dieser Stelle wurde Black Max sehr wütend und schrie den
Inspektor, der vor seinen Füßen gelegen hatte, an:
>>ICH BIN NICHT WAHNSINNIG!<<
Und holte mit seinem Baseballschläger, Little Max, erneut
einen aus und war gerade dabei dem Inspektor einen noch
stärkeren Schlag damit zu verpassen, doch er wurde von einer
Stimme, die ihm sehr vertraut gewesen war, aufgehalten, die
ihm folgendes zugerufen hatte:
>>Nein Max! Bitte nicht! Hör auf damit!<<
Den Baseballschläger über seinem Kopf haltend erstarrte er
und drehte sich dann langsam um. Vor ihm standen Sandra und
um sie herum seine ehemaligen Freunde Simon, Tibor, Lorenz
und Ömer. Sandra hatte Tränen in ihren Augen und war
fassungslos darüber gewesen, wofür alles Maximilian sich ver-

antwortlich gemacht hatte und von welch dämonischen Blicken seine Augen umhüllt gewesen waren.

Erneut bat sie ihn darum aufzuhören und fing dabei nun zu weinen an:

>>*Ich bitte dich Max! Bitte hör auf damit!*<<

Sie schluchzte.

Er starrte sie immer noch mit finsteren Blicken an und seine laute Atmung, die schon wie das Schnaufen einer Bestie geklungen hatte, war fast schon lauter als der ganze Krach im Hintergrund.

Seine Atmung wurde langsamer, während er ebenso langsam seine Arme und somit auch den Baseballschläger herabsetzte. Diese Gelegenheit nutzte der Inspektor aus und brachte sich aus der Gefahrenzone heraus. Auch Stonefist hatte sich bereits wieder auf die Beine gestellt.

Sowohl ihre als auch die Blicke von Sandra und ihren vier Freunden waren alle auf Maximilian gerichtet. Sie warteten alle gespannt darauf was er nun als nächstes tun würde. In dieser Zeit hatte Inspektor Kralle bereits mit seiner Hand Verstärkung zu sich gerufen. Die Polizisten in ihren Schutzausrüstungen, kamen schon angerannt.

Doch ihnen allen voran kamen Fantasio und Gun zuerst bei der Gruppe an. Sowie sie auch schon angekommen waren, fiel ein Schuss, der Simon an der Brust tödlich getroffen hatte. Er ging auf der Stelle zu Boden. Alle seine Freunde und auch Maximilian waren geschockt darüber gewesen. Der Schütze war Fantasio, der mit der Waffe, den er seinem Vater ohne seines Wissens, aus der Kommode entnommen und damit abgefeuert hatte. Auch den anderen hatte er nichts davon erzählt. Er dachte sich nur dabei, für alle Fälle nehme ich sie mit und sichere uns alle damit ab.

Inspektor Kurt Kralle hatte sich sofort auf ihn gestürzt und ihn entwaffnet. Da war auch schon die Verstärkung angekommen, die Fantasio sofort mit Handschellen abgeführt hatten. Da ein Schuss gefallen war, waren weitere Polizeibeamte angelaufen gekommen und führten auch Stonefist und Gun gleich in Handschellen ab.

Sandra, Lorenz, Tibor und Ömer hatten sich rund um ihren verstorbenen Freund Simon hingekniet und weinten ganze Flüsse an Tränen.

Maximilian stand einfach regungslos da und befand sich in einem Schockzustand.

Inspektor Kralle kam zu ihnen hingerannt und versuchte sofort eine Wiederbelebung bei Simon durchzuführen und rief dabei aus ganzer Seele nach einem Notfallarzt.

Die Sanitäter liefen schon so schnell sie konnten, aber Simon gab immer noch kein Lebenszeichen von sich.

Als die Sanitäter angekommen waren, übernahmen sie die Wiederbelebung und versuchten mit einem Defibrillator Simon's Herz wieder zum Schlagen zu bringen. Doch alle ihre Versuche scheiterten und der Notarzt stellte seinen Tod fest.

Die vier Freunde weinten und schrien umso mehr.

Maximilian ging mit seinen Knien nun auch zu Boden und ihm fiel dabei sein Baseballschläger aus der Hand und rollte ein wenig davon.

In diesem Augenblick wurde ihm klar, welch einen fatalen Fehler er gemacht und was für ein Chaos er angerichtet hatte. Ihm wurde klar, dass sein Freund Simon, nur wegen ihm gestorben war. Simon's Tod war seine Schuld gewesen. Er brach in sich zusammen als ihm all das klar geworden war.

Sandra sah weinend zu ihm, doch sein Kopf war herabgesenkt und er starrte auf den Boden.

Inspektor Kralle setzte ihm Handschellen, hob ihn hoch und übergab ihm zwei Polizeibeamten, die ihn abführten.

Er wollte keinen letzten Blick auf seine ehemaligen Freunde werfen. Er schämte sich viel zu sehr. Er schlenderte einfach zum Polizeiwagen hin und wollte nur noch weg.

Enttäuscht, wütend, traurig und beschämt schauten seine ehemaligen Freunde ihm hinterher. In ihrem Inneren spielten alle möglichen negativen Gefühle in diesem Moment verrückt. Sie fragten sich, wie es nur soweit kommen konnte. Wie konnte all das überhaupt passieren? Wie sollte es jetzt weitergehen?

Ein Polizeibeamter drückte Maximilian an seinem Kopf in den Polizeiwagen und machte die Tür anschließend zu.

Auch jetzt konnte er seine ehemaligen Freunde nicht ansehen. Er traute sich einfach nicht.

Hermann Bichler verfolgte die ganze Zeit über die Nachrichten und konnte einfach nicht glauben, welche verheerenden und katastrophalen Bilder ihm zugemutet werden mussten. Nachdem er Maximilian darin gesehen hatte, hatte er den ahnungslosen Raphael vom Wohnzimmer weggeschickt und ihm eine Tafel Schokolade zu essen gegeben um ihn damit zu beschäftigen.

Auch seinen Neffen Fabian und dessen zwei Rüpelfreunde hatten seine schockierten Augen erfassen können.

Er konnte es einfach nicht glauben. Er war sprachlos gewesen. Er wusste, dass Fabian sich eines Tages großen Ärger einhandeln würde, aber gleich einen so gewaltigen Ärger, da war er selbst überrascht gewesen.

Kurz bevor das Polizeiauto, in dem Maximilian gesessen war, wegfahren wollte, eilte Lorenz ihm hinüber und stand direkt vor dessen Fenster stehen. Lorenz war sehr verärgert gewesen und starrte mit wütenden Blicken direkt auf Maximilian, der ihn versuchte zu ignorieren.

Doch dann erhob er langsam sein Kopf, wendete seine Blicke

auf Lorenz und konnte erkennen, dass er eine Schusswaffe direkt auf ihn gerichtet hatte.

Sandra, Tibor, Ömer und auch Inspektor Kurt Kralle machten ganz große Augen als sie Lorenz mit der Waffe in seiner Hand, dessen Lauf er auf Maximilian gerichtet hatte und kurz vor dem Abdrücken gewesen war, gesehen hatten.

Sofort riefen sie zu Lorenz hinüber, dass er es nicht tun soll und versuchten ihn davon abzuhalten.

Inspektor Kurt Kralle rief ihm ebenfalls zu während er wie ein Profiathlet zu ihm hinüber rannte. So schnell war er in seinem gesamten Leben nicht gerannt gewesen.

Doch er war dennoch nicht schnell genug. Denn Lorenz drückte ab und nach einem lauten und kurzen Knall, bohrte sich die Munition zuerst durch die Fensterscheibe des Polizeiautos und danach mitten in die Stirn von Maximilian, der noch wenige Sekunden zuvor seine Blicke auf den Lauf gerichtet hatte, hinein.

Maximilian fiel auf den Rücksitz und der Boden des Polizeiautos füllte sich schon mit seinem Blut an.

KAPITEL 13

ALLES ZU SEINER ZEIT

Genau in diesem Moment erwachte Maximilian schweißgebadet aus seinem Albtraum und stellte fest, dass er sich in seinem Bett und in seinem Zimmer befunden hatte.
Er war außer Atem gewesen und sein Herz klopfte dabei wie verrückt.
Schnell realisierte er, dass alles was sich abgespielt hatte, nur ein Traum, besser gesagt ein Albtraum, gewesen war.
Er stellte sich auf, drückte sein Gesicht in seine Hände und fuhr anschließend mit ihnen durch seine Haare.
Er atmete einmal tief aus und versuchte sich selbst wieder zu beruhigen.
Von seinem Fenster aus konnte er sehen, dass es draußen noch hell gewesen war. Dann machte er einen Blick auf seine Wanduhr und stellte fest, dass es siebzehn Uhr gewesen war.
In diesem Augenblick klopfte seine Mutter an die Tür und trat in sein Zimmer herein.
Sie wollte ihn aufwecken und ihn daran erinnern, dass seine Freundin Sandra in Kürze zu Besuch kommen würde um sich mit ihm gemeinsam den Film „Pollock" mit Ed Harris in der Hauptrolle anzusehen.
Das hatten sie so abgemacht.
Er bedankte sich bei seiner Mutter und entschuldigte sich dafür, dass er in letzter Zeit so ein schwieriger Junge und ein Problemmacher gewesen war. Sie lächelte ihn an, umarmte ihn und drückte ihm einen Kuss auf seine Wange.
In diesem Moment hatte Maximilian seiner Mutter versprochen, dass er sich von nun an benehmen und ein braver Junge sein würde.

Danach wollte er von ihr wissen, ob sein Vater auch zu Hause wäre, damit er sich auch bei ihm entschuldigen konnte.

Doch sein Vater war gerade mit Raphael losgegangen um ein wenig einzukaufen.

Er war nämlich an diesem Abend mit dem Kochen dran gewesen und wollte sich noch einige Zutaten besorgen.

>>*Oje, wir müssen also wieder verhungern?*<<

Scherzte Maximilian, woraufhin seine Mutter antwortete:

>>*Keine Sorge! Ich habe bereits ein Notfallessen im Kühlschrank.*<<

Sie lächelte ihm zwinkernd zu. Maximilian erwiderte das Lächeln seiner Mutter und sagte:

>>*Ich hab dich lieb!*<<

>>*Ich hab dich auch lieb!*<<

Sagte sie zu ihm und verließ sein Zimmer wieder.

Maximilian streckte sich gähnend und seine Blicke fielen dabei auf sein Baseballschläger.

Sofort machte große Augen, nahm den Schläger und verstaute ihn in seinem Kleiderschrank während er sagte:

>>*Oh nein, mein Freund. Du gehst jetzt hier hinein und bleibst auch schön da drinnen.*<<

Gleich danach begab er sich unter die Dusche um sich für seine Filmverabredung mit seiner Freundin Sandra frisch zu machen. Und während er duschte, dachte er sich, dass es schön gewesen war noch ein Kind zu sein. Das Erwachsenwerden hätte noch etwas länger auf sich warten lassen können.. Er wollte erst einmal genießen können ein Kind zu sein bevor er sich den Sorgen und Problemen widmete, die Erwachsene für gewöhnlich hatten. Da gab es zum Beispiel das Bezahlen von Steuern, Versicherungen, jede Menge Verantwortungen, die man hatte und natürlich auch die ganzen Rechnungen, die gezahlt werden mussten. Und viele, viele weitere Dinge. Das alles wollte er jetzt noch nicht haben und sie können ihm auch gerne als Erwachsener erspart bleiben, wünschte er sich. Doch ihm war sehr wohl klar gewesen, dass alles zu seiner Zeit schon passieren würde. So auch die Dinge, die einen Erwachsenen eben erwarten würden. All das würde schon noch früh genug kommen und daran wollte er jetzt noch nicht denken. Er wollte einfach in aller Ruhe ein Kind sein und auch das Leben eines solchen Kindes führen und genießen.

Mit diesen Gedanken schampunierte er sich ordentlich ein und war glücklich darüber gewesen, welch ein angenehmes Leben er doch hatte.

Als er bereits fertig geduscht und sich saubere Kleidung, die nicht komplett schwarz gewesen war, angezogen hatte, begab er sich in das Wohnzimmer. Dort wartete Sandra bereits auf ihn.

Beide strahlten aus ihren Augen als sie sich gesehen hatten. Sandra hatte ihr Lieblingsshirt an auf dem ein Bild von Betty Boop drauf abgebildet gewesen war.

Maximilian gefiel das T-Shirt auch sehr und er fand, dass sie darin immer umwerfend ausgesehen hatte.

Sie umarmten sich ganz fest zur Begrüßung und machten es sich vor dem Fernsehgerät gemütlich. Theresa hatte bereits alles vorbereitet und es fehlte an nichts. Sie hatten Solettis, Pop Corn, Schokokekse, Fruchtgummi und jede Menge Getränke auf dem Tisch stehen. Sie alle wollten sich den Ed Harris Film nicht entgehen lassen und so saßen sie da und warteten gespannt darauf bis der Film endlich angefangen hatte.

Währenddessen bereitete Maximilian's Vater das Abendessen in der Küche zu und Raphael feuerte ihn wie immer dabei an.

ENDE

ZUM ABSCHLUSS

„Als Kind war alles noch viel besser."
Dieser Satz gilt leider nicht für jede oder jeden, die oder der
einmal ein Kind gewesen war.
Müsste aber so sein.
Denn nicht jedes Kind hatte eine schöne oder gar eine Kindheit
erlebt.
Sorgen Sie dafür, dass Kinder ihre Kindheit so genießen und
ausleben dürfen, wie es ihnen auch tatsächlich zusteht.
Achten Sie darauf, dass weder Sie oder sonst irgendjemand,
den Kindern, die Kindheit oder einfach das Kindsein verderben
und/oder es ihnen rauben.
Ich wünsche mir für die Zukunft, dass alle Kinder auf der Welt,
wenn sie einmal erwachsen werden, auf ihre Kindheit
zurückblicken, dabei strahlen und sagen können,
„Oh ja! Ich hatte eine sehr gute und erfüllte Kindheit."

Und noch ein kleiner Tipp!

Was geschieht, wenn Sie mit Ihren Kinder gemeinsam Bücher
lesen?

1. Das Kind lernt die Dinge zu Hinterfragen und wird
   neugierig auf noch mehr Informationen.
2. Es hilft dabei, das Selbstvertrauen des Kindes positiv zu
   entwickeln.
3. Sowohl die Fantasie als auch der Wortschatz des
   Kindes werden erweitert.
4. Es lehrt dem Kind, dass das Lesen sehr wichtig ist.

BEWAHREN SIE IHRE KINDER VOR DEM
EINÄUGIGEN!

WEITERE BÜCHER

- KARA KURT VE KIZIL SACLI KIZ – Märchen
- TOTE NACHT GESCHICHTEN – Gruselgeschichten
- DER ERLÖSER – Psychothriller
- SOPHIA'S RACHE – Horror

FÜR SIE!

„Manchmal trennt das Leben die Menschen, damit sie verstehen können, wieviel sie einander tatsächlich bedeuten."

-Paulo Coelho, Schriftsteller-